Det finns bara en Svea

ISBN: 978-91-8057-835-6
Det finns bara en Svea
© Linda Pettersson 2024
Omslag: Linda Pettersson
Grafisk form och sättning: Linda Pettersson
Förlag: BoD • Books on Demand, Stockholm,
Sverige
Tryck: Libri Plureos GmbH, Hamburg,
Tyskland

Sömniga ord
Hon och jag där vid frukostbordet
Ännu en dag
Då vi knappast ser varann
Sen när hon gått
Kommer känslan jag ofta känner
Chanserna jag hade som försvann
Jag önskar att jag kunde stanna tiden
Och leva alla stunder om igen
Alla fina stunder

Benny Andersson, Björn K. Ulveus, Niklas Stömstedt
Kan man ha en solkatt i en bur. Universal Songs Musik-
förlag AB

Prolog

Jag trodde att jag skulle slå i marken med jordens smäll. Att jag skulle känna smärtan från helvetet och se blod skvätta ut över gräset. Jag trodde att smärtan från mina krossade ben skulle förgöra mig, innan allt till slut blev svart. Det blev inte alls så. I stället ser jag allt på avstånd, här uppifrån. Jag ser det grå vattentornet med betongpelare och det kalla metallgallret som utgör en del av golvet där uppe. Stegen, som är en nödutgång om hissen inte skulle fungera. Den tomma parkeringen, stängslet av ljusgrå metall och järnvägsspåren som ligger där likt en väg ut åt valfritt håll.

Gräset nedanför vattentornet har börjat växa och bli grönt. Träd och buskar har börjat få ljusgröna blad på sina kala grenar. Allt det som är tecken på att sommaren snart är här. I det vårgröna gräset ligger ett skal. En liten, slapp kropp i en alldeles för stor svart jacka. Ett långt ljusbrunt hår ligger utspritt likt en solfjäder runt kroppens huvud.

Jag ser den asfalterade cykelvägen där jag sprang förut, förbi mammas röda hus. När jag lyfter blicken ser jag nästan hela staden, där jag bott i snart sexton år. Allt ser jag. Men jag känner inte den där smärtan jag trodde jag skulle känna, det finns inget blod på marken runt kroppen och hur mycket jag än känner efter verkar jag inte ha några krossade ben. Det finns heller inte ett spår av ångest inom mig. Inga stormar av känslor. Inga tankar snurrar runt i huvudet. Jag, allt inuti mig och runt omkring är bara ljust, lugnt och tyst.

Mina tankar bryts abrupt av ljuden från sirener någonstans långt bort. Ljudet kommer närmare och närmare. Nu fler sirener. Annat ljud på dessa. En symfoni som signalerar olycka och ond, bråd död. Ljudet tar över tystnaden i mitt huvud.

Jag ser hur en polisbil kommer körande ner för gatan där jag sprang innan. Direkt efter polisbilen kör en ambulans. Bilarna kör fort och alldeles för nära varandra. Lamporna på taket blinkar. Snurrar. Bildar ett ljusspel som sveper fram över husfasaderna. Polisbilen kör rakt över den tomma parkeringen, upp på gräset och bromsar tvärt nedanför vattentornet. Ambulansen stannar den också.

Min blick följer rörelserna när både poliser och ambulansmänniskor springer ut ur sina fordon. Fordonens dörrar lämnas öppna och en grönklädd ambulansperson springer fram och slänger sig ner på knä vid huvudet med det ljusbruna håret. Det ser ut som att den grönklädda känner efter puls. Efter någon minut tittar hen upp på de andra, de som avvaktande ställt sig vid sidan av, och jag ser hur hen långsamt skakar på huvudet.

En av poliserna går tillbaka mot polisbilen, tar upp en mobil och ringer någon. Han går runt i cirklar på gräset under samtalet, som om det han säger i mobilen inte går att få fram om han skulle stå till. När samtalet avslutas lägger han ner mobilen i bröstfickan, bryter sina cirklar och går fram till polisbilen. Han öppnar bakluckan och jag ser att det finns skåp och lådor där bak. Ur en av lådorna tar han fram en rulle med plastband. Platsen där kroppen ligger spärras av med det blåvita bandet.

Jag ser hur ambulanspersonalen öppnar dörrarna bak på ambulansen och lyfter ut båren. Långsamt går de fram till platsen med kroppen i den svarta jackan och lägger ner båren på gräsmattan. De lyfter upp skalet, lägger det på mage på båren med en orange filt över. Filten täcker hela kroppen, från topp till tå. Jag kan nästan känna värmen filten ger.

Ambulansmänniskorna lyfter upp båren och bär den tillbaka till ambulansen. De skjuter in båren i ambulansen, stänger dörrarna försiktigt och kör därefter sakta i väg längs gatan.

Kapitel 1

Svea

Svea ligger på mage i sängen och scrollar på mobilen. I hörlurarna spelas Miss Li. Hon sjunger med i texten, som låter glad men egentligen är ganska deppig. Svea gillar det, känner igen sig i det. Hon lyssnar nästan alltid på Miss Li, Veronica Maggio eller ABBA. Rullgardinen är neddragen och de fyra blomkrukorna med murgröna i fönstret skulle behöva lite ljus. Och vatten.

Sovrumsgolvet är fullt med prylar och saker. Den runda, mjuka mattan i rummet syns inte ens. Mitt i prylhögen på golvet står en el-sparkcykel på laddning. Det finns möbler också. Ett skrivbord med tillhörande stol och en bokhylla med allt från Barnens bibel till Lasse-Majas detektivbyrå och Harry Potter. För en oinvigd ser nog rummet ut som kaos, tänker Svea. En vanlig vuxen person skulle troligen kalla det mycket ostädat. Till exempel Sveas pappa Pierre. För Svea är detta hemma. Hennes borg och det enda ställe på jorden där hon känner sig helt trygg. Här kan hon vara sig själv. Hon vet precis vart hon har den där strumpan som ramlade ur gympapåsen förra veckan och nu ligger under framdäcket på el-sparken. Chipspåsen från i lördags ligger under papperskorgen och boken om andlighet ligger… Svea tittar sig omkring. Hon får syn på den, där den ligger på skrivbordet under jackan, och ler för sig själv. Hon vet precis vart allting hör hemma, var sak har sin plats. Kaoset är hennes ordning. Svea tänker att det nog är lite så det ser ut i hennes huvud. Ett ordnat kaos som bara hon förstår. Tankar och känslor snurrar runt därinne. Blandas med kunskap och nyfikenhet. Tankar och nyfikenhet kan ge sig av på äventyr och bli till hennes fantasi.

Det värsta är om känslorna tar över och dissar allt det där andra. Då tappar hon kontrollen och ångesten kommer. Vågen av obehag, känslan av rastlöshet i kroppen, trycket i bröstet, klumpen i halsen och den totala förlamning som följer. För att få ångestattackerna att klinga av brukar Svea tänka på vågor från en båt ute på sjön. Vågor som sprider sig längre och längre ut över vattnet för att till slut försvinna. Allt som kvarstår är vatten. Lugnt vatten. Därefter blir allt grönt. Hon vet inte varför allting blir grönt. Det har bara alltid varit så.

Svea har haft sådana där känslostormar så länge hon kan minnas. Stormar av känslor som leder till ångest. Ibland kommer ångesten när hon ligger som nu och bara inte gör någonting alls. Ibland kryper ångesten på henne när det är mycket folk omkring henne och hon inte kan ta sig därifrån. Ibland kommer ångesten i helt andra situationer. Vissa gånger förstår hon precis vad som utlöst det. Andra gånger har hon ingen aning. Oftast kan hon hantera det bra. Fokusera på vågorna, se det gröna framför sig. Vågor. Grönt. Vågor. Grönt. Så där håller hon på. Till slut brukar det gå över.

I övrigt är Svea en ganska vanlig tjej. Tror hon själv i alla fall. Långt, ljusbrunt hår och blå ögon. Hon har fått mycket av sitt utseende från mamma. Som tur är, tänker hon, med tanke på hur pappa ser ut. Fast hon bryr sig inte så mycket om just sitt utseende. Använder bara mascara och läppglans ibland och håret hänger där det hänger om det inte är uppsatt i en knut mitt på huvudet. Hon klär sig i jeans, hoodie och vita sneakers ungefär som alla andra tjejer i hennes ålder. Mest för att det är enklast, för att hon smälter in bäst då. Sen är det detta med ångesten då… det kanske inte är så vanligt, tänker hon.

Tankarna går till de andra tjejerna i hennes klass. Hon kan inte föreställa sig någon av dem ha ångest. Hon kan inte föreställa sig någon av dem göra någonting alls när hon tänker efter. För Svea är alla i skolan som skuggor. Skuggor hon flyter runt mellan. Alla ser nästan likadana ut och hon smälter in. Försvinner in i mängden.

Kapitel 2

Emma

Emma ser sin spegelbild i skärmen på datorn. Den har gått i viloläge under hennes samtal med Anna. Hon ser ett rufsigt svartbrunt hår som verkligen borde borstas igenom. Kanske till och med få en tvätt och inpackning. Utan eyeliner och läppstift ser hennes ansikte blekt ut. Det är som att det smälter samman till en enda ljus hudfärgad massa inramad av ett rufs till kalufs. Emma spänner ansiktet till ett fejkat leende för att sedan slappna av igen. Hon återupprepar rörelserna och betraktar huden som slätas ut och rynkas ihop. Fan, vad hon har åldrats. Vad är det där ens? Små fina linjer i ögonvrån, som solstrålar. Om man ska se det positivt.

”Hello, är du kvar?”.

Annas röst avbryter Emmas betraktelse av sin åldrande, bleka nuna.

”Ja, ja. Jag är kvar”.

”Men hör du vad jag säger?”.

Emma funderar. Hon hade inte hört ett ord av vad Anna precis pratat om. Var det familjen? Jobbet? Skulle hon bara chansa och säga någonting? Hon bestämde sig för att inte blotta sitt dåliga lyssnande.

”Mhm, absolut, jag lyssnar”.

Anna fortsätter prata. Nu om jobbet. Hon verkar inte läsa igenom Emmas, ganska uppenbara, nödlögn. Emma registrerar att Anna lagt sig till med en brytning och att hon pratar någon form av professionell brittisk svengelska. Det blir väl så, tänker Emma, när man bott många år utomlands. Man glömmer bort svenska språket, anammar det nya och en speciell form av dialekt skapas.

Anna är den närmsta vän Emma har. Även om de sällan ses. Aldrig faktiskt. Men de lyckas ändå hålla liv i vänskapen med långa mobilsamtal och sms. Deras relation hade börjat med intensiv, underbar kärlek under gymnasiet. Men efter Annas flytt till England hade förälskelse och kärlek övergått i vänskap.

"Mommy, moommyyyy!". Emma hör Annas dotter ropa i bakgrunden.

"I have to go", säger Anna. "Vi hörs soon love, okej?".

Utan att vänta på svar avslutar Anna samtalet och Emma lämnas till sin spegelbild i datorskärmen, och tystnaden. Hon petar på musplattan för att väcka i gång datorn igen. Men i stället för att fortsätta med jobbet hon tänkt göra, går hon in på sin favoritsajt för resebokning. Hon knappar i destination Santa Cruz och klickar på sök. Sajten jobbar hårt för att få fram resultat. Hon sorterar på billigaste pris och klickar sig vidare. Innan hon vet ordet av är sommarens resa bokad och hennes sparkonto har väldigt mycket lägre siffror än tidigare i morse.

Emma slår ihop datorn och går in i badrummet. Hon tar fram korgen som står i skåpet under tvättstället. Där har hon hela sin hudvårdsrutin, både den enkla, snabba och den hon använder när hon vill skämma bort sig själv lite. Bland annat jobba på att de där solstrålarna runt ögonen ska bli färre, eller i alla fall inte fler.

Hon börjar med att tvätta håret och lägger i en inpackning. Med håret invirat i en gammal t-shirt med urtvättat, oidentiferbart tryck, tar hon fram en ansiktsmask och lägger ut den över ansiktet. Det vita, geléaktiga arket som täcker allt utom ögon och mun gör att hon nästan skrämmer livet ur sig själv när hon går förbi spegeln i hallen på väg till vardagsrummet.

Hon sätter sig i soffan, kommer på att hon lämnat datorn i köket och reser sig igen för att gå ut och hämta den. Hon startar i gång Netflix och scrollar i en hel evighet innan hon till sist sätter på den nya dokumentär som sajten valt ut speciellt för henne. Åttionio procent matchning. Ändå helt okej.

Kapitel 3

Svea

Svea vaknar tidigt av att pappa skramlar runt i köket. Morgonsolen försöker tränga in i rummet vid sidan av den neddragna rullgardinen. Det är den 27 maj idag. Klockan är snart sju på morgonen och det är Sveas födelsedag. Den femtonde i ordningen.

När man har födelsedag ligger man kvar i sängen och sover räv. Det är sen gammalt. Man vaknar såklart alltid av sig själv, tidigare än någonsin. Piggare än någonsin. Men man får låtsas sova när mamma, pappa och Charlie kommer med födelsedagssången och brickan med glass, svensk flagga och tårtljus. Svea drar det stora täcket över huvudet. Det luktar gammal fis och svett där under. Fis-svett luktar det. Det blir mörkt under täcket men ljudet försvinner inte, hon kan fortfarande höra pappas skramlande från köket.

Femton år, och idag är första födelsedagen mamma inte kommer vara med och låtsasväcka henne. Idag är det bara pappa och Charlie som kommer att sjunga. Mamma är inte här. Egentligen kanske mamma aldrig har varit här, tänker Svea. Inte på riktigt. Fysiskt kanske. Men inte på riktigt. Mamma är oftast upptagen av tankar om sig själv, på sig själv, om vad andra tycker om henne, om hur synd det är om henne och om hur lite andra människor anstränger sig för att hjälpa henne. Så där håller det på. Att göra någonting genuint för någon annan, att vara närvarande i nuet och umgås med sin dotter till exempel, det verkar inte vara något för henne. Sveas pappa och mamma lever inte tillsammans längre. Förra våren lämnade mamma familjen.

"Mia måste få tid att läka, tid att må bra igen" var orden som mamma sa och de hade fastnat i Sveas huvud.

Mamma pratade ofta om sig själv i tredje person.

"Mia kan inte läka bland människor som inte sätter hennes välmående först" sade mamma innan hon lämnade radhuset med sin resväska rullandes efter sig.

Det lilla radhuset i gult tegel, med altanen i vitt trä med stenplattor och ogräs mellan plattorna. Deras hem. Med den röda ytterdörren där det står "Här bor Familjen Lundin". Hemmet där Svea vuxit upp. Hemmet där hennes familj skulle levt lyckliga i alla sina dagar. Ångesten har blivit värre sedan mamma lämnade, och den kommer oftare nu än tidigare.

Pappa, Charlie och Svea bor kvar i det gula radhuset. Sveas pappa är snäll, trött och konflikträdd. Svea vet att hennes pappa försöker skapa det bästa livet för bara dem tre. Han ser till att det finns mat på bordet, Pepsi Max i kylen och ett helt sortiment av bindor i badrumsskåpet. Han anstränger sig för att Svea och hennes mamma ska få en bättre relation och han gör många tappra försök att sätta gränser för sina barn. Flera gånger i veckan. Pappa Pierre. En bättre pappa kan Svea inte tänka sig. Han gör allt för henne och Charlie, för att de ska vara lyckliga och ha det bra. Utom att köpa en hund. Svea har önskat sig en hund i födelsedagspresent och julklapp varje år sedan hon var liten. Men den där valpen med ett hängande öra och en stor röd rosett runt halsen har hittills aldrig dykt upp bland paketen.

"Ja må hon leva, ja må hon leva, ja må hon leva uti hundrade år…" Svea hör pappa och Charlie komma gåendes i hallen utanför hennes stängda dörr. Charlies mörka stämma låter mest som en traktor som ackompanjerar pappas skönsång.

Dörrhandtaget trycks sakta ner och hon hör hur pappa viskar.

"Är du vaken vännen?".

Svea låtsas gäspa, tittar fram under täcket och ger dem ett leende.

"Ja visst ska hon leva, ja visst ska hon leva, ja visst ska hon leva uti hundrade åååår. Ett fyrfaldigt leve för Svea. Hurra, hurra, hurra, hurraaaa!".

Pappa ställer ner brickan på sängkanten och drar, med en svepande gest, fram ett lila kuvert han haft i fickan på morgonrocken.

"Grattis".

Pappa sträcker fram kuvertet mot henne. Hon ger honom ett leende och öppnar det. En 500-lapp ligger där i.

"Tack pappa".

Svea ger honom en kram.

"Det är inte mycket, jag vet det" säger pappa ursäktande. "Och det är ingen hundvalp…".

"Det är bra" säger Svea och blåser ut tårtljuset som sitter i sandwich-glassen på brickan. "Det blir jättebra".

När pappa och Charlie lämnat rummet för att göra sig klara för jobb och skola ligger Svea kvar en stund i den varma sängen. Hon samlar upp smulorna från brickan med pekfingret och stoppar dem i munnen. Om en väldigt liten stund behöver hon också gå upp och göra sig klar.

Hon ska till skolan där hon har några veckor kvar i åttan innan det är dags för sommarlov. Svea gillar skolan. Det är tydliga regler, ett fast schema och hon kan låtsas att hon har en massa vänner att hänga med. Under rasterna flyter hon mest runt. Hon är helt ensam, men genom att röra sig mellan olika grupperingar av elever lyckas hon undvika att någon annan märker det. Lärarna tror att hon har många olika kompisar, att hon är en sådan som hänger med alla. De har sagt det till pappa på utvecklingssamtal. De andra eleverna tror att hon hänger med det där andra gänget. Eller så ser de henne inte överhuvudtaget. Precis som Svea vill ha det. Pappa behöver inte oroa sig och hon behöver inte gå till skolkuratorn för att hon inte har några vänner. Alla är nöjda och glada.

Svea har en speciell plats dit hon går ofta efter skolan eller när hon är ledig. En hemlig plats i skogen. Ett träd och en stubbe som känns som bara hennes. Att befinna sig där hjälper henne att se det gröna när hon försöker hantera sin ångest. Hon läser ibland en bok, sittandes där i mossan och hon ristar in saker i trädstammen för att minnas gångerna hon varit där.

Kapitel 4

Pierre

Pierre lämnar sin dotters rum och går längs den långa hallen bort till sitt sovrum. Han tar på sig byxorna han hade igår, lyfter upp gårdagens t-shirt och för den mot näsan. Nej, den kan han inte ha idag också. Han kastar det svettluktande plagget i tvättkorgen och öppnar garderoben för att ta fram en ren t-shirt. Det ligger en, ensam, prydligt vikt på hyllan framför honom. Jag måste verkligen tvätta, tänker han, sträcker ut armen och tar fram t-shirten ur garderoben.

Något slår i golvet med en liten duns. Han tittar ner och ser asken där han lagt sin förlovningsring. Så mycket ilska och tårar instängda i den där asken, tänker han och böjer sig ner för att plocka upp den. Han blir sittande på huk med den lilla svarta asken i handen. Det är drygt ett år nu sedan Mia lämnade honom. Det var dagen då hans dröm om att leva ett lyckligt tvåsamhetsliv abrupt tog slut. Hans livs stora kärlek, mamman till hans två barn, hade bestämt sig för att hon inte mådde bra i deras gemensamma familjeliv. Bara några korta fraser om att läka sig själv och på så sätt må bättre, sedan lämnade hon.

Pierre vill inte hamna tillbaka på det där mörka stället igen. Han skakar på huvudet i ett försök att fysiskt ta sig tillbaka till verkligheten. Han ställer sig upp, lägger tillbaka asken i garderoben och tar på sig t-shirten. Den skulle behöva strykas, tänker han. Det är veck efter den prydliga vikningen. Men han hinner inte ta fram strykbräda och strykjärn nu.

Spegeln på väggen bredvid sovrumsdörren visar en medelålders man, lite kortare än medelmannen, med smal kroppsbyggnad och ett hårfäste som alldeles för snabbt kryper uppåt. De blå jeansen och t-shirten är lite av Pierres uniform kan man säga. Det passar alltid, oavsett vart han ska eller vad han ska göra. Han kan ta på sig en stickad tröja eller jeansjackan som ytterligare ett lager, så är han redo att möta världen sen. Snabbt och enkelt som han vill ha det. Och framför allt, han sticker inte ut från mängden. Något som däremot sticker ut är hans spetsiga näsa, lite röd efter att ha varit allt för länge i vårsolen utan solskyddsfaktor. Han ser att han har lite godmorgon i ögonvrån som behöver tas bort. Han gnuggar sig i ögonen och drar med pekfingrarna i ögonvrån innan han tittar sig i spegeln på nytt. Så, det var bättre. Fingrarna får agera kam och han drar dem genom det tunna håret så att det lägger sig på plats. Med en kisande blick mot spegelbilden känner han sig redo att åka till jobbet.

Pierre jobbar sedan ett par år tillbaka som första linjens chef. Det är ett jobb han till största delen trivs bra med. Ett härligt gäng medarbetare, en schysst chef och en trygg anställning. Plus att han får jobba med det han tycker allra bäst om; teknik, system och datorer. Tänk om döttrar, före detta sambos och kvinnor i allmänhet var lika enkla att hantera. Bara ettor och nollor och lite skrivna kommandon. Vips, så blir det som man önskar och man får dem dit man vill. Det vore himla skönt. Nu är det ju inte så det fungerar, tyvärr. Före detta sambos behöver läka och hitta sig själva och döttrar vill testa gränser, prova att bli vegetarianer och tänka på miljön. Kvinnor i allmänhet, ja det vet han knappt. Han har i stort sett ingen erfarenhet alls. Men inte är de programmerbara i alla fall, så mycket har han förstått.

Pierre ropar hejdå till sin son Charlie, som inte hör, eftersom han troligen redan stuckit till skolan. Till Svea ropar han att hon ska ha en fin dag i skolan men får inget svar inifrån hennes rum heller. Det är som att prata med sig själv. Han tar på sig sina sneakers, den svarta cykelhjälmen och jeansjackan. Därefter lämnar han radhuset och hoppar på cykeln som varje morgon tar honom till kontoret.

Kapitel 5

Mia

Mia sitter i den slitna solstolen på balkongen och tittar igenom gamla bilder i mobilen. Hon stannar upp vid en bild från en spelning hon och bandet gjorde för en herrans massa år sedan. Hon visste inte ens att den fanns kvar i mobilen. Bilden är lite suddig och tagen från en plats mitt ute i publikhavet. Man ser bandet på scen och publiken som dansar nedanför scenen. Och så ser man henne, i en yngre version, ståendes längst fram på scenen i en, lite överdrivet, urringad svart klänning som knappt når henne över rumpan. Självsäkert står hon där som frontfigur med mikrofonen och sjunger. En gammal schlager gissningsvis. Hon kan för sitt liv inte minnas nu vilken av alla gamla svenska covers det var de framträdde med när bilden togs.

Denna yngre version av henne fullkomligt strålar. Det långa mörka håret var glansigare på den tiden, tänker hon. Huden i ansiktet var slätare och de blå ögonen hade ett betydligt piggare uttryck. Hon noterar sina fötter i de höga klackarna och benen som ser ut att vara minst två meter långa där de sticker ut under den korta klänningen. Hon står med ena armen uppsträckt i luften mot tjejgänget som står längst fram nedanför scenen och sjunger med henne.

Mia scrollar vidare bland bilderna i mobilen och hittar en selfie hon tog i yogastudion för någon vecka sedan. Hennes hår är uppsatt i en knut högt upp på huvudet, de grå håren kan skymtas likt skimmer vid tinningarna. Rynkan hon på senare år fått mitt i pannan syns väl, trots att hon minns att hon verkligen försökte slappna av i ansiktet för att inte föreviga den med kameran. Typiskt att hon ändå fick med den. Ögonen ser väldigt trötta ut och nästan lite sorgsna. De långa benen är klädda i turkosa tights och den mönstrade toppen matchar tightsen perfekt. Hennes bröst är i alla fall snyggare nu, tänker hon. Tur att hon hann fixa till dem innan allt annat på kroppen och i livet började förfalla.

Mia ser fortfarande bra ut. Hon kan se det själv och hon får ofta uppskattning för sitt utseende från människor runt omkring henne. Skillnaden är att då, för massa år sedan när den där första bilden togs, var hon sångerska i ett av stadens mest spelande coverband. Hon var ung, eftertraktad och lycklig. Numera är hon sjukskriven, singel och försöker läka och hitta tillbaka till sig själv.

Det är ungefär ett år sedan nu hon beslutade sig för att flytta ifrån Pierre och barnen. Hon packade alla sina viktigaste grejer i en resväska och flyttade ut från det gula radhuset hon och Pierre köpt tillsammans när Charlie var liten. Hon hade känt sig så instängd. Fastlåst i det ankare som var familjen, relationen med Pierre och livet i största allmänhet. Det hände ingenting äventyrligt. Livet bestod bara av tråkig och förutsägbar vardag med skola, jobb, handling, matlagning, städning, serier och så var det tack och godnatt. Nästa dag började allt om igen och så där höll det på. I åratal. I ärlighetens namn gjorde hon själv inte så mycket av allt det där vardagliga med barnen och hemmet. Det gjorde Pierre. Bekvämt ändå.

Bekvämt är ett ord som på ett väldigt bra sätt beskriver hennes och Pierres liv tillsammans. Pierre var ur många perspektiv den perfekta mannen. En riktig svärmorsdröm. Han gav henne allt vilken kvinna som helst skulle önska sig i form av finansiell och känslomässig trygghet, ovillkorlig kärlek och idogt hushållsarbete. Det han inte kunde ge henne var eldig passion och spännande äventyr. Hon tappade bort sig själv i allt det där tråkiga, trygga och vardagliga. Hennes liv är menat att levas på ett annat sätt, det är hon säker på.

När hon väl beslutat sig för att lämna gick det fort och det var inte särskilt jobbigt alls. Hon resonerade som så, att om inte Mia mår bra och lever det livet Mia vill leva, då kan Mia inte heller vara den Mia vill vara för människorna runt henne. Hon blir ingen bra sambo, ingen bra väninna och definitivt ingen bra mamma. Hon blir inte någon bra version av sig själv helt enkelt.

Det lilla flyttlasset gick till en sekelskifteslägenhet, alldeles för stor för att bara hon skulle bo där. Samtidigt kände hon att hon behövde allt det där utrymmet. Rymden den höga takhöjden ger. Ljuset som strömmar in från flera väderstreck genom de stora fönstren. Den lilla balkongen i söderläge där hon kan sitta under ett parasoll och bara tänka på sig själv. Ingenting i den lägenheten kräver någonting av henne. Så här bor hon nu. Det finns som sagt utrymme för fler personer. För hennes barn till exempel.

Hennes barn var det ja. Charlie, som är nitton och Svea som precis fyllt femton. Charlie kommer förbi hennes lägenhet ibland. De två kan sitta tillsammans på balkongen med varsitt glas vin. Bandet mellan dem är starkt. Mor och son. Hennes förstfödde som alltid är så snäll. Charlie bryr sig verkligen om henne, ser till hennes behov och kan lyssna i timmar när hon pratar på om sitt. Svea däremot kommer sällan till lägenheten. Hon ringer sällan heller för den delen. Hon kan bemöda sig med att svara kort med ett "ok" på sms ibland, men det är sällsynt det också. Svea är ett komplicera barn, det har hon alltid varit. Stökig och svår på något vis Mia inte kan förklara. Bråkig, tjafsig och krävande.

Som liten krävde Svea sina föräldrars ständiga uppmärksamhet och närhet. Så har det fortsatt, även om det tar sig något andra uttryck ju äldre hon blir. Charlie är annorlunda. Hos honom har hennes och Pierres uppfostran fastnat bättre. Stackars Charlie, som ständigt fått höra och uppleva alla Sveas vredesutbrott och känslostormar. Han som alltid är lugnet själv. När han var liten brukade han ofta sitta för sig själv och leka. Allt medan helvetet höll på att bryta ut i något av rummen bredvid.

Under åren hade Svea nästan tagit knäcken på Mia vid flera tillfällen. Var och varannan dag faktiskt. Det började med koliken hon hade som bebis. Hon skrek som en besatt galning, nätterna igenom. Mia vet att hon kan skatta sig lycklig som ändå haft Pierre i allt det där. Han brukade sätta på sina stora hörlurar och gå runt med Svea i famnen om nätterna. Att han tog över, räddade Mia från att bli fullkomligt galen. Det räddade henne från att bli inlåst någonstans på obestämd framtid.

Trotsåldern varade för Sveas del från när hon var strax över ett år tills… ja den håller väl egentligen på fortfarande, tänker Mia. Fyraåriga Svea hade varit både verbalt och fysiskt våldsam. Saker i deras gemensamma hem gick dagligen i kras och hon och Pierre blev kallade både det ena och det andra mindre smickrande epitetet av sin arga dotter.

Pierre var så förvånansvärt lugn, även i dessa situationer, minns hon. Själv kan hon överhuvudtaget inte förstå hur han kunde behålla lugnet på det viset. Skulle de, föräldrar och vuxna, behöva utstå det respektlösa bemötandet de fick av sin dotter?! Varför kunde hon inte bara uppföra sig som alla andra? När de var utanför hemmet gick det oftast bättre, om det inte hände något väldigt oförutsägbart som fick Svea att helt tappa kontrollen över sig själv.

Mia minns många tillfällen där hon tvingats vara den som skulle försöka lugna Svea. Den som skulle försöka få Svea att sitta still, sluta skrika och bara acceptera ett enkelt nej. Eller vad det nu kunde vara som behövde accepteras. Dessa tillfällen slutade i nio fall av tio med en explosion av känslor, slag och fula ord. Mia förstod ingenting när det hände. Hur kunde hennes dotter ha så dålig självkontroll? Hon och Pierre hade uppenbarligen misslyckats kapitalt med uppfostran där.

"Det handlar inte om uppfostran, Mia" hade Pierre sagt till henne en gång.

Det var den gången Svea, till synes helt utan förvarning, hade börjat kasta sina små, men hårda skor mot Mia i hallen när de skulle klä på sig för att gå till förskolan.

"Hon är frustrerad över någonting. Det är något som inte är bra. Och vi behöver ta reda på vad det är. Att skälla på henne kommer bara göra det hela värre" fortsatte han med den där irriterande lugna rösten.

"Men det är väl ändå inte okej att hon kastar sina grusiga skor på mig!" hade Mia skrikit tillbaka mot honom.

Därefter hade hon tagit Svea hårt om axlarna och försökt sätta ner henne på den lilla pallen i hallen som barnen hade att sitta på för att ta på sig skorna.

Svea reagerade med ett vrål, likt ett djur en tjuvjägare försökte tvinga in i en bur. Hon hade spänt ögonen i Mia och slingrat sig som en orm i hennes famn. Svea kom loss och sprang ilsket skrikande i hög fart mot vardagsrummet. På vägen sträckte hon ut armarna åt sidorna och rev ner lampan med porslinsfot som stod på byrån vid väggen mellan köket och vardagsrummet.

Lampan slog i golvet med ett kras och bitar av porslin och glas spreds över golvet. Svea fortsatte in i vardagsrummet och väl där inne vände hon och kom återigen springande ut i hallen. Fortfarande skrikandes. Hon sprang, utan att tänka, rakt över golvet som var fullt av vassa skärvor.

"Stanna Svea!" hade Pierre skrikit i ren förskräckelse.

Men det var för sent. Svea kunde inte stanna. Hon sprang med sina små bara fötter rakt över skärvorna och vidare in i köket där hon föll ihop i en hög och grät. En annan gråt nu, kunde Mia höra från hallen. Nu var det en gråt av rädsla och smärta. Mer vanlig barngråt, hade Mia tänkt.

Mia reste sig från hallgolvet där hon suttit och betraktat scenariot som utspelat sig på håll. Pierre satt på köksgolvet med en ledsen Svea i knät. Han hade lindat en kökshandduk runt hennes ena fot. Svea grät tyst mot hans bröst och Mia såg förfärat hur rött blod trängde igenom handduken och långsamt droppade ner på det rutiga köksgolvet.

Mia kommer tillbaka till nuet och lägger ifrån sig mobilen på vardagsrumsbordet. Hon tänker för sig själv att Svea nog uppskattar att hennes mamma flyttat ut. Det blir ju färre konflikter och ett större lugn i hennes liv.

Kapitel 6

Svea

Snart kommer sommarlovet. Då är det svårare att cirkulera och flyta runt för att smälta in. Ungefär halva sommarlovet brukar det gå bra, då kan Svea njuta av att slippa alla andra. Läsa böcker och gå i skogen. Efter det börjar hon längta till att skolan ska börja igen. Längta till att komma tillbaka till schema och rutiner. Tillbaka till att kunna flyta runt bland människor och inte känna sig så himla… ensam. Hon känner sällan av ensamheten i skolan. Det finns alltid en plats att smälta in på. Ingen tilltalar henne, men ingen stöter bort henne heller. Hon kan vara ingen.

Svea går längs vägen till skolan och är helt uppe i sina egna funderingar. Hon är utestängd från omgivningen med sina hörlurar och rätt som det är svischar en cykel förbi henne, alldeles för nära. Svea varken såg eller hörde mannen komma cyklande och hoppar till när han kör förbi. Mannen på cykeln, klädd i kostym och cykelhjälm, vänder sig om och ger Svea en ilsken blick och hon böjer skamset på huvudet och tittar ner i marken. Varför känner hon sig alltid i vägen?

Vid skåpet i korridoren packar Svea upp sina saker ur ryggsäcken och tar fram sin bok. Hon tänker passa på att sätta sig och läsa en stund innan första lektionen börjar. Svea kommer alltid till skolan alldeles för tidigt, minst en timma innan hon börjar enligt schemat. Egentligen är det kanske mer likt en femtonåring att sova så länge det bara går på morgonen. Men hon vill komma i väg tidigt just för att hon behöver den där stunden för att acklimatisera sig till skolmiljön innan alla skuggor anländer och dagen kör i gång. Dessutom brukar hon kunna få en pratstund med Emma där på morgonen. Bara det gör att Svea enkelt kommer ur sängen när väckningen i mobilen kör i gång.

Längst in, i slutet av niornas långa korridor finns två fåtöljer, en bokhylla och ett bord ståendes under fönstret. Fåtöljerna är omaka, den ena i mörkt trä med rödmönstrad dyna och den andra i ljust trä, utan dyna. Den låga bokhyllan, som inte matchar någon av fåtöljerna, innehåller massa gamla böcker med slitna pärmar i olika färger. På det lilla runda bordet i plast står en tygpelargonia och en omodern ljuslykta, utan ljus i.

Hon tar av sig skorna, drar upp benen mot magen och öppnar upp boken där bokmärket ligger. Svea skulle aldrig vika hundöron i en bok. Verkligen aldrig.

Svea känner hur den ena hörluren lyfts av hennes öra. Det är Emma.

"God morgon. Och grattis på födelsedagen".

"God morgon. Och tack". Svea känner hur hon rodnar lätt om kinderna av Emmas närvaro.

"Vad läser du idag?". Emmas röst är mjuk och varm.

Svea håller upp boken och visar Emma omslaget.

"Hur är det? Har du haft en bra födelsdagsmorgon?" fortsätter Emma och slår sig ner i fåtöljen intill.

"Mm, det har jag. Pappa och Charlie sjöng, eller vad man ska kalla det" svarar Svea.

"Det är mysigt när man blir väckt så där på morgonen" säger Emma, "jag minns det fortfarande från när jag bodde hemma".

"Det är liksom tradition hos oss" säger Svea. "Tårtljus i glass och sång. Egentligen ska man ju sova och bli väckt, men pappa är inte direkt tyst i köket".

"Jag fick kanelbulle och mjölk" säger Emma. "Och en bricka med en svensk flagga på trästång".

Emma lägger handen mot Sveas överarm.

"Hur är det annars då? Mår du okej idag?".

"Mm, det gör jag. Än så länge i alla fall" svarar Svea och ler mot Emma. Hon hoppas att Emma förstår hur mycket den känslan, att

Emma bryr sig på riktigt, betyder för henne.

"Det är bra. Du vet vart jag finns om du behöver mig, eller hur?".

"Mm, jag vet. Arbetsrum eller sms" svarar Svea, som vet att hon alltid kan få tag i Emma om hon behöver.

Det är många gånger som hon skickat ett sms till Emma när hon känner sig tvungen att lämna lektionen för att ångesten smyger sig på. Emma svarar alltid och om Svea behöver att hon kommer till toaletten, där Svea oftast stängt in sig, så kommer hon. Vissa gånger har Emma varit ensam i arbetsrummet och då har Svea kunnat komma dit för att sitta en stund i lugn och ro, innan hon återvänder till sin klass.

Kapitel 7

Pierre

Det lilla hörnkontoret är stökigt. Det ligger papper över skrivbordet, den ena skärmen är fylld av ikoner som symboliserar viktiga dokument och på den andra skärmen är flera programflikar öppna. Inkorgen till den överfulla mejlen. Intranätets förstasida med alla viktiga nyheter han borde läsa. Personalsystem. Exceldokument med siffror och formler. Det är alldeles för mycket att göra nu och Pierre har svårt att prioritera vad han ska börja med. I stället blir han sittande som en hösäck i kontorsstolen och bara stirrar på de flimrande skärmarna.

Som en skänk från ovan sticker Olle in huvudet i dörröppningen. "Kaffe?"

Det kunde inte kommit lägligare. Han vill inte verka allt för angelägen att ta en paus från icke-jobbandet.

"Kommer alldeles strax".

Han gör tummen upp åt Olle, utan att vända sig om.

Det är lång kö till kaffemaskinen i fikarummet som vanligt vid den här tiden. Klockan är 14.35 och det är sedvanlig tid för eftermiddagskaffe på kontoret. Den stora svarta kaffemaskinen maler långsamt men högljutt kaffebönorna.

Det färdiga, beska kaffet rinner lite för sakta ner i någons kopp. Sedan börjar malandet igen och nästa kopp fylls med kaffe, lika långsamt som den förra. Pierre tycker det känns som en evighet innan det äntligen är hans tur.

Klick. Ett snäpp starkare. Klick. En modell större kopp. Maskinen börjar mala bönor och brygga hans kaffe. Det rinner sedan ner i den ganska fula muggen med kommunvapnet på. Någon har ställt fram havrekakor med choklad på i en röd plastburk. Troligen köpta för att sponsra en förening av något slag. Pierre tar två kakor ur burken och slår sig ner bredvid Olle i den blå soffan.

"Vi var och hämtade båten i helgen" säger en kollega.

Därefter får de höra allt om putsning, packning och planer för båtturer i Vättern.

"De bästa smultronställena når man bara med båt vet ni" hävdar kollegan. "Man kan vara helt ensam på vissa ställen, det är fucking underbart!".

Pierre har aldrig varit särskilt intresserad av båtar. Eller bilar. Eller smultronställen för den delen. Men han spelar som vanligt med. Nickar och försöker få till ett skratt på precis rätt ställen. Parallellt med båtdiskussionen hör han sina kvinnliga kollegor, som sitter vid ett eget bord, prata om planeringen inför stundande studentmottagningar och midsommarfirande.

"Det är så mycket som ska göras" muttrar en av kollegorna. "Jag får tänka på allt själv", fortsätter hon.

Missnöjet i hennes röst går inte att ta miste på. Inte heller det faktum att hon syftar på sin sämre hälft där hemma. Samtalsämnena!

Pierre önskar att de någon gång kunde prata på ett djupare plan. Verkligen lära känna varandra. I stället fastnar de alltid i ytligt prat om, för honom, helt ointressanta saker. Visst, han skulle ju också kunna lägga sig i samtalet för att styra det dit han önskar. Men det ligger inte riktigt för honom. Vad skulle han ha att säga som de skulle tycka är tillräckligt intressant att lyssna på? Plus att han tycker det är skönt att kunna zooma ut och försvinna i väg i sina egna tankar.

Han vänder på huvudet och tittar ut genom takfönstret. Följer de små stackmolnen som rör sig fort över himlen. Det måste blåsa en del där ute idag, tänker han.

Pierres tankar förflyttas till den studentfest han själv ska anordna om bara ett par veckor. Det är Charlie som tar studenten efter tre år på vård- och omsorgsprogrammet. Han påminner sig själv om att han måste komma ihåg att messa Mia listan han skrivit med saker hon ska få i uppgift att ordna inför festen. Han varken hinner eller vill göra allting på egen hand. Det är ju faktiskt hennes son också.

Pierre får ett, lite för hårt, slag på överarmen.

"Eller vad säger du Pierre, visst är det så?".

Kollegan med båten skrattar högt.

Pierre har ingen aning om vad han menar, men stryker sig försiktigt över den ömma armen och skrattar till han också.

"Ja, ja, visst, absolut".

Pierre är tillbaka vid sitt skrivbord med resterna av kaffet, som nu är kallt. Han dricker det ändå. Det är bara några veckor kvar till han ska gå på semester och kontoret kommer snart börja tömmas på folk. Pierre tycker det är skönt den tiden, när det är mindre människor på plats. Det innebär färre möten och färre spontana samtal i dörren. Detta resulterar i att han kan få gjort alla de saker som blivit liggande. Det blir inte heller lika lång kö till den långsamma kaffemaskinen.

Kapitel 8

Emma

Det gemensamma arbetsrummet har sex skrivbord, varav Emmas är ett. Alla lärarna har sitt lilla, avskilda utrymme i rummet, som egentligen är alldeles för litet för att rymma sex individer. Nu är det ju sällan de alla sitter på plats samtidigt i och för sig. Lektioner, möten och mentorstid upptar den största delen av arbetstiden både för Emma och hennes kollegor på skolan.

Vid Emmas arbetsplats är hyllorna fyllda av föremål från hennes många resor till jordens alla hörn. Varje ledig period de senaste fem åren har hon gjort minst en resa till ett främmande land. Allt för att få uppleva och se så mycket av världen hon bara kan innan hon blir alldeles gammal och grå.

Emmas skrivbord är likadant som övriga kollegors, en vit laminatskiva på höj- och sänkbara ben. Skillnaden där är att på Emmas skrivbord står bara hennes laptop och en extra skärm. Det finns inga lösa papper. Inga gamla pärmar eller färgglada plastfickor med stenciler och annat tjafs. Hon vill ha det rent och snyggt omkring sig på jobbet och får dagligen, vänligt men bestämt, skjuta över den närmast sittande kollegans hög av papper som vält ner på hennes bord. Två identiska röda läppstift står också på Emmas bord, bredvid skärmen. Men annars är det rent. Hur svårt kan det vara att digitalisera sin undervisning och skippa alla dessa papper, tänker hon.

Emma plockar som vanligt bort några av sina egna svarta hårstrån från kontorsstolen innan hon slår sig ned för att förbereda fredagens lektion. SO är hennes ämne. Hon undervisar elever i alla årskurser på högstadiet och det är ibland en utmaning att hinna med att planera för alla grupper. Men hon brinner för ämnet, för allt det viktiga som finns att lära ut. Hon ser det som en förmån att ha alla dessa unga, formbara hjärnor till sitt förfogande och hon älskar att interagera med eleverna.

Diskutera med dem, lyssna på deras dialoger och problematisera kring samhällsfrågor. Allt med deras lärande i fokus. Hon vill få dem att reflektera över sina tankar och på det sättet skapa sina egna åsikter, värderingar och ställningstaganden.

Emma har jobbat med och runt ungdomar och barn hela sitt yrkesverksamma liv. Hon började inom förskolan, därefter fritids. För snart tio år sedan hade hon tagit steget och utbildat sig till lärare. Hon hade fått den efterlängtade legitimationen i samhällsorienterade ämnen för högstadiet. Jobberbjudanden hade det funnits gott om och det gör det fortfarande. Men Emma älskar sin skola och det jobb hon har nu. Hon trivs med eleverna. De flesta kollegorna och rektorn är ändå helt okej.

Arbetsmiljön är stundtals tuff. Det är ingen picknick att befinna sig i lokaler med så många elever varje dag. Men med sin planering och den återhämtning hon ser till att få, kan hon hantera det riktigt bra. Bättre än många andra, tänker hon. Det faktum att hon tycker om att gå till jobbet underlättar naturligtvis.

Att jobba som lärare och inte tycka om att träffa elever, det går inte. Man måste vilja lära känna eleverna, skapa relationer med dem och verkligen hitta ett sätt att lära dem saker. Annars är det svårt att vara lärare, troligen omöjligt.

Emma hör hur två av hennes kollegor, Mats och Lena, kommer in i arbetsrummet.

"Hinner du ta en kaffe innan nästa lektion eller?" frågar Mats med sin överlägsna ton samtidigt som har lägger ena handen på hennes axel.

Alltid för nära, tänker Emma. Alltid överlägsen i sin ton och fysiskt över gränsen.

"Visst, jag kommer".

Utan vidare entusiasm reser hon sig upp och rättar till de svarta slitna jeansen och t-shirten med AC/DC-tryck.

Hon vänder i dörren till kontoret, går tillbaka till stolen och tar den svarta koftan över axlarna. Hon börjar småspringa för att komma ifatt kollegorna på väg till fikarummet.

Kapitel 9

Pierre

Pierre sitter ensam i den ljusblå soffan i vardagsrummet. Radhuset är alldeles tyst och stilla. Svea är ute på en av sina otaliga promenader i skogen och Charlie blev nyss hämtad av en kompis som ville fira att han fått körkort. Pierre kan därför låta middagen vänta en stund till.

Han knappar på tv:n och scrollar Netflix, sida upp och sida ner. Hur mycket tid kan en man lägga på att leta efter något att titta på? Ibland längre tid än själva tittandet till sist blir. Under rubriken "Fortsätt titta som Pappa" finns krigsserien Band of brothers, komediserien The office (han hade sett den flera gånger), dramat Afterlife, rånplaneringsserien La casa de papel och (skämskudde) dokusåpan Below deck. Han hittar ingenting han känner för att se, idag heller.

Han lägger ner fjärrkontrollen på vardagsrumsbordet och tar i stället upp sin mobil. Och sina läsglasögon. Förra veckan när han och Olle var på after work kom Olle på den, enligt Olle själv, briljanta idén att Pierre skulle starta ett konto på Tinder.

"Det är på tiden att du går vidare nu" hade Olle sagt, med något sluddrande tal.

Pierre håller med om att det är dags att han går vidare men han har fortfarande inte riktigt förstått grejen med att dejta i en app. Hur gör man ens?

Olle hade tagit hans mobil, laddat ner appen och skapat ett konto. Han hade lagt upp en bild som redan fanns i mobilen. Det var en selfie tagen på den vita altanen utanför radhuset förra sommaren. Pierre stod där i jeansshorts, vit t-shirt, solglasögon och håret blekt av sommarsolen. Det är en bra bild måste han ändå medge. Under bilden lade Olle upp en presentation bestående av en emoji med en palm på en ö och texten "jag vill bli kär". Efter den kvällen hade Pierre inte varit inne i appen. Tills nu.

Nu låser han upp mobilen och klickar på den röda ikonen. Han lyfter förvånat på ögonbrynen. Ett meddelande! Han öppnar meddelandet och suckar tyst. Det är från Tinder. "Välkommen Pierre" följt av instruktioner och tips för hur han på bästa, enklaste sätt ska hitta sitt livs kärlek. Han inser att det måste svajpas och matchas för att han ska kunna få meddelanden. Okej. Då kör vi.

Först sveper han höger på alla kvinnor som, enligt hans tycke, har en någorlunda intressant presentation, barn i ungefär samma ålder som hans egna och dessutom har någon form av kreativ hobby. Kvinnorna alltså, inte barnen. Det resulterar i tio svep åt höger. Ingen matchning. Pierre tänker att han nog behöver utöka sina kriterier något.

Han fortsätter med att svajpa höger på alla kvinnor med en presentation, barn och någon hobby överhuvudtaget. Ytterligare tjugo svep. Inga matchningar. Pierre suckar högt, lägger frustrerat ner mobilen på vardagsrumsbordet och går med snabba steg ut i köket.

Han plockar fram spagetti ur skafferiet, grädde och gul lök från kylskåpet och vegofärs från frysen. För att minska frustrationen inom sig påbörjar han processen med att laga norra Europas godaste vegofärssås. Svea kommer bli så nöjd med att han lagat vegetariskt. Charlie kommer inte märka någon skillnad.

Medan den mustiga, rödbruna såsen puttrar i grytan på spisen återvänder han till vardagsrummet och plockar upp mobilen igen. Tillbaka i tindervärlden. Han kan inte riktigt hålla sig borta. Denna gång svajpar han höger på alla. Oavsett presentation, barn och fritidssysselsättningar. Det är halvnakna bilder, stora bröst, hundar i skogen, svenska flaggor, konstgjorda läppar, raggarbilar. Allt väljer han. Still no luck. Ingen matchning.

Pierre känner återigen frustrationen växa och funderar på om ens någon enda av alla dessa kvinnor upplever samma sak som han. Nämligen att det inte verkar finnas någon som vill matcha med honom. Mest sannolikt inte. Hans funderingar avbryts av ett pling i mobilen. En matchning!

Bilden visar Tine, femtiotre år från någon liten ort i nordvästra Skåne. Hon har bara en bild i sin profil och den visar en kvinna med rosa hår till axlarna, snickarbyxor och en randig t-shirt med vad som ser ut att vara målarfärg skvätt över hela framsidan.

Hon står leendes i en trädgård framför en liten röd stuga med vita knutar. Enligt den, mycket gedigna och beskrivande, presentationen gillar hon skogsbad, reikihealing, tarotkort och renovering av gamla möbler. Ha, han visste väl att det var målarfärg!

Pierre kan inte se sig själv tillsammans med Tine. Han är inte så där bohemisk och kulturell. Han är mer medelålders chef i offentlig sektor än Ernst Kirchsteiger. Mer beigea chinos och rutig skjorta än smutsiga snickarbrallor och barfota i gräset. Mer fredagsmys med en öl i soffan än kulturellt häng med ett glas rödvin på något pretentiöst uteställe.

Så vad letar han efter? Någon som gillar att laga mat och ha mysiga hemmakvällar. Någon som finns där när han kommer hem från jobbet och hängivet lyssnar på det han har att säga. Som kramar om honom när han har det jobbigt och talar om för honom att allt blir bra, att allt kommer att ordna sig.

Pierre stannar upp i tankarna och stirrar ut i luften framför sig. Suck. Han blir trött på sig själv. Letar han efter sin mamma?

Kapitel 10

Svea

Rektorerna står på scenen och framför en raplåt med blandad förtjusning. Både hos dem själva och hos publiken, bestående av skolans lärare, alla elever och en del föräldrar. Rektorerna pratsjunger käckt om läsåret som gått, om hur fina alla elever är, hur bra jobb alla fröknar och magistrar har gjort och om hur de tycker att alla barn ska ha ett fint, långt och soligt sommarlov tillsammans med alla sina kompisar.

Fröknar och magistrar verkligen?! Det är ändå tvåtusental och rektorerna känner tydligen ett behov av att dela upp lärarkåren i kön. Fräscht. Svea himlar med ögonen där hon sitter på den obekväma stolen längst ut mot gången.

Runtomkring henne sitter resten av hennes klass. Hennes mentor sitter på stolen framför i sin blommiga klänning och sina foträta remsandaler. Svea har en även hon en klänning på sig, dagen till ära. Den är vit med korta ärmar och fickor i sidorna. Söt men praktisk. Mamma hade gillat den. Svea gillar den också, eftersom hon smälter in. Dessutom kan hon ha med sig mobil och hörlurar i fickorna.

Mamma kommer ju inte se klänningen, eftersom hon inte är här. Pappa är inte heller här. Han ville ta semester för att följa med henne, men Svea stoppade honom. Att ha mamma och pappa här blir bara jobbigt. Dels skulle de träffa varandra, vilket aldrig blir bra. Dels har hon svårt att flyta runt här. Svårt att dölja det faktum att ingen av de andra eleverna pratar med henne. Svårt att agera på ett sätt som gör att mamma och pappa inte förstår. Inte förstår att hon inte har någon att fira in sommarlovet med.

Men hon vill vara med på avslutningen. Det är starten på sommarlovet och utan skolavslutning blir det ingen sommarkänsla. Hon vill vara med och till tonerna av Den blomstertid nu kommer, ska hon tåga ut, ensam, tillsammans med de andra och sedan diskret försvinna runt hörnet på byggnaden och gå till skogen.

Hon har en bok med sig. En ny. Något av det bästa hon vet är att öppna en ny bok, börja läsa och fantisera sig bort. Mentalt gå in i berättelsens fiktiva värld. En värld där hon kan skapa sin roll. Där hon kan vara precis den hon känner för att vara.

Svea ser Emma också, två rader framför henne. Hon har inte klänning. Emma har svarta byxor och t-shirt, som hon alltid har. Men hon har en blomma i det svarta håret och starkt cerise läppstift på läpparna. Somrigt ändå. Emma vänder sig om och vinkar till henne. Svea blir varm i hela magen. Hon vinkar tillbaka.

Årskurs sju håller på att avsluta sitt uppträdande med Grannen Måns låt "Sommarlov". Alla klappar i händerna i takt med musiken och när eleverna avslutningsvis skriker "sommarlov!" startar appläderna som aldrig tar slut. Så mycket ljud.

Det är varmt i lokalen och Svea känner hur hjärtat börjar slå fortare. Inte nu, tänker hon. Grönt, grönt, grönt. Vatten, vågor, vatten, vågor. Hjärtat saktar ner och Svea kan i stället fokusera på psalmen. Den som avslutar alla skolavslutningar. Eleverna tågar ut klassvis. När det är hennes tur reser hos sig och smyger in i folkvimlet, ut ur lokalen, runder hörnet på byggnaden och vidare bort längs gångvägen mot skogen. Precis som planerat.

Väl framme i skogen går hon fram till sitt träd, lägger handen på det och sätter sig i mossan nedanför. Det är mjukt och lite fuktigt. Hon sätter hörlurarna över öronen och slår upp det första kapitlet i boken. Lugnet infinner sig. Doften av skog, fukt och trygghet gör henne avslappnad. Ångesten är långt borta nu. Hon försvinner in i boken och omvärlden suddas långsamt ut.

Kapitel 11

Emma

Skolans elever springer ut ur lokalen efter skolavslutningen. Mot efterlängtat sommarlov!

Emma känner lyckan inom sig och har inte en tanke på att, som så många av hennes kollegor, förmana eleverna och säga åt dem att sluta springa. Hon kan fortfarande minnas den där känslan av att ha ett helt, långt sommarlov framför sig. Sol, bad och glass i stora lass. Klart de är glada och uppspelta. Det ska de väl kunna få visa?

Emma och de andra lärarna på skolan har ytterligare en vecka kvar av jobb innan det är dags för ledighet. Resan till Sydamerika väntar för Emma. Sydamerika är en kontinent hon ännu inte haft äran att besöka och hon ser med spänd förväntan fram emot både Bolivia och Peru. Helt på egen hand ska hon få upptäcka Titicacasjön, Lima och Sucre. På sina egna villkor ska hon uppleva kulturen, maten och lokalbefolkningen. Hon kan knappt bärga sig.

Att resa ensam är Emmas grej. Hon gillar inte att behöva anpassa sig efter andra när hon reser, utan trivs allra bäst när hon kan göra det hon själv känner för i stunden. Vissa resor har hon en gedigen resplan med många aktiviteter inplanerat, som den till Sydamerika nu. Men andra gånger reser hon bara med flygstol och bokar lämpligt boende och upplevelser som lockar henne när hon väl är på plats. Allt är så mycket enklare när man är själv. Hon har alltid lyckats hitta något rum någonstans att hyra och folk är generellt hjälpsamma med rekommendationer och tips på saker att göra i deras stad eller land.

Emma tittar efter Svea där i vimlet bland alla elever. Hon vill få möjligheten att ge Svea en kram och önska henne trevlig sommar nu när de inte ska ses på så länge. Emma såg Svea där inne tidigare. Hon såg hur Svea trött himlade med ögonen åt rektorernas uppträdande. Så himla typiskt Svea, tänker Emma med stolthet. Svea är inte som andra. Visst finns det fler elever som visar engagemang och diskuterar på lektionerna. Men Svea, och de andra elever som genom åren fått en speciell plats i Emmas hjärta, har något mer utöver engagemang och diskussionslust. De har något skört och vackert över sig. Det är någon elev i varje kull som har det där. Ibland flera. Elever som på olika sätt visar Emma att de behöver hennes stöd. Den trygghet de inte får från andra. En del av dem uttrycker sina behov med ilska och frustration. En del av dem visar sina behov utan att agera utåt. Som Svea.

Hela Svea utstrålar skörhet. Emma såg det direkt första gången hon träffade henne. Hon kände det i hela sig, och det gjorde att hennes hjärta blev så där alldeles mjukt och mottagligt. Mottagligt för Sveas behov av att bli sedd, bekräftad och lyssnad på.

Den där förmågan, att kunna se, ta emot och tillfredsställa behoven hos de mer komplicerade eleverna, det är oftast en styrka. Men vissa delar av det kan bli riktigt svåra att hantera.

Emma tar de här eleverna till sig och skapar band som, efter tre år, bryts när eleverna lämnar för att börja gymnasiet. Saknaden och tomheten efter dem blir total. Oron för hur det ska gå för dem i den nya miljön. Om det finns någon som tar hand om dem där på samma sätt hon gjort. Hon har ingen given rätt att följa upp och ta reda på det. Hennes ansvar sträcker sig inte längre än skolavslutningen i årskurs nio, eller strax innan till och med. Efter det måste hon släppa kontrollen och låta andra ta över. Emma har svårt att släppa i väg och ha tilltro till att det löser sig. För hon vet att det inte alltid gör det.

Som med Philip, pojken som anförtrott allt han hade inom sig till henne. Philip som haft en skolgång, mer än lovligt krokig. Full av skuldbeläggande, isolering och bristande stöd. Philip som utåt verkat må bättre efter att han kommit till högstadiet men där inne, i sitt innersta, kunde han bara se mörker.

Emma försökte prata med honom om framtiden. Vad han ville jobba med. Hur hans liv skulle se ut. Men det fanns liksom inte där. Han såg inte någon framtid för sig själv.

Philip är där uppe bland änglarna nu. Emma tänker på honom ofta, speciellt när hon ser hur molnen formar figurer på himlen. Philip största passion i livet var Marvel och allt annat som hade med superhjältar och övernaturliga krafter att göra. Emma brukar tänka att det är han som skickar små meddelanden där uppifrån, genom molnfigurerna, ner till henne. Meddelanden som talar om för henne att han fortfarande finns med henne och att han är okej. Att han mår bättre där han är nu.

Kapitel 12

Pierre

"Klirr, klonk, klirr". De tomma flaskorna från Charlies studentfirande slår mot varandra i papperspåsarna på väg till återvinningsstationen. Pierre har inte gjort annat än att plocka och städa i två dagar för att få tillbaka ordningen i hemmet efter tillställningen. Det är tur att han gillar att städa, tänker han. Städning blir avkoppling för honom samtidigt som resultatet syns tydligt och känns oerhört tillfredsställande. Ett snyggt och städat hem där allting har sin plats, det tycker han om. En kontrast till det pappersöverfyllda kontoret där allting bara känns stökigt och rörigt.

Studentfirandet hade varit lyckat och Charlie var nöjd. Pierre och Mia hade hjälpts åt på precis samma sätt de brukat göra vid fester och middagsbjudningar innan separationen. Han hade stått med mat och disk medan hon hade varit den trevliga, sociala som mötte upp gäster och såg till att alla hade det bra ute i trädgården.

Pierre kommer in i den mörka hallen, tänder lampan och hänger upp sina blöta kläder på galgar under hatthyllan. Regnskuren hade överraskat honom, när han gick hemifrån sken solen från blå himmel. Inte hade han väl trott att de mörka, regntunga molnen borta i fjärran skulle närma sig så fort.

Med torra kläder sätter han sig vid köksbordet med en kopp kaffe från termosen. Han ser att han har flera nya meddelanden i Tinderappen. Några kvinnor har han fått kontakt med ändå, tänker han. Kanske kan detta vara vägen till kärlek för honom trots allt. Just nu är det tre olika kvinnor han skriver med. Först har vi Therese. Hennes bilder är lite suddiga och några av dem ser också misstänkt gamla ut. Han och Therese har inte träffats ännu. Pierre vill gärna träffa dem han kommer i kontakt med på riktigt så fort som möjligt. Att sitta och skriva romaner i meddelanden känns meningslöst om målet är att lära känna varandra och få reda på om det klickar, tycker han. För att veta om det är värt att gå vidare behöver man ses, det är hans fasta övertygelse.

Till Therese hade han föreslagit en kaffedejt förra veckan och hon hade svarat att hon tyckte det var en bra idé. Att även hon ansåg att det var bäst att ses i verkligheten för att veta. De bestämde tid och plats, men när dagen var inne skrev hon att hon hade huvudvärk och inte skulle kunna komma och möta upp honom. Han hade redan suttit i bilen på väg till mötesplatsen så han hade åkt till caféet själv. Väl där hade han beställt en kopp kaffe och en hallongrotta. Under tiden han satt där och fikade i sin ensamhet hade Therese fortsatt skriva till honom. Och han hade svarat henne. Så han hade varit på distansdejt med henne kan man säga. Men han tycker inte att det räknas. Han tänker att Therese är intressant men det faktum att hon inte verkar vilja ses gör honom lite off.

Så har vi Gabriella. Hon har en profilbild bara. Tagen från sidan så att man bara ser halva hennes ansikte. Knappt. Gabriella skriver om hur hon drömmer om en stor familj och att hon kan tänka sig att flytta på sig för rätt kille. Hon är trettiosju år och har ännu inga barn. Gabriella skrämmer Pierre litegrann. Eller ganska mycket. Han tror inte att han vill ha fler barn, men samtidigt så kanske det kommer med paketet om han vill ha riktig kärlek. Gabriella svarar alltid direkt när han skriver också. Han gillar den bekräftelsen, men ändå. Det känns desperat på något vis.

Till sist har vi Hanna. Bara 29 år och på tok för ung för honom. Men han tycker det är smickrande att hon tagit kontakt med en medelålders farsa som han, och därför fortsätter han ändå skriva med henne. Han har dock inte föreslagit någon dejt ännu. Inte hon heller. De bara skriver. Ibland lite snuskigt. Pierre tar aldrig första steget till sextextandet. Det vågar han inte. Det finns redan för många snuskgubbar på nätet, tänker han. I det facket vill han inte hamna. Men samtidigt hänger han gärna på Hannas initiativ. Det är trots allt ganska mysigt och det känns relativt ofarligt när han ligger där hemma på soffan och svarar på vad han skulle göra med henne om hon var där naken bredvid honom.

Pierre lägger ifrån sig mobilen. Precis när han lagt ner den, plingar den till. Sms från Mia. Pierres hjärta hoppar fortfarande till när han ser hennes namn på displayen. Så har det alltid varit. Det grämer honom att hon fortfarande har det greppet om honom nu när hon så tydligt visar att hon inte älskar honom längre.

Han minns första gången han såg Mia där i den långa matkön på festivalen. Hon var den vackraste kvinna han någonsin sett. Det är hon fortfarande. Ingen kommer någonsin att kunna mäta sig fullt ut med henne, tänker han med en sorgsen känsla i magen. Hon har sårat honom på ett sätt ingen annan tidigare gjort. Han har också älskat henne som han aldrig tidigare älskat någon. Han älskar henne fortfarande. Men hon vill inte ha honom. Han måste gå vidare. Olle har rätt i det, tänker han.

Kapitel 13

Mia

En slö fluga surrar runt Mias huvud. Hon viftar ivrigt runt sig men flugan vill inte ge sig. Mia sitter i solen på den lilla balkongen i lägenheten och sippar på en iskaffe. Hon gillar att kunna sitta här ute och njuta av solen, oavsett årstid. Flugan landar till slut på kanten av kaffeglaset och innan Mia hinner göra någonting åt det har flugan ramlat ner i det kalla kaffet.

"Fan" säger hon irriterat. "Vad skulle du där i att göra?".

Hon tar skeden hon ätit sitt keso-mellanmål med och fiskar upp flugan. Slöare än innan, nu med kladdiga och kalla vingar, försöker den flyga. Det går inte så bra och hon ser hur den störtar ner mot balkonggolvet. Där kryper den runt en stund innan hon bestämmer sig för att ta sin sandal och slå ihjäl den.

Mia är så trött idag. Det är resultatet av en social baksmälla efter gårdagens studentfirande i trädgården till radhuset där Pierre och barnen bor. Som vanligt hade hon fått rollen att socialisera med den släkt och de vänner som kom för att gratulera Charlie till studenten. Pierre hade, som alltid, stått avslappnat inne vid diskbänken och tagit hand om matrester och disk. Det är så typiskt honom att alltid lämna det där ansträngda, tillgjorda kallpratet till henne.

Charlie, som gått tre år på vård- och omsorgsprogrammet, är nu undersköterska och igår berättade han för henne att han fått jobb på stadens äldreboende. Mia förstår inte hur han tänkt när han valt det yrket. Det kännetecknas av dåliga arbetstider, slitsam arbetsmiljö och låg lön. Samtidigt vet hon ju att Charlie tycker om människor. Han tycker om att hjälpa, stötta och lyssna. Han kan ju alltid välja något annat, något bättre, längre fram i livet, tänker hon.

När han upptäcker baksidorna med det yrke han valt nu.

Svea hade haft sin skolavslutning dagen innan Charlies student. Tydligen fick inga föräldrar delta, hade hon fått veta från Pierre. Hon hade med ett litet kuvert med pengar till Svea som skolavslutningspresent när hon kom till radhuset för studentfirandet. Svea hade tackat, gett henne en snabb, kall kram, och gått vidare in i köket. Mia hade sett in genom köksfönstret hur Svea stod bredvid Pierre och torkade disk. Hennes unge. Så fäst vid sin pappa. Och han vid henne. Ett sting av avundsjuka gör sig påmint.

Mia vänder på glaset och dricker upp det sista av iskaffet. Hon gör en grimas när hon drar sig till minnes att en fluga nyss badat i den kalla vätskan. Hennes mage kurrar som för att påminna henne om att äta och hon reser på sig för att gå in och göra lunch.

"Hallå där! Mia!". Hon hör Peters röst ropa på henne ner från gatan.

Hon tittar ner från balkongen och ser honom stå på gatan nedanför. Han är snyggt solbränd och klädd i svala ljusa linnekläder.

Peter och hon hade träffats på yogastudion. Han hade nobelt kommit fram och hjälpt henne plocka ihop sina saker efter ett yinyogapass tidigare i våras. Det ena hade lett till det andra och de hade gått tillsammans från studion för att ta en kaffe efter passet. Peter är snygg, vältränad och pratglad. Han hade pratat om sina resor till yogaretreats över hela världen och Mia hade avundats honom i tysthet.

Peter jobbar som mäklare och säljer väldigt dyra hus och kanske ännu dyrare lägenheter till vardags. Mia har inte avslöjat sin sjukskrivning och diagnos för honom, utan i stället tänker hon fake it 'til you make it och får det att låta som om hon helt enkelt jobbar och lever som alla andra. Som tur är frågar Peter inte så mycket om henne. Han är så charmigt, manligt självupptagen att det räcker att hon ibland pratar om ett möte eller en konferens. Han ställer aldrig några följdfrågor.

"Jag ska precis fixa lunch" ropar hon tillbaka till Peter. "Vill du komma upp?".

Peter knackar tre gånger på dörren innan han öppnar och kliver in. Hon möter upp honom i hallen och får en lätt puss på kinden och en klapp på rumpan. Mia skickar iväg ett förföriskt leende och himlar skämtsamt med ögonen åt honom innan hon går ut i köket.

Snart har hon fixat två skålar med blandad sallad toppad med tonfisk och räkor som de tar med sig ut på balkongen. De sätter sig på varsin stol med det lilla bordet mitt emellan sig.

"Vad har du gjort idag då?" frågar han.

Mest troligt ställer han frågan för att han vill ha samma fråga tillbaka när hon svarat.

"Äsch du vet, jobb, möten. Sådant. Själv då, vad har du gjort?".

Hon ställer frågan, precis som hon tror att han förväntar sig.

"Jag?".

Han försöker låta lite ödmjuk, tänker hon.

"Haft visning på Lokegatan. Jävligt nice kåk. Skrivit kontrakt och lämnat nycklar till två lägenheter. En mäklares vardag vet du".

Han blinkar åt henne.

Mia är svag för det där flirtiga sättet Peter har. Han verkar så världsvan och fullständigt obekymrad. Hon ger honom en blick och tar en klunk av mineralvatten ur en av flaskorna Peter burit ut åt dem.

Mia står i sekelskifteslägenhetens vackra kök och sköljer tallrikarna från lunchen. Peter kommer in i köket, ställer sig tätt bakom henne och kysser henne lätt i nacken. Hans händer rör sig målmedvetet över sidorna på hennes kropp.

"Fan, vad vacker du är…" mumlar han i örat på henne och börjar samtidigt dra hennes kjol uppåt.

Mia hinner tänka att hon inte duschat ännu idag, men innan hon vet ordet av har Peter lyft upp henne på bänken i köket. Hon kysser honom och lusten hon känner brinner i henne. Hon vill ha honom och hon vill ha honom nu.

Som om han läst hennes tankar knäpper han upp sina byxor och låter dem falla till fötterna. Han kliver ledigt ur dem. Mia kränger av sig linnet över huvudet och lägger benen om hans midja. Peter kommer in i henne och hon flämtar till. Hon håller sig fast i honom med armarna för att slippa känna nederdelen av köksskåpet skava mot ryggen.

Peter lyfter henne från bänken och bär in henne till sovrummet som ligger precis intill köket. Han lägger ner henne på sängen och hon njuter av precis varje sekund. De ligger på sängen bredvid varandra, tittar upp i taket och suckar nästan samtidigt. Mia brister ut i skratt. Peter tittar på henne.

"Var det så roligt?" säger han och blinkar än en gång på det där flirtiga sättet mot henne.

När Peter lämnat lägenheten går Mia in i badrummet. I spegeln över handfatet ser hon sina rosiga kinder och sitt rufsiga hår. Med den sköna känslan fortfarande kvar i kroppen tar hon av sig kjolen, sätter på vattnet i duschen och kliver in.

Kapitel 14

Svea

Svea står i skuggan och tittar med något som liknar fasa på människorna som dansar kring midsommarstången på gräset framför henne. Vad gör de ens? Hon skäms ihjäl. Barnen kan hon förstå. Man tycker ju att sådant är roligt när man är liten. Men vuxna människor som dansar till små grodorna, runt en hög, lövklädd penis. Nej. Nej. Nej. Hon skulle hellre dö än att vara med i dansen.

Svea är på traditionsenligt midsommarfirande med mamma, morfar och gammelfarmor. Alltså mammas farmor. Morfars mamma. Mamma hade sms-at henne och frågat om hon ville följa med. Svea kan tänka sig hundra saker mer lockande. Äta spik till exempel. Men så hade hon pratat med pappa och han tyckte att det var en bra grej att åka med.

"Mamma får lite tid med dig" hade han sagt. "Och så blir gammelfarmor glad också".

Svea har svårt att säga emot pappa när han pratar så där. När han lägger huvudet på sned och ser ut som en ledsen hundvalp. Så hon hade sms-at ett okej till mamma och här står hon nu. Mamma och morfar står en bit bort, bakom gammelfarmor som sitter på sin rullator och klappar glatt i händerna i takt med musiken.

Svea har på sig klänningen från skolavslutningen. Den vita med fickor. Precis som hon trott tyckte mamma om den. Gammelfarmor också. Det är skönt att för en gångs skulle inte behöva försvara sitt klädval för dem. De är ganska lika där, gammelfarmor och mamma, tänkte Svea. Mamma tänker nog inte på det. Dömande och kritiska är de. Flickor ska bära klänning på kalas. Det gör Svea sällan. Hon tycker det är viktigare att hon trivs i det hon har på sig och vill hon ha jeans och hoodie, då har hon det. Pappa säger aldrig något om hennes kläder. Det borde ingen annan heller göra.

Senast var på Charlies student. Senast hon fick kritik alltså. Hon hade haft sina vanliga jeans och en vit t-shirt med tryck. Det första mamma gjorde när hon kom var att syna henne uppifrån och ner och fråga varför hon inte var klar ännu, gästerna hade ju redan börjat komma. Suck. Svea hade inte ens bemödat sig med att svara. Mamma hade sträckt fram ett vitt kuvert mot henne. Det stod "äntligen sommar" med stora bokstäver på kuvertet. Svea tog emot presenten med nick åt mamma. I samma sekund fick mamma syn på att fler gäster kom upp för uppfarten och hon gick för att möta upp dem.

"Hej och välkomna" hörde Svea henne säga när hon vände ryggen till för att gå in till pappa i köket.

Med pappa kan Svea vara sig själv. Bara vara den hon är. Varken mer eller mindre. Han verkar inte döma henne, han ställer inte massa krav och framför allt, han kritiserar henne inte för vad hon har på sig eller hur hon ser ut.

Resterande del av studentfirandet tillbringade hon i köket där hon hjälpte pappa med disk och mat. På så sätt kunde hon delta i firandet. Men på håll, genom köksfönstret. Hon behövde inte möta massa blickar och svara på frågor om hur det går i skolan. Och bland det bästa, hon slapp att höra hur stor hon har blivit. Den sociala biten fick mamma stå för. Hon är bra på det. Och Charlie såklart. Han tycker nog lite mindre om det än vad mamma gör, tror Svea. Men han minglade plikttroget. Log och tog i hand. Tackade artigt för alla presenter, oavsett om han gillade dem eller inte.

"Ska vi åka och äta lunch nu?". Mamma kommer mot henne med morfar och gammelfarmor i släptåg.

"Jag skulle gärna åka hem" säger Svea.

"Men" fortsätter mamma manande, "nu var det ju meningen att vi skulle åka hit och kolla på dansen och äta lunch tillsammans".

Svea tar ett djupt andetag. Hon vill skrika "ja det kanske det var men nu orkar inte jag mer!". Men i stället säger hon:

"Visst, vi åker och äter lunch".

Mamma bromsar in bilen och stannar utanför radhuset.

"Tack för idag, Svea".

Hon vänder sig om mot Svea.

"Glöm inte att krama gammelfarmor innan du går".

Svea ger morfar en kram innan hon går runt bilen och ger gammelfarmor, som sitter i passagerarsätet, en kram. Hon stänger igen bildörren och mamma kör i väg.

"Hej, hur har du haft det?". Det är pappa som ropar från altanen.

"Bra" svarar Svea och går förbi ingången till altanen vidare mot ytterdörren. Hon orkar inte mer umgänge nu. Batterierna är slut. Hon längtar efter hörlurarna och täcket. Hjärtat slår hårt i bröstet. Det första hon gör när hon kommer in i sitt rum är att slänga den vita klänningen över skrivbordsstolen. Hon tar på sig ett linne och kryper ner under täcket. Det varma, trygga, tunga täcket. Hörlurarna är snart över öronen och hon vaggas in i Veronica Maggios sång om hur hon slänger ner en nyckel från fönstret i köket. Svea ligger på laddning.

Kapitel 15

Mia

Mia sätter sig vid datorn som står påslagen på köksbordet. Utanför köksfönstret har de gråa åskmolnen gjort sommardagen så där alldeles mörk. Vinden blåser i träden strax bortanför som det alltid gör innan åskan och regnet dundrar i gång. En stor flock med svarta fåglar avtecknar sig mot den grå himlen och hon följer deras väg från det ena trädet, runt i en bana över himlen, för att sedan komma tillbaka och landa i trädet intill. En blixt lyser upp hela köket och bara sekunder efter kommer en knall som får fönsterrutorna att skallra. Mia drar ut strömsladden till datorn och känner sig för ett ögonblick otroligt klok och förutseende.

Nu öser regnet ner. Det är bra, för det behövs regn i stora mängder nu. Värmen har varit tryckande som vid Medelhavet under mer än två veckor. Mia låser upp datorn och öppnar mejlen. Hon ser att hennes antagningsbesked har kommit. Med blandade känslor klickar hon sig vidare in på webbsidan och loggar in. Hon har kommit in!

Efter en lång sjukskrivning känner hon att det är dags att ta tag i livet igen. Dags att komma tillbaka till den hon en gång varit. Eller ja, hon kan inte bli densamma som innan. Det blir man inte, tänker hon. Symptom på utmattning och depression var diagnosen hon fått. Inte utmattningsdepression. Något lindrigare tydligen. Hon vet inte vad skillnaden är riktigt. Det enda hon vet är att hon gick på sparlåga under väldigt lång tid. Till slut brann den lågan ut. Den slocknade. Vilket resulterade i att hon inte orkade någonting. Hon hade ingen energi kvar. Bara att gå en helt vanlig promenad var helt omöjligt. Allt gick så oändligt långsamt. Hjärnan, benen, talet.

Allt. Hon kunde knappt tänka, absolut inte sortera bland tankar. Det fanns ingen förmåga till något som helst kognitivt. Hjärnan var gröt. Trögflytande, stabbig risgrynsgröt som stått framme på bordet alldeles för länge.

Fysiskt hade hon under sjukskrivningen varit svagare än hon trodde var möjligt. Minsta ansträngning hade gjort henne lamslagen och sängliggande i dagar. Långsamt, långsamt började hon efter en tid återhämta sig. Hon började med yoga och meditation flera dagar i veckan. Hon tog dagarna som de kom och hon vilade. Nu, flera månader senare, känner hon sig bättre, ja nästan bra. Men hon kommer aldrig tillbaka till den hon var innan. Tur är väl det, tänker hon, för det var ju den personen hon var då som gjorde att hon hamnade där hon hamnade.

Det var för att komma vidare från sjukskrivningen hon i våras sökte in till universitetet. Eftersom det helt klart var dags för henne att komma tillbaka till livet igen. Och nu hade alltså beskedet kommit. Hon skulle plugga till beteendevetare under de kommande tre åren.

Regnet slår fortfarande hårt mot fönsterrutorna och åskan mullrar dovt men den är längre bort nu. Mia tar upp sin mobil och skickar ett sms till Charlie där hon kort berättar om antagningsbeskedet. Han skickar ett svart hjärta tillbaka, följt av en glad emoji och ett "gött". Mia lägger ner mobilen på bordet och stänger igen datorn. Hon blir sittandes på stolen en lång stund och tittar ut på regnet.

Hon ska läsa på universitetet! Det är något hon velat göra så länge hon kan minnas, men hon har bara inte kommit sig för att söka. Det har alltid kommit något annat emellan. Exempelvis satsandet på en minst sagt trevande musikkarriär och två relativt oplanerade barn. Nu ska det äntligen bli verklighet. Hon ska plugga och få ett riktigt jobb. Förhoppningsvis ska hon få ett jobb, det vill säga. Drömmen för Mia skulle vara att jobba med att hjälpa människor på ett eller annat sätt. Kanske kurator. Eller familjebehandlare. Hursomhelst har hon nu tagit första steget. Hon känner sig nöjd med sig själv där hon sitter vid fönstret.

Kapitel 16

Pierre

Det har gått lite trögt på matchningsfronten den senaste tiden vilket gör att Pierre reagerar med viss förvåning när han hör plinget från tinderappen. Han har en ny matchning. Karin. Han försöker att inte få allt för höga förväntning innan han klickar in på Karins profil. Han hinner inte ens läsa hennes presentation innan det plingar till igen och han ser att det kommer ett meddelande i appen. Det är Karin som skriver till honom. Har hon suttit och väntat på att han ska komma online?

Hej, vad gör du en fin kväll som denna?

Pierre skriver tillbaka direkt.

Inte mycket, det är lugnt framför en serie här.

De skriver några meddelanden fram och tillbaka. När de skrivit en stund skickar Karin sitt nummer till honom. Efter viss tvekan ringer han upp henne.

Karin har en trevlig röst och verkar vara seriöst intresserad av att lära känna honom. Hon ställer massa frågor, om hans jobb, hur han ser på framtiden och vad han söker hos en kvinna. Pierre får påminna sig själv om att han ska ställa frågor tillbaka också. Inte bara svara på hennes frågor om honom. Karin pratar inte så mycket om sig själv. Hon svarar på de frågor han ställer men sedan återgår hennes fokus till honom. Han kommer på sig själv med att han gillar att få den uppmärksamheten.

Efter det där första samtalet har de ringt varandra nästan varje kväll. Det är trevliga samtal. Karin skrattar mycket, det tycker han om.

Mellan samtalen skickar Karin bilder till honom via sms. Hon fotograferar sig själv, antingen från en märklig underifrånvinkel vilket gör att man ser rakt upp i näsan på henne eller snett uppifrån vilket gör att hon ser ut att ha ett jättestort huvud och små, små fötter. Oavsett vilken vinkel bilderna är tagna ifrån ser hon bra ut, det gör hon. Vanlig. Axellångt, lockigt hår. Bruna ögon och en fin kropp. Det där om kroppen är lite av en gissning. Han vågar inte fråga efter bilder på hennes kropp rakt framifrån. Han vill inte verka ytlig. Men han hoppas att hennes kropp är fin. Han skickar bilder på sig själv också. Vanliga bilder på en vanlig man, oftast tagna rakt framifrån i den smutsiga sovrumsspegeln.

Ikväll är kvällen då de ska ses för första gången på riktigt. Han ska äntligen få se henne, kanske ta i henne, kanske... han är försiktig med att hoppas på mer.

Karin bor i staden intill och de har bestämt att det blir bäst att han åker till henne. Planen de gjort upp är att laga mat och dricka vin tillsammans. Så där lagom casual. Han hade gärna bjudit hem Karin till radhuset eftersom han känner sig mer bekväm med att vara på hemmaplan, men eftersom Svea och Charlie finns här hemma fungerar inte det. Karin har inga barn. Det är en sak som gör henne lite mindre vanlig.

Pierre har förberett barnens middag genom att beställa hem pizza. Svea ligger på sitt rum, lyssnar på musik och sjunger så det hörs ända ut i köket. Charlie sitter och spelar på sin dator. Pierre hör svordom efter svordom bakom den stängda dörren till sonens rum, men orkar inte göra någon stor grej av det. Inte idag. Han behöver ta en dusch innan han ger sig av mot kvällens äventyr. Pierre går in i badrummet, kliver ur sina beigea chinos, släpper ner kalsongerna på golvet och knäpper av sig skjortan. Nu står han där naken framför spegeln så när som på de svarta strumporna.

Han tittar på sig själv i spegeln som hänger på väggen ovanför handfatet. Han vrider sig ett halvt varv, drar in magen lite och rullar axlarna ett varv. Han ser helt okej ut tycker han själv. Han är ändå fyrtio år, så lite skavanker får man räkna med. Blicken går nedåt till busken han odlat mellan benen. Kan han se ut så där nere?

Tänk om han och Karin kommer visa sig nakna för varandra ikväll. Exakt ingen vill väl se en buske med könshår. Eller? Pierre sträcker sig över badkaret för att sätta på vattnet. Därefter tar han rakhyveln från badrumsskåpet och kliver över badkarskanten och drar för duschdraperiet.

När han stänger av duschen och vattnet runnit undan ser han att det samlats massor av svart könshår i brunnen. Han kanske borde göra det här oftare. Vem går runt med så här mycket hår mellan benen? Han tar en bit toalettpapper, plockar upp håret och spolar ner det i toaletten.

Pierre finner sig själv stå utanför en vit ytterdörr längst bort i en lägenhetslänga med två våningar. Uniformen är på, jeans och t-shirt, men kvällen till ära har han poppat till det lite med mönster. På t-shirten alltså, jeansen är vanliga blå. Han har blå sneakers på fötterna och en stickad tröja hängande över ena armen. I handen håller han en flaska vin och han känner fin-kalsongernas tunna tyg mot den nyrakade pungen. Han är redo för Karin. Bättre att ta det säkra före det osäkra, tänker han innan han trycker på ringklockan.

Han hör ringklockans signal ljuda bakom den stängda dörren. Steg hörs närma sig och kort därefter öppnas dörren och där står Karin. Det lockiga, bruna håret ser ut att leva ett eget liv och de varma bruna ögonen glittrar när hon ler mot honom.

"Hej, och välkommen".

"Hej, och tack".

Han sträcker, lite för snabbt, fram vinflaskan mot henne.

Karin går in i köket och ställer vinflaskan på diskbänken. Pierre tar av sig skorna och går efter henne in. Karins lägenhet ser hemtrevlig ut. Väggarna i hallen är målade i en vinröd färg och ett draperi av grön sammet hänger i öppningen till vad Pierre tror är vardagsrummet. Det står flera tända ljus och gröna växter både i köket och i hallen. Det doftar gott av mat vilket säger honom att Karin redan smygbörjat med matlagningen.

Konversationen börjar något trevande, medan de med varsitt glas rödvin står i köket och lagar klart pastan Karin påbörjat. När

Karin fyller upp hans vinglas för tredje gången, innan maten, känner han hur alkoholen gör honom avspänd och med ens mer bekväm vilket gör att samtalet flyter på bättre. De pratar på om livet, om mat och om resor hon redan gjort och han någon gång skulle vilja göra.

Smaken av pastan gifter sig bra tillsammans med vinet och de sitter länge till bords, i skenet från de tända ljusen och samtalar. För varje klunk av rödvin Pierre får ner i halsen känner han sig mer attraherad. Karin ser honom hela tiden i ögonen när de pratar. Det gör honom lite nervös, hon verkar se rakt in i honom. Samtidigt gör det att han känner sig attraktiv och betydelsefull.

Resterna av pastasåsen har för längesedan torkat in i tallrikarna på bordet när de tar sina vinglas och förflyttar sig, förbi den gröna sammetsgardinen, vidare in till vardagsrummet, som mycket riktigt finns där innanför. De sätter sig alldeles nära varandra i den stora grå soffan. Det är lite för nära för att det ska kännas helt bekvämt för Pierre, men det är trevligt. De har trevligt. Och han vill ju vara nära henne. Karin skrattar. Hennes skratt gör att det pirrar till i honom. Hon rör försiktigt vid hans arm och han känner hur en värme sprider sig från armen, vidare till axeln, bröstet och till slut är han varm i hela kroppen.

Pierre börjar tänka på barnen där hemma. Han ursäktar sig till Karin, tar upp sin mobil ur byxfickan och skickar ett kort sms till Svea.

Var pizzan god? Vad gör du?

Han ser direkt de tre prickarna som indikerar att Svea håller på att svara honom.

Jättegod. Läser och lyssnar på musik.

Han skickar ett rött hjärta tillbaka och lägger ifrån sig mobilen med skärmen nedåt på bordet.

Karin stannar upp och ser på honom. För ett ögonblick tror han att hon ska kyssa honom, men i stället reser hon sig och går med raska steg ut i köket. Han kan höra hur det klirrar i glas och strax är hon tillbaka med två drinkar i händerna.

”GT”.

Hon fyrar av ett leende och sträcker fram det ena glaset till honom.

Det smakar gott av gurka och svartpeppar. Drinken ger honom ett piggare rus än rödvinet de hittills druckit. Han lägger handen försiktigt på Karins lår, böjer sig fram mot henne för att kyssa henne på kinden. Innan han hinner fram, vänder hon huvudet mot honom, lägger handen på hans kind och kysser honom på munnen. Han känner hennes knottriga tunga mot hans och det pågår någon form av lek där mellan deras halvöppna läppar.

Det var väldigt längesedan Pierre kysste någon. Längesedan någon kysste honom. Han har glömt känslan. Han har glömt hur ett riktigt härligt hångel känns. Hans kropp vaknar och längtar efter mer. Vaknar från den slummer av ensamhet han varit i det senaste året. Där sex inte funnits i hans tankar alls. Eller inte alls kanske var en överdrift, det klart att han tänkt på sex. Han är ju ändå man. Men han själv har inte varit huvudperson i de sexakter hans fantasi spelat upp i hans huvud. Han har ofta bara varit åskådare som upphetsat tittat på håll. Karin drar sig bort från honom och han kommer hastigt tillbaka till nuet.

”Kom” säger hon och sträcker ut handen mot honom. Hennes armband skramlar mot varandra.

Kapitel 17

Pierre

Pierre befinner sig i Karins sovrum. En vitlackerad dubbelsäng i trä, bäddad för två, står mitt i rummet. Värmeljus brinner på nattygsborden som står vid varsin sida av sängen. Det är lustigt att en kvinna som är singel har en dubbelsäng bäddad för två, tänker han. En ständig påminnelse om att det borde ligga en person till där. En ständig påminnelse om ensamheten.

De börjar långsamt ta av sig kläderna, var och en för sig. Karin lägger sina på en stol vid foten av sängen. Själv viker han ihop sina jeans och sin t-shirt och lägger dem på en byrå som står vid ena väggen. Han hinner tänka att han måste ta av strumporna, men då kommer Karin fram och ställer sig mittemot honom.

Hon kysser honom igen innan hon lyfter på täcket och de kryper ner. Pierre känner att han famlar. Strumporna sitter fortfarande på och han vet inte riktigt hur han ska göra. Karin drar ner hans fin-kalsonger och tar ett fast tag om honom. Hon för handen långsamt upp och ner. Han känner hur nära han är att komma och för varsamt bort hennes hand. Han lägger sig ovanpå henne. Hon verkar redo för honom, särar på benen och låter honom tränga in i henne. Han försöker röra sig långsamt och tänka på jobbet och det faktum att han har strumpor på sig. Det hjälper inte.

Karin blundar och ser ut att njuta. Underbart är kort. Han grymtar tyst när han kommer, drar sig ur och lägger sig på rygg bredvid henne. Jisses. Nytt rekord. Han funderar på om han ska göra något för Karin. Mia brukade ta hand om sin egen njutning. Henne hade han aldrig behövt tänka på. När han hade kommit var akten liksom över.

Karin vänder sig mot honom.

"Sover du kvar?".

Han vet ändå inte hur han ska ta sig hem efter vin och drink. Inte så här sent. Det blir väl smidigast att stanna.

"Det kan jag göra" svarar han.

Karin reser sig, går upp ur sängen och ut ur sovrummet. Han hör hur hon håller på i badrummet. Pierre passar på att skicka ett sms till barnen om att han inte kommer hem förrän imorgon förmiddag.

När Karin kommer tillbaka har hon ett rött nattlinne i bomull på sig. Hon kryper ner bredvid honom igen. Han låter henne lägga sitt huvud på hans arm. Tröttheten kommer över honom och han känner hur han försvinner bort. Han hör att Karin pratar med honom men han hör inte vad hon säger. Strax efter sover han.

Kapitel 18

Svea

"Pappa, kan inte vi åka och tälta i helgen?".

Svea står precis innanför den öppna altandörren och pratar med pappa som ligger i soffan på altanen.

Pappa lägger ner tidningen han läser och tittar förvånat på henne över glasögonkanten.

"Eeh... jo, det kan vi väl. Vill du verkligen det?".

"Annars hade jag väl inte frågat..." svarar Svea med trotsigt tonfall men ett leende på läpparna.

"Vi kanske kan åka till sjön och fiska?".

Pappa har tydligt gått i gång på idén. Han sätter sig upp i soffan och lägger glasögonen på bordet.

"Så tältar vi där vid eldplatsen på stranden där vi var en annan gång".

"Ja! Men bara du och jag den här gången".

Svea slår sig ner bredvid honom och lägger armen om hans axlar.

De tältade vid den där eldplatsen, hon, pappa och Charlie, för några år sedan. Mamma var inte med. Naturen och fiske var inte riktigt hennes melodi. Svea minns att de åt korv, eftersom de inte fått någon fisk. Grillad korv på pinne är något av hennes favorit, helst vegetarisk såklart. Korvarna blev brända i ena änden eftersom de var så hungriga att de inte kunde vänta tills lågorna brann ut och glöden kom fram. Men det gör ingenting när man är i naturen, tänker Svea. Då smakar allting lite, lite godare. Till och med bränd vegokorv.

Svea tänker tillbaka på semestern i Grekland den sommaren när hon precis fyllt tio. Då var mamma med. Charter, hotell och ett glas vin vid poolen är mer hennes grej. De hade ett familjerum, ett sådant som var två rum men hade en dörr emellan. Hon och Charlie skulle sova i den ena delen och mamma och pappa i den andra.

"Det är viktigt för föräldrar att få egentid på semester" hade mamma hävdat.

Svea och Charlie gillade tanken på att ha ett alldeles eget rum att hänga i. Första kvällen hade hon och Charlie planer på att mysa med chips och läsk i sängen. Bara de två, medan mamma och pappa gick ner till baren för att träffa andra vuxna som hade egentid.

Men det blev inte så.

Det hela började med att mamma glömde packa ner Sveas nya röda baddräkt.

Veckan innan avresan hade hon och mamma varit på stan och för att införskaffa diverse nödvändigheter en familj behöver när de ska resa till Grekland. Svea fick syn på en röd baddräkt som hon själv tyckte tillhör de nödvändigheterna. Mamma höll inte riktigt med. Men Svea tjatade på henne. Inne på apoteket. På banken. Och på vägen över torget på väg till bilen tjatade hon. Hon gav sig inte. Det gjorde hon aldrig när hon väl bestämt sig för något. Till sist gav mamma med sig och de vände om för att gå tillbaka till klädbutiken. Svea var så lycklig. Förväntansfull över att komma till Grekland och bada i hotellets pool. Iklädd en baddräkt för stora tjejer, med bröst. Av lycka studsade hon hela vägen till bilen med den lilla påsen i handen.

Men så glömde mamma alltså att packa ner baddräkten i resväskan. Svea kan fortfarande inte förstå hur hon kunde glömma den. Hon rev upp vartenda plagg ur resväskan och kastade dem runt omkring sig på det vita golvet i hotellrummet.

"Vart fan är min baddräkt jävla kärring!" skrev hon åt mamma.

Inget hon var stolt över, men hon var så besviken att känslorna helt enkelt rann över.

Hennes mamma blev rasande. Högröd i ansiktet. Svea var

konstigt nog inte beredd på reaktionen, trots att hon vet att mamma blir arg när hon svär och använder fula ord. Hon var så uppe i sin besvikelse att allt annat var utestängt. Pappa och Charlie var redan nere vid poolen. Det innebar att det inte fanns någon som kunde hjälpa henne uttrycka vad hon kände.

"Kolla nu vad du har gjort! Alla mina kläder ligger slängda över golvet och det ser ut som ett bombnedslag här!" skrev mamma tillbaka mot henne.

Med ilsken blick och ryckiga rörelser plockade hon fram den gamla baddräkten ur resväskan. Den gamla, fula, blå. Med volang på magen. Baddräkten för barn. Hon slängde baddräkten rakt på Svea.

"Att du aldrig bara kan sköta dig. Vara lite tacksam för att vara i Grekland på semester" fortsatte mamma med arg röst.

Svea hade inte bett om att få åka till Grekland. Hon behövde inte vara tacksam för någonting alls. Och det lät hon mamma veta.

Svea sprang in i det angränsande rummet och slängde igen dörren med en smäll. Mamma öppnade dörren. Hennes ögon var tårfyllda och ansiktet fortfarande ilsket rött.

"Du smäller inte igen dörren så där framför mig!" skrek hon när hon kom in i Svea och Charlies rum. "Nu får du stanna här på rummet medan vi andra går och badar".

Svea räckte ut tungan åt henne, sträckte fram vänster knytnäve med långfingret uppsträckt och slängde sig på sängen.

Mamma försvann tillbaka till sitt och pappas rum och stängde dörren bakom sig med en smäll.

Svea hörde hur mamma rev bland kläderna där inne och hur garderoben som stod vid den stora sängen öppnades och stängdes. Kort därefter hörde hon dörren till hotellrummet gå i lås. Mamma gick verkligen i väg och lämnade henne ensam på rummet.

Svea började gråta. Tårarna rann långsamt ner för hennes kinder och droppade ner på kudden. Allt hon ville var att ha sin röda baddräkt. Hon var arg och ledsen för att den inte kommit med i packningen. Hon menade inte att förstöra genom att slänga ut alla deras kläder på golvet. Hon menade inget med de fula ord hon skrek åt mamma. Det bara blev så när ilskan tog över. Skuldkänslorna och ångesten växte inom henne och hon tänkte att det var typiskt henne att förstöra familjens utlandssemester.

Ångestkänslorna blev starkare och starkare tills halsen snörpte ihop sig och hon inte längre kunde få ner luft i lungorna. Hon fokuserade blicken på havet hon såg genom fönstret vid balkongen. Försökte desperat andas in luft samtidigt som hon långsamt kände hur åsynen av det blå havet lugnade hennes inre.

Efter vad som kändes som en hel evighet knackade det på dörren mellan rummen. Pappa kom in till Svea och lade sig bredvid henne i den stora vita sängen. Svea kröp intill honom. Lät honom krama. Lät honom trösta. Ilskan hade runnit av henne. Ångesten hade lagt sig. Hon snyftade tyst och pappa klappade henne över håret och kysste henne i pannan.

Så den där första kvällen hade inte blivit som planerat. Mamma var på dåligt humör. Det slutade med att pappa och Svea sov i ett rum och mamma och Charlie i det andra.

Kapitel 19

Mia

Mia sitter med mobilen i handen och svajpar vänster, vänster, vänster, vänster. Tinderappen är något hon brukar roa sig med ibland när hon inte har något bättre för sig. Eller när hon har något bättre för sig men känner för att skjuta fram det till senare. Ja, hon har ju en man i Peter, men det är ju inte som om de lovat varandra livslång evig kärlek precis. För allt hon vet så kan han träffa tio andra kvinnor vid sidan om henne. Han kanske har en flirt med mäklarassistenten på kontoret eller vad som helst.

Det hugger till i magtrakten på henne. Bilden som dyker upp på displayen föreställer Pierre. Han står på altanen i radhuset, solbränd och somrig. Dejtar han alltså? Det är väl i och för sig inte så konstigt, tänker hon, om han nu vill gå vidare i livet. Men på samma gång känner hon en känsla som inte kan förklaras som något annat än svartsjuka. Skulle någon annan ta hennes plats som kvinnan in Pierres liv? Skulle han göra sina underbara frukostar och den där ljuvliga första koppen kaffe på sängen åt någon annan? Hon låter ögonen vila på bilden av den solbrända Pierre en stund innan hon svajpar bort den med pekfingret.

I stället kommer en bild på Rolf, fyrtionio. Han har en solblekt fotbollskeps, burrigt, ovårdat skägg och gröna fiskarkläder på sig. I famnen håller han den klassiska gäddan (eller vad det nu är för fisk) som så förvånansvärt många män poserar med på sina profilbilder. Mia himlar med ögonen åt det fåniga i alltihop och svajpar vänster.

Mia har kontakt, via Tinder, med ett par män och en kvinna. Kvinnan finns där bara för att göra det lite mer spännande. Mias intresse för att vara med en kvinna är obefintligt men hon drivs på av det faktum att den här kvinnan visar så stort intresse för henne. Det skapar den där äventyrliga känslan hon alltid letar efter samtidigt som det tillfredsställer hennes nästintill omättliga bekräftelsebehov. Elakt av henne kanske. Det kommer ju aldrig bli något mer än flirtande på Tinder, det är Mia helt säker på.

Mia skriver även en del med Patrik. En stilig man som verkar vara trevlig, lugn och trygg. Och vad är det förresten med henne och män med namn som börjar på P? Där sticker nästa person ut dock. Ulf. Mannen som ser ut att vara överklass. Han spelar golf och reser mest hela tiden, vilket i alla fall till del bekräftar den bilden. Ulf är extremt dålig på att svara på meddelanden tyvärr. Ibland kan det gå flera dagar utan att hon hör något vilket gör att hon börjar överväga att ta bort matchningen. Men, som om han vet att hon tänker det, plingar det då till i hennes mobil. Han skriver alltid något i stil med "Bra kväll finis?". Han har inte gett henne några som helst hintar om att vilja ses på riktigt. Det har Patrik ändå gjort. De hade en fika inbokad häromdagen men i sista sekund hade Mia dragit sig ur. Hon skrev till honom att hon hade för mycket på jobbet och att de helt enkelt får ta fikan en annan gång.

Mias svajpande fortsätter. Vänster, vänster, vänster. Höger. Match. Vänster, vänster. Höger. Match.

Mias tankar återgår till Pierre. Hon funderar över hur det går för honom med Tinder. Vad finns det för kvinnor här egentligen? Får han många matchningar? Han är riktigt snygg på den där bilden, snyggare än vad han oftast är i verkligheten, tänker hon. Hon går ur Tinderappen och skickar ett sms till Pierre.

Hur mår Svea och Charlie?

Han skulle alltid vara pappan till hennes barn och hon skulle vara mamman till hans. Det kan ingen annan någonsin ta ifrån henne.

Kapitel 20

Pierre

Det prasslar av en svag vind i äppelträdet ovanför. Pierre skymtar den blå himlen mellan blad och äppelkart. Hängmattan är hans favorittillhåll under semestern, med P3 dokumentär i lurarna. Svea ligger en bit bort i skuggan på altanen och läser i en bok. Charlie är den enda som jobbar. Han håller på att trimma kanterna på gräsmattan. För att tjäna lite extra pengar.

Egentligen borde Pierre kanske tvingat honom, ja båda två, att söka riktiga sommarjobb. Men han har inte hjärta till det. Han unnar sina barn ett långt sommarlov. Charlie ska dessutom börja jobba på ett äldreboende i augusti. Så detta är hans sista sommarlov.

Svea hade slutat årskurs åtta samma vecka som Charlie tog studenten. Hon hade förbjudit Pierre att komma på skolavslutningen.

"Inga andra föräldrar kommer dit" hade hon sagt.

Hon var väl i den åldern nu, tänkte Pierre. Åldern när föräldrar blev allt pinsammare och kompisar allt viktigare. Han är helt säker på att det fanns både föräldrar och syskon på avslutningen. Men han hade låtit det bli som Svea önskade. Han hade ändå haft en hel del att stå i inför Charlies studentfirande.

"Du har lyssnat på P3 dokumentär om...".

Meningen som talade om att dokumentären han lyssnat på var slut ljuder i hans öron. Han inser att han missat de sista minuterna eftersom han legat och tänkt på annat. Så han drar med fingret över skärmen för att komma tillbaka och höra hur det slutar.

Han ser Svea i ögonvrån. Hon kommer gåendes mot honom med en bricka i händerna.

"Jag fixade lite fika" säger hon glatt och ställer ner brickan på gräset vid hängmattan. Ett paket kex, en kanna jordgubbssaft och tre glas.

"Det är precis vad vi behöver nu, vi som jobbar så hårt".

Han ger sin dotter en vänlig blick och sträcker ut armen för att klappa henne på kinden.

Rörelsen får hängmattan ur balans och den gungar till. Pierre försöker återfå balansen. Han lyckas inte och ramlar i stället ner på gräset. Han hinner tänka aj innan han slår i backen. Duns.

Svea skrattar högt, kastar huvudet bakåt och slänger sig i gräset. Charlie stannar upp med trimmen.

"Vad gör du, gubbe?" ropar han och skrattar han med.

Pierre ligger på rygg i gräset och kan inte annat än att falla in i deras skrattsalva han också.

Charlie lägger ner trimmern vid staketet och sätter sig ner bredvid Svea i gräset. Pierre kommer med möda upp i sittande läge och borstar gräset från armbågen som verkar tagit emot det mesta av fallet. Nu sitter de alla tre under äppelträdet. Skrattar och dricker saft. Pierre känner hur armbågen värker men glömmer snart bort det. Han tittar på sina barn och känner hur skrattet bubblar inom honom.

Senare ikväll ska Pierre på dejt med Karin igen. De har fortsatt höras efter kvällen och natten hemma hos henne. Mer sporadiskt än innan, men hon hade ändå gjort klart för honom att hon ville träffa honom igen. Och då ville väl han det också, tänkte han. Så ikväll skulle de ut på lokal. Säger någon "ut på lokal" nu för tiden?

"Vi kan äta en bit och kanske dansa lite" hade Karin föreslagit med entusiasm i rösten.

Pierre dansar inte. I alla fall inte utan relativt många drinkar innanför västen. Men det vet ju inte Karin. Han hade sagt ja, tack och amen, precis som han brukar. Så nu är dejten bokad.

En snabb dusch, rakning där det behövs och extra mycket deodorant. För en gångs skull är nästan alla hans kläder rena eftersom han hade tvättdag igår. Han väljer en kortärmad skjorta, de skulle ju ändå "ut på lokal" som sagt. Chinosen han hade haft tidigare idag funkar att ha även ikväll, tänker han. Han drar på byxorna och när han ska knäppa gylfen inser han att han kanske borde ha valt andra kalsonger. Snyggare. Utan hål vid resåren. Men han orkar inte byta utan knäpper igen byxorna, sätter i ett bälte och tar på strumpor. Så står han där och betraktar sig själv i sovrumsspegeln igen.

Den andra dejten med Karin alltså. Han tänker tillbaka på deras första dejt. Samtalet som kändes så forcerat i början men flöt på bättre och bättre ju längre kvällen gick. Och ju mer alkohol han fick i sig. Han tänker också på hur de till sist hamnade i Karins vita dubbelsäng. Famlandet. Hur han kom alldeles för snabbt, nästan vid första beröringen. Det kunde ju bara bli bättre ikväll, säger han till sig själv. Han återgår till sin spegelbild, synar sig själv uppifrån och ner. Han bestämmer sig för att byta ut chinosen mot de blå kostymbyxorna. När han ändå tar av byxorna, passar han på att ta på sig ett par snyggare kalsonger.

Pierre står i köket och steker hamburgare till barnen innan han ska åka i väg. Det skvätter från biffarna i stekpannan och han stäcker sig efter förklädet som hänger på kroken vid kylskåpet.

"Pappa, är det kött?!".

Svea kommer ut i köket, ser på stekpannan med en förfasad blick och rynkar på näsan åt honom.

Pierre suckar för sig själv.

"Ja, det är hamburgare. Är det inte bra?".

Svea svarar med att himla med ögonen, öppna kylen och frysen på vid gavel och Pierre gissar att hon spanar efter något annat att äta. Mycket riktigt.

"Jag kan äta yoghurt" säger hon till slut och tar fram paketet ur kylen.

Hon fixar sig en skål med yoghurt och flingor, klappar honom på axeln och försvinner ut ur köket.

Han hör Charlie komma ut från sitt rum.

"Jag drar ut" ropar han mot köket när han är på väg ut genom dörren.

”Men…”.

Pierre hinner inte säga mer innan ytterdörren slår igen.

Där står han med hamburgare i stekpannan och omgiven av stekos. Han stänger av spisen och ställer stekpannan åt sidan. Han öppnar diverselådan och tar fram aluminiumfolie, drar av ett ark och klär in stekpannan i det. Han tar av förklädet med en suck och hänger tillbaka det på kroken.

”Jag ska ut och käka ikväll” säger han till Svea som ligger på sin säng med hörlurar över öronen och boken uppslagen på kudden.

”Va?”.

Hon vrider ena hörluren från örat.

”Jag ska ut och äta ikväll” upprepar han.

”Okej”.

Hon svarar utan att ens titta upp på honom.

”Jag är nog hemma sent, så du behöver inte vänta uppe” fortsätter han, oklar över om hon hör eller inte.

Men Svea nickar och vrider tillbaka hörluren igen.

Pierre tar cykelhjälmen från hyllan i hallen men ångrar sig precis när han ska sätta den på huvudet. Bäst att ta bussen, tänker han med sommarvärmen i åtanke. Han vill ju inte komma helt svettig till dejten. Han lägger tillbaka hjälmen, tar på finskorna och lämnar radhuset.

Kapitel 21

Svea

Elden värmer Sveas iskalla händer och fötter. Vad är det med sommarvädret i Sverige? Tur att det är vackert, tänker hon, för det är fan inte varmt. Fiskespöna de använt för att dra upp kvällsmaten med ligger lutade mot en stor sten nere vid strandkanten. Det lilla gröna kupoltältet är uppsatt på en gräsyta en bit bort. Svea har bäddat åt dem i tältet. Uppblåsbara liggunderlag, sovsäckar och kuddar. Mitt emellan bäddarna har hon ställt in den lilla solcellslyktan som kommer göra det möjligt för dem att läsa en stund senare innan de somnar.

Pappa går fram och vänder på foliepaketen han lagt på glöden. De har ju fått fisk idag. Säkert bara för att Charlie inte är med tror Svea. Han har inte tålamod att vara tyst länge nog för att det ska hinna nappa. Det är så skönt att bara vara med pappa. De kan prata och skratta, men också sitta helt tysta och bara lyssna på skogen och naturens ljud. Sjön ligger spegelblank framför dem och solen är på väg att gå ner bakom trädtopparna. Svea suckar. Jävlar vad vackert det är. Hon fullkomligt älskar att vara i skogen.

Pappa kommer fram med den tillagade maten upplagd på papperstallrikar med svenska flaggor och blommor runt kanterna.

”Varsågod. Finns inget godare än egenfångad fisk, eller hur? Mycket bättre än bränd korv”.

Pappa har ett roat uttryck i ansiktet.

Han minns tydligen också korven från senaste fisketuren. Svea håller med honom. Egenfångad fisk är det bästa. Hon tar en plastgaffel ur påsen som ligger vid bänken där de sitter och börjar äta.

Det enda som återstår på deras papperstallrikar när de är klara är ben från fisken och skinn från bakpotatisen. Mätta och belåtna sitter de tysta bredvid varandra och ser ut över vattnet.

"Tycker du att jag är jobbig?". Svea bryter tystnaden utan att se på sin pappa.

"Jobbig? Vad menar du?" svarar han.

"Jag vet ju att jag blir arg och att jag inte är så lätt att ha att göra med alltid".

Pappa vänder sig mot henne.

"Lyssna noga nu, vännen. Jag tycker inte att du är jobbig. Du är ju min Svea. Med utbrott och allt" säger han och blinkar mot henne.

"Men… det är ju mitt fel att mamma flyttade" fortsätter Svea. "Om jag bara kunnat hålla mig lugn så hade hon inte behövt lämna oss för att vara för sig själv".

Det blir tyst. Pappa flyttar sig närmare på bänken och lägger handen på Sveas knä.

"Ingenting. Ingenting med att mamma flyttade har med dig att göra" säger han lugnt. "Det var hennes val" fortsätter han. "Vårt val" korrigerar han sig. "Ibland kommer man till en punkt i livet när man känner att man inte vill leva tillsammans längre. Det har med vuxenrelationen att göra. Det är de vuxnas val. Och aldrig barnens fel".

Han låter bestämd på ett sätt som Svea inte är van vid.

Svea hör allt han säger. Men hon tror honom inte.

Efter att de spelat Uno tills båda vunnit lika många gånger börjar de plocka ihop sina grejer för att gå och lägga sig i tältet. Svea samlar ihop skräpet i en svart påse som hon hänger på en gren. Pappa går och hämtar vatten i spannen och häller det över det som är kvar av glöden vid eldplatsen.

Det pyser när det kalla vattnet landar på den varma glödbädden och en pelare av rök stiger uppåt. Svea blir ståendes och hennes blick följer röken tills den skingrar sig mot den mörkblå natthimlen.

"Kommer du?".

Pappa står redan vid tältet. Svea går upp mot honom och de kryper in. De tar av sig skorna, men alla andra kläder får vara kvar på kroppen är de kryper ner i sovsäckarna. Det är kyligt i tältet. Svea lägger huvudet på sin kudde. Den är lite kall och fuktig.

"Pappa, kan inte du läsa högt för mig?" frågar hon och räcker fram sin bok.

Pappa tänder solcellslyktan och slår upp boken vid bokmärket hon lagt i där hon själv slutat läsa senast. Han börjar och efter bara några rader gäspar han. Svea tittar upp på honom. Pappa gäspar alltid när han läser högt. Han fortsätter läsa mellan gäspningarna och hans mörka röst gör henne väldigt sömnig. Hon flyttar sig närmare, känner värmen från honom genom sovsäcken och hör hur orden han läser till sist bara blir till ljud. Sövande, brummande ljud som får henne att sluta ögonen och somna.

Kapitel 22

Pierre

Sensommaren är här och Pierre är tillbaka på kontoret efter semestern. Han sitter vid skrivbordet med skärmarna framför sig och lyssnar på åkgräsklipparen som åker fram och tillbaka på gräsmattan utanför. Han är i full gång med att skriva på en incidentrapport om det intrång som skedde i kommunens nätverk förra veckan. Intrånget hade gjort att konspirationsteorierna nu flödar fritt i korridorerna. Är det ryssen som angriper dem? Eller kanske USA? Vilka uppgifter har läckt ut och hur stora konsekvenser kommer det få? Och framför allt, vems fel är det? Kanske den viktigaste frågan av dem alla. Att utreda vem som tabbat sig så kapitalt att främmande makt kunnat ta sig förbi brandväggar och säkerhetssystem. Självklart hamnade denna utredning på hans bord, inget konstigt med det.

Allt hade dock löst sig till det bästa. Utifrån hans kartläggning och genomgång av nätverkets säkerhet, ser allting okej ut. Troligen var detta bara ett falskt alarm. Men det kräver ändå en omfattande dokumentation och ett antal nya rutiner för medarbetare i organisationen. Han vill verkligen inte att kommunen ska få ett besök av Datainspektionen. Det riskerade att bli extremt dyrt om det uppdagas hur dålig koll de har på hanteringen av personuppgifter på vissa håll i organisationen. Det finns såklart en plan för att förbättra detta, men det är ingen enkel sak att få ut information och arbetssätt i en så stor organisation som en kommun är.

Pierre flyttar blicken från skärmen och låter i stället ögonen följa med i gräsklipparens, till synes, uttänkta bana över gräsmattan. Rogivande jobb, tänker han. Tänk att kunna sitta där i solen, lyssna på en podd och köra runt, runt i ett givet mönster om dagarna. Han skulle gilla det. Förutsägbarheten och överblicken över det tydliga resultatet.

Pierres tankar förflyttas till dejten han och Karin hade för några veckor sedan. Deras andra dejt. Han hade dykt upp vid restaurangen, en kvart före utsatt tid, precis som väntat. Han gillar att vara i tid. Han tycker inte om att låta folk vänta på honom. Speciellt inte när det handlar om en kvinna som faktiskt verkar vara seriöst intresserad av honom. Karin, hon kom fem minuter sent, halvspringande över torget. Också väntat. Svettpärlorna i hennes panna visade att hon stressat för att hinna. Det är ett gott tecken i Pierres ögon. Nu hann hon ju inte, men hon kom ju i alla fall. Denna kväll, på mer än ett sätt skulle det visa sig. Trots att hon var svettig och stressad tog hon sig tid att ge Pierre en snabb kram och en puss på kinden. Pierre hade återigen blivit lite förtrollad av glittret i hennes ögon och det busiga håret. Han hade känt värmen mot sina händer genom hennes kläder. Hon var klädd i en rosa linneklänning och sandaler på fötterna. Han hade känt sig mer än lovligt överklädd i sina blå kostymbyxor och rutiga skjorta.

De hade ätit gott och druckit fler glas vin till maten. Karin berättade om ett stort konstprojekt hon håller på med. En öppen utställning som tydligen skulle äga rum under bygdens konstrunda i slutet av september. Pierre hade lyssnat intresserat, nickat på rätt ställen och skrattat med henne. Konstnärliga människor är så fascinerande, tycker han. Han dras till kreativiteten som verkar fullkomligt spruta ut ur dem. Han är själv så extremt lite kreativitet och så mycket mer ettor och nollor.

När restaurangpersonalen börjat plocka ihop för kvällen föreslog Karin att de skulle gå vidare till Folkets park. Han hade nickat kort åt henne och sagt:

"Visst, det kan vi göra. Vilka är det som spelar ikväll?". Ingen entusiasm hördes i hans röst.

Karin hade nämnt något dansband han inte minns namnet på nu.

"Eller så kan vi gå hem till dig?" hade hon sagt och tittat frågande på honom.

Syntes det så väl på honom att det sista han ville nu var att gå och dansa bugg?

"Jag går hellre hem till mig" hade han svarat med ett leende.

De gick hand i hand mot busshållplatsen och satte sig ner på bänken i busskuren för att vänta på nästa buss. Pierre tog upp mobilen och skickade ett sms till barnen för att kolla vart de höll hus. Han hoppades på att de inte skulle vara hemma. Charlie svarade att han var hos en kompis och spelade. Svea fick han inget svar från. Han kollade i appen och såg att hon var hemma i radhuset, i alla fall var hennes mobil där. Och den lämnar hon ju inte ifrån sig i första taget. Troligen hade hon redan varit på sin promenad, det var ju trots allt sent. Han bestämde sig för att det fick lösa sig när de kom hem. Han och Karin klev tillsammans på bussen.

Pierre bad Karin vänta utanför dörren medan han gick in för att prata med Svea. Han öppnade försiktigt dörren till hennes rum och hon låg i sängen. Nedbäddad med hörlurar på och såg ut att sova.

"Svea" viskade han försiktigt.

Ingen reaktion. Så långt allt bra, tänkte han.

Han gick tillbaka för att hämta in Karin. Han visade in henne i köket och tog fram två öl ur kylen. Han öppnade flaskorna och sträckte den ena till Karin. Hon tog emot flaskan men i stället för att dricka ställde hon ner flaskan på diskbänken och gick direkt fram och kysste honom.

Överraskningen och den plötsliga upphetsningen överrumplade honom. Han fann sig dock och drog henne tätt intill sig. Han tog hennes hand och gick före henne mot sovrummet. Städade jag där inne? Han tänkte på det snabba bytet av byxor och kalsonger innan han åkte. Men Karin verkade i alla fall inte lägga märke till det. Hon var ivrigare denna gång. Började knäppa upp hans skjorta innan han ens hunnit stänga sovrumsdörren. Han drog klänningen över hennes huvud och snart stod de där nakna framför varandra. Karin knuffade ner honom i sängen och satte sig gränsle över honom.

Förra gången hade varit trevande, även om det var hon som tog initiativet även då. Nu kysste hon honom ivrigt på överkroppen och han kunde knappt hantera känslorna hennes kyssar framkallade. Han kysste hennes läppar och kände samtidigt hur hon satte sig till rätta över honom. Hon rörde sig långsamt över honom, utan ett ljud. Hon blundade. Hans ögon var öppna. Aldrig att han tänkte blunda nu. Han såg hennes fylliga bröst gunga i takt med att hon rörde sig upp och ner. Skulle han våga ta på dem. Brösten. Han sträckte upp armarna och kände den mjuka huden mot insidan av sina händer. Karin rörde sig snabbare nu, hennes andhämtning var tyngre, munnen lätt öppen. Hon såg ut att ha glömt vart hon var, med vem hon var. Hon var i sin njutning och det gjorde honom upphetsad. Han kände hur han närmade sig och tog hårdare tag om hennes bröst. Plötsligt stannade Karin upp och sjönk ner över honom. Hon suckade nöjt, böjde sig framåt och gav honom en lätt puss på munnen innan hon klev av och satte sig på sängen. Antiklimax.

Allt gick fort och innan han visste ordet av hade Karin dragit på sig klänningen igen och satt upp det lockiga håret i en knut på huvudet.

"Jag beger mig hemåt" sade hon.

Han låg kvar med halvstånd och undrade vad som just hänt.

"Okej" var allt han fick ur sig.

"Tack för ikväll" sade hon tyst och smög ut genom sovrumsdörren.

Han hörde henne greja i hallen och kort därefter hörde han ytterdörren öppnas och stängas när hon gick ut.

Det plingar till av ett nytt mejl på skärmen framför honom. Gräsklipparen är för längesedan klar och Pierre inser att hans dagdrömmande om dejten med Karin varat lite längre än han tänkte sig. Klockan var nu nästan 16.00 och han skulle behöva snabba på om han ska bli klar med den här rapporten idag.

Han tar upp sin mobil ur fickan för att kolla om han fått några sms men det finns inga notifikationer. Han och Karin hade knappt hörts av sedan den där kvällen hemma hos honom. Han hade skrivit till henne några gånger och då hade hon svarat men efter det, inget mer.

76

Kapitel 23

Svea

Svea tycker sig höra en melodi spela långt, långt där borta. Den lugna melodin vävs in i hennes ytliga drömmar. Volymen på melodin ökar vilket får Svea att börja vakna till, fortfarande med ögonen slutna. Hon förstår nu att det är melodin från väckningen i mobilen som spelar. Hon öppnar försiktigt ena ögat, trycker på snoozeknappen och lägger därefter ned huvudet på kudden igen.

Sommarlovet är formellt över vilket innebär att det är dags att gå tillbaka till skolan, till första dagen i nian. Svea känner sig redo. Hon känner sig mer än redo. Hon tycker att det är skönt att vara ledig men rutinerna som kommer tillbaka i sällskap med vardagen återskapar det inrutade liv Svea trivs bäst med. När hon är ledig saknas struktur och det gör att dagarna flyter ihop med varandra. Till slut har hon inte koll på varken vilken dag det är eller vad klockan är på dygnet. Utan struktur och rutiner att hänga upp tid och rum på återstår bara ett vakuum av ingenting och allting samtidigt. Det gör att Svea inte längre vet när hon känner för att läsa, som hon brukar göra på helgerna. Suget efter att gå ut i skogen minskar, eftersom det är en aktivitet hon förknippar med tiden som utgör mellanrummet mellan skola och middag.

Middag finns förresten inte heller på sommaren. Inte vanlig middag, som i vanlig vardagsmat vid köksbordet tillsammans, bara hon, pappa och Charlie. Nej, på sommaren ska det grillas kött, bjuda hem gäster och helst äta ute på altanen. Charlie försvinner ut med sina kompisar. Dessutom har pappa börjat dejta. Sammantaget blir det för mycket som ruckar på tillvaron. För mycket som skakar om Sveas trygghet.

När alarmets melodi spelas igen, exakt nio minuter efter att hon tryckt på snooze, inser Svea att hon inte kan ligga kvar i sängen längre. Hon slänger benen över sängkanten, gnuggar bort den värsta tröttheten ur ögonen och går upp. Sittandes på stolen vid skrivbordet speglar hon sig i spegeln som står framför henne, lutad mot väggen.

Det långa, ljusbruna håret är rufsigt. Svea drar en borste igenom håret, sätter på lite mascara och läppglans, hon ska ju ändå börja nian. Kanske kommer saker börja förändras i skolan nu. Det skadar i alla fall inte att anstränga sig lite, tänker hon. Hon inse precis där och då, att hon tänker som mamma. Hon torkar snabbt av läppglanset med ett papper. Osynlighetsmanteln; hoodien och de ljusa jeansen, tar hon på sig innan hon går ut i köket för att göra frukost. Bara om, ifall att, hon behöver försvinna i mängden.

Svea älskar frukost. Frukost är något som inte heller existerar under sommarlovet. Då blir det något konstigt mellanting mellan frukost och lunch, beroende på när alla vaknar. Pappa brukar göra frukost åt henne och Charlie annars när de alla är lediga, på vanliga helger. Han brukar servera äggröra, pannkakor eller scones. Vissa dagar alltihopa, en buffé av massa godsaker. Men under sommaren verkar han tänka att han ska ha semester från det pappauppdraget.

Svea sätter in sin tallrik i mikron, lägger över plastlocket och väntar två minuter på att havregrynsgröten ska koka klart. När mikron piper till tar hon ut den varma tallriken och ringlar mängder av honung över gröten och lägger kokosflingor på toppen. När hon öppnar kylen ser hon att juicen nästan är slut och hon får bara en liten skvätt i botten på glaset. Jävla Charlie.

Pappa kommer in i köket när Svea precis ätit upp sin gröt och sitter med den tomma tallriken framför sig och tittar ut genom fönstret.

”Godmorgon, vännen”.

Pappa ger henne en kyss på pannan. Hon älskar hans kyssar på pannan.

”Hur känns det att börja skolan igen då?” försätter han. ”Känns det jobbigt efter ett långt sommarlov?”.

Pappa rufsar henne i håret. Svea böjer bort huvudet och grymtar till av irritation. Hon gillar verkligen inte när han tar i hennes hår.

"Nej, bara skönt" svarar hon. "Det ska bli kul att träffa alla kompisar igen" ljuger hon.

För hon har ju inga kompisar. Inte på riktigt. Ibland håller hon sig medvetet i närheten av de andra tjejerna i klassen. Hon lyssnar på när de pratar med varandra om vad de gjort i helgen, hur träningen varit eller vilka killar de gillar denna vecka. Svea tänker att det är bra historier att ha på lager om hon får frågor. Mamma brukar ställa sådana frågor.

Mestadels är hon helt ensam, där mitt bland alla andra. Hon fokuserar på skolarbetet, vilket gör att det har gått bra för henne i skolan hittills. Hon är inte bäst i klassen, absolut inte. Men det går ändå bra. Tillräckligt bra för att hon ska kunna gå under radarn. Inte få några samtal hem, men inte heller stå i rampljuset som den duktiga, eller sämsta eleven. Perfekt.

Väl framme i skolan öppnar Svea sitt skåp för att hämta sin dator. Hon behöver hinna ladda den innan det är dags för lektion. Det är fullt med elever runt henne, men hon har som vanligt skärmat av. Med musik på hög volym i lurarna fokuserar hon på att ta sig från skåpet till lektionen. Först på plats, precis som i åttan. Emma står längst fram i rummet och håller på att koppla upp sin dator.

"Hej Svea" säger hon.

Svea nickar mot Emma och känner värmen inombords. Hon sätter sig vid en bänk längst fram i klassrummet och kopplar in strömadaptern till sin dator i vägguttaget intill. Svea gillar Emma. Och Emma gillar henne. Sådant vet man. Man känner det. Emma kommer fram till hennes bänk och lägger som vanligt handen på hennes arm.

"Mår du okej idag?".

"Mm, det gör jag. Det är skönt att vara här igen" svarar Svea, tacksam för att Emma ser och minns.

De andra eleverna ramlar in i klassrummet strax efter Svea och när klockan är slagen går Emma och stänger dörren ut mot korridoren. Svea känner Emmas söta doft i vinddraget när hon går förbi. Hon doftar gott. Som en kryddig blomma. Emma börjar terminens första lektion i SO med att dela ut likadana svarta skrivböcker till alla i klassen.

"Jag vill att ni använder den här boken till att skriva ner saker ni skulle vilja ändra på i samhället" säger hon till klassen medan hon går runt och lägger ut böckerna framför dem på bänkarna. "Det kan till exempel vara orättvisor ni upplever eller ser, strukturer ni identifierat eller kanske mer enkla saker, som att ni tycker att busstationen ligger på fel ställe. Det är ni som bestämmer".

Emma talar om att de i slutet på nian ska få använda anteckningsböckerna som underlag för att skriva en uppsats om hur de, på sina olika sätt, ska förändra samhället de lever i. Sådan är Emma. Hon vill att man drömmer stort och siktar högt. Hon vill ge perspektiv och skapa känslan av att man kan förändra, bara man bestämmer sig för det.

När Svea kommer in i hallen hemma efter skolan, slänger hon av sig skorna, tar med sig sin väska och går direkt in på sitt rum. Hon tar fram den svarta anteckningsboken och en penna från väskan och lägger sig på sängen för att skriva sitt första inlägg.

Kapitel 24

Emma

Höstterminen är i gång och för vad som känns som hundrade gången bara den här veckan tar Emma alla Mats utspridda papper och lägger dem i protest mitt på hans skrivbord i en hög. Hon tar fram den vita papperspåsen från den lokala bokhandlaren och ställer den på sin stol. Ur påsen plockar hon upp 27 svarta anteckningsböcker hon ska dela ut till niorna strax, vid läsårets första lektion.

Emma har planerat att eleverna ska få i uppgift att skriva ner saker i den svarta anteckningsboken, något de vill förändra med sitt liv eller i samhället i stort. Det de skriver ner ska utgöra underlag för den uppsats hon, tillsammans med läraren i svenska, har planerat att eleverna ska skriva efter påsklovet. Idén har hon fått från ett av alla lärarnätverk hon är medlem av.

En kollega i nätverket hade genomfört ett liknande upplägg och han berättade stolt om hur en av hans elever hade vunnit första pris för sin uppsats om klimatförändringar. Emma planerar också för en uppsatstävling och har därför samlat en grupp av kollegor som kan vara med och göra verklighet av hennes planer. Hon känner sig nöjd med sig själv och bär högen av anteckningsböcker ovanpå sin laptop när hon går mot lektionssalen.

Emma gillar verkligen salen där hon har sina lektioner. Visst är den lite sliten, som skolans lokaler över lag, men det är trots allt hennes sal. Hon har fått sätta sin prägel på den.

Emma balanserar högen med anteckningsböcker ovanpå laptoppen när hon går in genom dörren och med stor möda lyckas tända lamporna i taket med ena armbågen. Hon lägger ned anteckningsböckerna i en prydlig hög på bänken längst fram och börjar koppla in sin dator. Tyvärr är hon inte den enda som använder salen och nästan varje gång hon ska börja en lektion måste hon först trassla ut sladdar och hitta rätt adapter till sin dator. När hon står där med all sköns sladdar i ett enda virrvarr öppnas dörren och Svea kommer in.

"Hej Svea" säger hon.

Svea nickar till hälsning, vänder bort blicken och slår sig som vanligt ner vid bänken längst fram till höger i salen. Hon går fram till Svea för att, som hon brukar, checka av med henne hur läget är idag. Det känns som att Svea uppskattar det.

Det är som sagt något skört och vackert över Svea. Något komplext. Hennes förmåga att reflektera över olika samhällsfrågor och även över sin roll som ung kvinna i samhället, förvånar ibland Emma. Hon har även iakttagit Svea under rasterna. Sett hur hon sitter där helt ensam med en bok i händerna och hörlurar över öronen. Hon ser henne aldrig med kompisar. Alltid ensam. Svea påminner henne så otroligt mycket om hur hon själv var i samma ålder.

Ibland väljer Emma att gå fram till Svea och prata en stund med henne. Fråga hur det är med henne och vad det är hon läser eller lyssnar på. Svea svarar alltid, pliktskyldigt och glatt, men kort. Det är något med hennes röst också, tänker Emma. Det finns ett mörker. Något dovt och dämpat som inte riktigt går att sätta fingret på. Emma känner igen det från alla samtal hon hade med Philip. Även om hon minns honom mer öppen och pratsam om sina känslor. Svea är ofta mer återhållsam med den biten.

Snart fylls salen med elever och det är dags att starta i gång lektionen. Uppgiften med anteckningsböckerna tas emot bra av de allra flesta eleverna, även om det är en stor uppgift som sträcker sig över nästan hela läsåret. Emmas erfarenhet är att det oftast är enklare att ge ungdomarna korta, tydligare instruktioner än hon gör nu. Det är så mycket annat som rör sig inuti deras huvuden och de har många andra ämnen de läser parallellt med hennes. Emma kan inte för sitt liv förstå varför man alltid väljer att lägga upp studierna i grundskolan på det viset. Det är upplagt för misslyckande hos de som inte kan strukturera och planera för sitt arbete. Det hade varit mycket bättre att läsa ämnena som kurser, maximalt två åt gången, så att eleverna kan fokusera på färre saker åt gången.

"Men hur mycket kan vi ändra på då tror du? Det finns väl exakt ingen som lyssnar på oss ändå?".

Muhammeds röst har mörknat betydligt under sommaren, tänker Emma.

"Tänk stort och sikta högt, så kommer ni längre" säger Emma lite mer hurtigt och klyschigt än hon tänkt sig och blinkar leende mot honom. "Jag menar bara att om ni aldrig reflekterar över saker som händer och kommer fram till vad ni vill förändra, då kommer ni ju definitivt inte att kunna förändra något" fortsätter hon och riktar sig mot gruppen.

Anteckningsboken

Saker jag vill förändra

Vi alla behöver börja tänka på framtiden nu. Vi kan inte bara leva på här och nu och bete oss på ett sätt som gör att jorden inte kommer gå att bo på. Politikernas löjliga klimatmöten känns mer som tomma hot och reklam för att få fler väljare än vad det känns som realistiska mål de faktiskt ska jobba för att uppnå. Politiker åker landet runt för att presentera gamla, ouppfyllda löften. Den globala uppvärmningen går bara snabbare och snabbare. Jorden hinner inte återhämta sig. Vi i Sverige, ett av världens rikaste länder, behöver göra mer än vad vi gör idag. Vi tror och vi pratar om att vi är ett miljömedvetet folk. Men det stämmer inte. Vi bara fortsätter att blunda för sanningen och fattiga länder och vår planet får lida för det.

Saker jag ska göra:
1. Sluta äta kött.
2. Köpa mina kläder på second hand.
3. Inte skaffa barn.
4. Prata om frågan med alla jag känner.

Kapitel 25

Svea

Det visade sig att det inte var någon större skillnad för Svea i skolan. Allt var ungefär som förra läsåret. Svea önskar ibland att hon bara kunde få slippa ångesten. Att hon kunde få vara mer som alla andra. De som inte har stora känslostormar, hastiga vredesutbrott och ett ständigt tryck över bröstet. Svea önskar också att hon kunde ha en vän i skolan. En enda vän skulle räcka. Någon hon kan tillhöra, hänga med och prata om alla sina hemligheter med.

Innan högstadiet hade Svea haft kompisar i skolan. Det var på något sätt enklare då. När hon var yngre. Hon hade inte haft någon bästis, som så många andra hade. Men hon hade ändå tillhört och fått vara med och leka med de andra barnen på rasterna. När hon började högstadiet hade mycket blivit så annorlunda. I sjuan består inte rasterna av lekar längre. Kompisgäng bildas på andra grunder än vilka som denna rast vill spela fotboll, hoppa rep eller gunga. Riktiga bästisar från sexan höll fortfarande ihop, men i sjuan bildades olika gäng av bästisar. Alla som redan hade någon kom med i de där nya konstellationerna. Men Svea hade ingen, hon passade inte in.

Vi har fotbollstjejerna, där alla i laget får vara med, oavsett vilken klass man hamnat i. Sedan finns det gänget med alla de populära tjejerna, där man för att kvalificera in behöver vara snygg, social och intressant. Svea passar inte in i någon av dessa grupper. Plugghästarna, also known as töntarna, ligger närmare till hands för henne. Men hon är nog ändå för konstig för att vara med där, tror hon. Utöver dessa grupper finns enstaka emo-tjejer som ser ensamma ut, men dem är Svea rädd för att närma sig. Mörkret de har över sig skrämmer henne.

Svea hamnar då liksom någonstans mitt emellan… Hennes sinnestillstånd speglar emellanåt ganska väl hur emo-tjejerna ser ut. Hon är ju duktig i skolan, men inte tillräckligt duktig för att kvalificera in hos plugghästarna. Och hon är alldeles, alldeles för tråkig, osocial och ful för att de populära tjejerna ens ska titta åt hennes håll. Det finns ingen plats för hennes sort. Med ett alldagligt utseende, som gillar att läsa, hatar människor över lag och är strax över medelduktiga i alla ämnen.

Det var då, i sjuan, Svea på riktigt insåg att hon inte passar in. Ingenstans passar hon in. Hon är helt enkelt för komplicerad och annorlunda. En fyrkantig kloss som ska tryckas ner i ett cylinderformat hål. Det går liksom inte. Kanske skulle man kunna fila ner en del av det där fyrkantiga, men hon vill samtidigt inte ändra för mycket på den hon är. Svea tycker ju om den hon är. Hon tycker om att hon inte är som alla andra. I grunden i alla fall. Det hon ibland vill ändra på som sagt är ångesten. Och förmågan att kontrollera sina känslor utan att skada sig själv. För det var också i sjuan hon började bränna sig själv.

Nu har hon inte gjort det på ett tag, men de gånger det inte hjälper mot ångesten att tänka på vågor, vatten och grönt tänker hon i stället på rött, orange och gult. Hon tänker på hur det bränner och svider på insidan av låren. På så sätt kan hon förflytta sina tankar och känslor från huvudet, bröstet och halsen, ner till benen. Det gör att hon kan andas igen och även om hjärtat fortfarande slår hårt och snabbt av smärtan känns det lättare. Det är svårt att förklara, precis som ångest är över lag. Man söker bara lugnet.

Kapitel 26

Mia

Mia tänker på Svea och Charlie. Hon har inte träffat dem sedan midsommar. Charlie och hon har ringt varandra men med Svea lyckas hon inte ens kommunicera via sms. Ibland skickar hon i väg ett "Hej hur mår du?" men det kommer inte några svar tillbaka. Känslan av att vara övergiven kommer över henne varenda gång det händer. Hon vet inte varför det är så. Det är ju hennes dotter vi pratar om här, det borde vara Mia som är den vuxna, men hennes reaktion blir på något sätt barnslig. En besvikelse som värker i nyckelbenstrakten och gör att tårar tränger fram i ögonen. De starka känslor det väcker inom henne när hon känner sig lämnad och övergiven gör att hon till slut drar sig för att skicka de där sms:en. Vilket i praktiken gör att hon tar avstånd från sin dotter och hellre vänder sig till Charlie, som hon vet svarar henne. Allt blir fel.

I instagramflödet dyker det upp en bild på en hund. Ett sponsrat inlägg från Hundladan. Som en kontaktannons. Den rödbruna lurviga hunden sitter där på en gräsmatta med en blommande buske i bakgrunden. Mia klickar på Läs mer och kommer in på Hundladans webbplats. Bjarne. Passande namn för en hund som ser ut som en miniversion av en björn, tänker Mia. Det är faktiskt en kontaktannons, inser Mia. Bjarne söker ett nytt hem eftersom hans tidigare ägare inte längre kan ta hand om honom. Om man tror att man kan vara Bjarnes nya föralltidhem ombeds man skicka ett mail där man presenterar sig själv och berättar hur bra Bjarne kan få det.

Mia funderar. Svea har önskat sig en hund sedan hon var liten.

Det har stått med på alla önskelistor inför att hon fyllt år och på alla önskelistor de sagt att de skickat till tomten. Men hon och Pierre hade kompenserat med att köpa allt det andra som stått på listorna och hoppats att Svea med åren kulle glömma bort det där med att få en hund. Det hade hon inte gjort. Även om hon numera troligtvis inte förväntade sig att hunden skulle sitta där under granen på julaftons morgon. Hoppet hade nog övergett henne lite där.

Kanske kan detta bli en match made in heaven, tänker Mia. Bjarne får ett kärleksfullt hem att komma till. Svea blir lycklig av att äntligen få sin högsta önskan uppfylld. Mia får sin dotter tillbaka. Och en massa motion i form av hundpromenader. Hon har ju tiden. Dessutom är Bjarne ingen valp som behöver ständig påpassning. Han är, enligt kontaktannonsen en fyra år gammal cavapoo-korsning, rumsren, barnkär och gosig. Det låter ju bra. Han kanske också kan fylla den plats i Mias liv som numera är tom. Alltså platsen för gos.

Mia hämtar sin dator, skriver ihop mailet, skriver in mailadressen som står i kontaktannonsen och klickar på skicka.

Kapitel 27

Emma

Funkistvåan på tredje våning doftar rent av grönsåpa. Knepet har Emma hittat på Instagram. Att ställa ut små koppar med såpa på utvalda ställen i lägenheten för att få det att verka mer nystädat än det i verkligheten är. Att städa sitt hem i ett kör är inte något Emma vill lägga sin tid på.

Kontoret håller hon stadat och i ordning eftersom det hjälper henne att fokusera när hon väl sitter där och arbetar. Men här hemma, här vill hon kunna vara sig själv fullt ut och bara koppla av och koppla bort. Och det gör hon inte med hjälp av städning och fix.

De vita, tunna gardinerna till exempel, de hänger uppe året om. Emma skulle inte orka med att byta vid jul och olika årstider som en del gör. Gardinen i köksfönstret har gulnat och fått hål på sina ställen, eftersom solen ligger på där om eftermiddagarna. Emma går fram och gör en stor knut på gardinen som precis täcker hålen. Snabbt och enkelt. Perfekt!

Emma sätter sig i den senapsgula, luggslitna soffan hon köpte på Myrorna när hon precis flyttat hemifrån. Soffan är i minsta laget och verkligen inte vad man skulle kalla modern. Men den räcker gott till henne och den är förvånade nog väldigt skön att sitta i. Hon sträcker sig efter tekoppen hon ställt för att svalna på trälådan hon har till soffbord. Emmas mest effektiva återhämtning, förutom att resa världen över, är att dricka baljor av te och kolla serier på datorn. Gärna svart eller rött te och gärna serier med historiska inslag. Denna kväll är det roiboos-te i koppen och Outlander på datorn. Den varma, lätt röda vätskan värmer gott i magen och i kombination med tidsresor, kärlek och heta sexscener utgör det, enligt Emma, en perfekt kväll.

Emma trivs helt klart bäst med bara sig själv som sällskap numera. Det var något hon tvingats lära sig att göra under tiden hon gick i skolan. Det var svårare för henne då, när det fanns en så tydlig mall man som ung tjej skulle passa in i. Emma hade inte lyckats hitta en plats där hon trivdes, förutom tillsammans med sig själv. Så hon hade inte haft något annat val än att tycka om sitt eget sällskap. Det kan ju låta enkelt så här i efterhand, men det var det inte.

Det är tufft att inte passa in när man är i den åldern då känslan av att passa in känns som det allra mest livsavgörande. När man tror att jämnåriga kompisar är det viktigaste i livet och man inte har några sådana, ja då känns ens liv ganska meningslöst på en gång. Emma minns alla de gånger hon av ångest rispat sig själv på kroppen. Med rakblad, pennor, knivar. Hon tog vad hon kom åt för att lindra smärtan som spred sig inom henne. Fortfarande hade hon kvar en massa vita strimmor på armarna, låren och magen som en påminnelse om den tiden.

Kapitel 28

Svea

Skolans korridorer är fulla med skuggor av elever på väg till eller ifrån sina skåp och lektioner. Alla elever har fullspäckade scheman med lektioner och ämnen i olika färger som talar om för dem vart de ska vara och när de ska vara där. Det har Svea också. Hon har sitt färgglada schema uppsatt på insidan av skåpdörren till sitt skåp. På ovansidan av hennes dator sitter en inplastad kopia av schemat i mindre storlek. På så vis kan hon alltid ha koll på sin vecka. På sina dagar. Det skapar en trygghet att hon när som helst under dagen bara kan titta på schemat för att se de inrutade dagarnas olika färger. Svea har lärt sig att trivas med att inte vara någon i skolan. Det faktum att hon är ingen, gör att hon slipper anstränga sig för att interagera med de andra eleverna. Hon slipper fundera över vad hon ska säga och hur hon förväntas agera i olika situationer.

Sveas favoritämne är samhällskunskap, där Emma är hennes lärare. Den enda lärare hon någonsin haft med svart hår och ring i näsan. Emma ser verkligen Svea. Hon gör ingen grej av det och ställer inte massa dumma frågor om allt, men hon ser. Rakt in i själen känns det som. Svea försöker alltid tänka på neutrala saker när Emma tittar på henne, eftersom hon får känslan av att Emma kan se vad hon tänker. Under lektionerna pratar Emma mycket om samhällsresurser, politik och jämställdhet. Svea tycker det är intressant med diskussionerna och tycker om att ha en lärare som verkligen verkar brinna för det hon försöker lära ut.

Svea gör ibland, ganska fruktlösa, försök att prata om olika samhällsrelaterade frågor med pappa och Charlie hemma vid middagsbordet. Hon kan till exempel försöka få till en diskussion om orättvisor, miljö eller köttätande. På deras middagsbord står det oftast något i stil med köttbullar och pasta, biffstroganoff och ris eller grillkorv med potatismos. Så det är lätt att räkna ut hur litet deras intresse är för att prata om exempelvis köttätandets vara eller inte vara. Charlie grymtar mest. Han är nitton men Svea tycker att det känns som han är hennes lillebror. Han verkar inte ha några egna åsikter och därmed har han ingenting att säga, bara grymtanden.

Pappa, han vill bara att alla ska vara glada och hålla sams, så han håller med om att köttkonsumtionen verkligen borde minska, både med tanke på effekterna det får för miljön och för djurens rätt att inte bli föda åt oss människor.

"Absolut, vännen, det klart det är så" brukar han säga medan köttbullarna, innehållande både döda grisar och kor, mals sönder mellan tänderna på honom.

Svea går tryckt tätt intill den röda tegelväggen bort mot dörren till klassrummet där hon snart ska ha matte. Hon ser Emma komma halvspringande längs korridoren. Den svarta koftan fladdrar bakom henne i vinddraget. När Emma är strax intill Svea kommer hon i kapp de två andra lärarna hon sprungit efter. Emma lägger försiktigt handen på Sveas axel när hon går förbi och mimar leende ett hej mot henne.

"Hej" viskar Svea tyst och ser hur de tre lärarna tillsammans går in genom dörren till lärarnas fikarum.

Genomgången på mattelektionen går långsamt. Varför måste han prata så mycket, gubben? Kan han inte bara tala om vilka sidor som ska göras och sen kan de få sitta i lugn och ro och räkna? Men nej. Det ska förklaras och skrivas på whiteboardtavlan i all evinnerlighet. Att det tar sådan tid gör att Svea blir rastlös. Hon vänder huvudet mot fönstret och tittar på träden utanför. Det fortfarande gröna bladverket rör sig fram och tillbaka med vinden.

"Svea?". Mattelärarens mörka röst bryter hennes dagdrömmande.

"Förlåt" mumlar Svea skamset till svar.

"Så…" säger läraren, återigen vänd mot klassen, och bläddrar upp en sida i sitt exemplar av matteboken. "Sidorna 118–126 är det som gäller idag. Det ni inte hinner under lektionen får ni göra hemma till nästa lektion, okej? Och glöm inte att ni inte får skriva direkt i boken, använd era häften är ni snälla".

Han inväntade aldrig något svar på sin fråga. Svea bläddrar upp sidan 118 i sin mattebok och tar fram en tom högersida i det rutade häftet. Hon är tvungen att börja varje lektion på en högersida, annars känns det fel. Hon börjar med att skriva dagens datum och de sidor som ska göras längst upp till vänster på sidan. Efter det skriver hon ner numret på den första uppgiften och börjar räkna.

Svea gillar matte. Det är enkelt och strukturerat. Bara siffror som i olika konstellationer och uppställningar bildar uträkningar som i sin tur bildar svar. Därefter kan hon gå vidare till nästa uppgift.

Vid skoldagens slut står Svea vid sitt skåp och plockar i ordning det hon måste ha med sig hem. Boken och häftet hon behöver inför provet imorgon. Och så datorn förstås. Och laddaren. Datorn ska alltid vara laddad när de kommer till första lektionen, det står tydligt i reglerna. När hon står där och precis ska lägga ner laddaren i sin ryggsäck får hon oväntat en knuff i ryggen. Det är några killar från parallellklassen som står och tjafsar med varandra strax bakom henne, hon registrerade dem när hon gick mot skåpet tidigare. En av dem har nu blivit knuffad så hårt att han snubblat till och ramlat rakt in i Svea. Utan att vända sig om fryser hon till. Hon står alldeles stilla, blundar och hoppas att ingen ska säga något till henne. I ögonvrån kan hon se hur killen reser sig upp, rättar till jeansen och tröjan och utan ett ord går tillbaka till sina kompisar. Svea andas långsamt ut, släpper ner laddaren, drar igen dragkedjan på väskan och stänger skåpet.

Anteckningsboken

Saker jag vill förändra.

Jag har aldrig haft något intresse för killar. Aldrig någonsin. De är bara jobbiga och skräniga och luktar svett och testosteron. Nu är jag lite generaliserande kanske… men det är ändå sant. Jag har nog egentligen alltid vetat att jag gillar tjejer. Jag har vetat att det en tjej jag någon gång i framtiden ska träffa, bli kär i och dela livet med. Ska jag vara helt ärlig så är de flesta tjejer jag har i min omgivning just nu också jobbiga och skräniga. Tillgjorda och liksom… fejk. Jag vill ha äkta.

Emma är äkta. Emma doftar gott. Sättet hon ser på mig gör mig alldeles varm i kroppen. Inte för att jag på något vis tror att mina känslor är besvarade eller heller någonsin kommer att vara det. Inte alls. Förresten är jag inte så säker på mina känslor heller. Jag kan inte säga att jag är kär. Eller? Nej. Det kan jag inte. Men känslan i magen när jag är med henne påminner om något som skulle kunna vara förälskelse. Ja, jag vet att hon är min lärare. Och att hon är gammal, typ trettio tror jag. Hon är inte den jag ska dela mitt liv med, men hon är viktig för mig. Det känns som att hon är den enda, förutom pappa, som verkligen bryr sig om mig.

Jag hoppas att jag får dela kärlek med någon i min ålder. Det är många tabun som kommer med kärlek. Speciellt i en liten stad som den här där alla lever i kärnfamiljer med mamma, pappa och barn. Villa, Volvo och vovve. Allt det där. Alla är glada. Pappan grillar och mamman skrider runt i en blommig klänning. Barnen är blonda, snälla och rena. Krånglar aldrig.

Den bilden av en familj vill jag förändra. Rasera. Eller inte rasera kanske… jo men faktiskt. Jag vill rasera den och visa att det finns andra alternativ. Jag hoppas jag en gång får möjlighet att göra det. Visa hur det skulle kunna se ut i stället.

Kapitel 29

Mia

Med en, lite för hård, duns hamnar den stora påsen på hallgolvet innanför dörren. Mia släpper det bruna kopplet i läder och ser hur Bjarne försiktigt kliver in i köket med kopplet släpandes efter sig. Den lilla bruna nosen vädrar nyfiket när han går på upptäcktsfärd genom lägenheten. Bjarne har en något för lång lugg med rödbruna lockar som hänger framför ögonen på honom. Men han verkar inte vara så bekymrad över det, utan går från rum till rum. Mia sätter sig på huk och Bjarne kommer direkt fram till henne för att bli klappad och bekräftad. Mia knäpper loss kopplet från halsbandet.

"Seså, fortsätt du ditt lilla äventyr så packar jag upp sakerna så länge" säger hon till Bjarne.

Han tittar på henne med sina bruna ögon som knappt syns och sedan vänder han och springer vidare. Varje uns av sitt nya hem tänker han nosa på tydligen. Väggar, möbler och hela golvytan får sig en omgång av vädring. Mia hoppas att han inte tänker pinka in något revir. Även om hon läst på lite grann om hur det är att få hem en hund, så kan hon inte minnas något om just det. Bjarne hade kissat på alla stolpar han hittat på vägen från parkeringen innan. Så förhoppningsvis kände han sig klar med revirsättandet.

Mia återvänder till påsarna i hallen. På väg mot Hundladan hade hon åkt till djuraffären för att inhandla allt som fanns nedskrivet på den lista hon fått inför att hon skulle hämta Bjarne. Det är klosax, bajspåsar, mat, godis, tuggben, korg, matskålar, pälsvårdsprodukter och kräm för tassarna. Och det är bara innehållet i de två största påsarna. Mia radar upp alltihop på diskbänken, utom korgen som hon låter ligga kvar på köksgolvet, och knäpper en bild med mobilen för att lägga ut på Instagram. Kanske skulle Bjarne starta ett eget konto… Hon har sett flera kända personer vars hundar har egna instragramkonton. Det får bli ett projekt att fundera över tänker hon. Mia hör Bjarnes tassar närma sig köket. Troligen uppfattade hans skarpa hörsel att hon prasslade med mat och diskade matskålar. Mia fyller en skål med mat och en med vatten och ställer ner dem på den lilla plastmattan hon köpt för ändamålet. Bjarne är inte sen på det, utan springer direkt fram och fullkomligt vräker i sig maten. Som om någon annan skulle vilja stjäla den från honom. När maten är slut dricker han vatten med hela ansiktet och skvätter någon blandning av dregel och vatten på hela väggen. Mia inser att ytterligare en plastmatta behöver inhandlas, för att täcka tapeten.

Personalen på Hundladan hade talat om för Mia att Bjarne tidigare bott hos ett par i storstaden. De var av uppfattningen att paret skaffat Bjarne som någon form av substitut för människobarn. En lång adoptionsprocess hade genomgåtts och paret hade tappat hoppet om att någonsin få barn. Då tog de sig an en hundvalp i stället. Men så hade det på något vis gått vägen för dem med adoptionen och barnen, två syskon, hade flyttat in. Därmed fanns det inte längre tid för stackars Bjarne. Det kan ju Mia ändå någonstans förstå. Därför hade han kommit till Hundladan och nu vidare till henne. Slutet gott, allting gott, tänker Mia.

Bjarne hade blivit så glad när hon kom för att hämta honom. Mia hade varit där en gång tidigare för en intervju med personalen. Då hade hon även fått hälsa på Bjarne, som var precis sådan som han beskrivits i kontaktannonsen. Lurvig, gosig och glad.

När hon tidigare idag svängde fram med bilen på grusplanen vid Hundladan såg hon Bjarne stå inne i hundgården och vifta på svansen. Hennes nya sambo.

Bilresan hem hade gått över förväntan. Mia hade fått till sig att Bjarne har en tendens för åksjuka och förberett det med handdukar i sätet. Men när hon väl körde i väg hade han lagt sig ner med huvudet på tassarna och somnat.

Nu är han här hos henne. I den grå hundkorgen av skinn, eller något som liknar skinn, ligger han och sover med en tjock filt bredvid sig. Filten har han hämtat i fåtöljen och liksom bäddat åt sig själv där i korgen. Mia hade reagerat instinktivt med att gå fram och försöka ta filten från honom, den är på tok för dyr för att ligga i en hundkorg. Men Bjarne tittade bestämt på henne med filten mellan tänderna och knyckte till lätt med huvudet, som för att tala om att han minsann skulle ha den. Så hon släppte taget och följde honom med blicken när han bäddade ner sig, lade ner huvudet och slöt de bruna ögonen under luggen.

Mia känner sig tillfreds där i soffan med sin tekopp och sin sovande hund bredvid sig på golvet. Hon tar upp mobilen och knäpper en bild på den sovande Bjarne. Klickljudet från kameran får honom att lyfta ena örat men han sover lugnt vidare.

Bilden skickar hon till Svea. Mia funderar över om hon ska skriva något. Men hinner inte komma så långt.

Vem är det där?

De tre prickarna dyker upp på skärmen. Mia avvaktar.

Är det din?

Alltid så kortfattad, tänker Mia. Hon svarar Svea.

Det här är Bjarne. Han bor hos mig nu. Vill du träffa honom?

De tre prickarna igen. Försvinner. Kommer tillbaka. Försvinner. Lång paus. Kommer tillbaka.

Nu?

Ja, om du vill kan du komma nu.

Ok.

Mia funderar över vad det där okejet betyder. Kommer hon hit? Vet hon om att hon får komma hit men tar det en annan dag?

Kommer du nu?

På väg <3

Hjärta. Hon fick ett rött hjärta. Hon kan inte ens minnas när Svea senast skickade ett rött hjärta till henne.

Kapitel 30

Svea

Svea stoppar in händerna i magfickan på hoodien. Det är fortfarande sommar men ikväll är det lite kyligt i luften ändå. Eller så är det hennes förväntan som gör att hon fryser. Hon vet inte riktigt. Det känns som att det är flera mils promenad hem till mamma. Svea tar upp mobilen och kollar igen på bilden mamma skickade. En sovande hund. Hade mamma verkligen på riktigt skaffat en hund? Hon hade kanske bara lånat den, tänkte Svea. Men samtidigt skrev ju mamma att hunden bor hos henne nu.

Svea springer upp för trapporna i mammas hus och knackar på dörren. I vanliga fall hade hon bara klivit in men hon vågar inte det nu. Hunden kan ju omöjligt vara förberedd på att hon kommer och vem vet hur den reagerar då. Svea hör ett kort skall inifrån lägenheten och därefter hör hon steg som går mot dörren. Mammas lätt dunsiga steg som ackompanjeras av små steg av tassar med klor som slår lätt mot parkettgolvet där inne.

Dörren öppnas och där inne sitter den finaste hund Svea någonsin sett. Med ljusbrun, lurvig päls och lockar av päls som hänger ner framför ögonen. De bruna, snälla ögonen som skymtar där bakom.

”Hej gumman”.

Mamma ger henne en kram.

Genast kommer hunden fram och ställer sig med bakbenen mot Sveas ben, som om den också vill vara med och kramas.

”Det här är Bjarne” fortsätter mamma och säger till Bjarne att sluta klättra på Svea och sätta sig ner. Bjarne lyder och sätter sig på golvet.

Svea sätter sig på knä framför Bjarne och låter honom nosa på händerna. Och armarna. Han går runt henne och nosar henne i nacken och i håret. Sedan kommer han runt igen och ger henne en blöt puss på kinden. Svea ser det som att han accepterat henne och börjar klia honom bakom öronen.

"Du gillar detta va?" säger hon och rufsar om i den pälsiga kalufsen.

Bjarne lägger sig ner på golvet och verkar ha en stark önskan om att bli kliad på magen. Svea uppfyller hans önskan och han grymtar av njutning.

"Han verkar tycka om dig" säger mamma, som stått och betraktat första mötet mellan henne och Bjarne. Svea glömde bort mamma så fort hon kommit innanför dörren. Då var det bara hon och Bjarne.

"Jag tycker om honom" svarar Svea och ger Bjarne en kram. "Ska han bo här hos dig nu? För alltid?".

"Ja, Svea, han ska bo här för alltid. Eller så länge han lever i alla fall. Nu har vi en hund. Du och jag alltså". Mammas röst låter glad, men hon tillägger lite tveksamt "om du vill förstås".

Svea vill. Om hon vill. Hon vill inget hellre kan man säga. Hon vågar inte visa för mamma hur lyckligt det här gör henne. Hon vågar inte säga att hon vill flytta in här nu, ikväll.

"Jag kan hjälpa dig att gå ut med honom efter skolan" säger hon.

"Det låter ju jättebra" säger mamma. "Jag ska nämligen börja plugga snart, och då kommer jag inte vara hemma förrän sent på eftermiddagarna. Du kanske kan gå hit på lunchrasten någon gång ibland också?".

"Vart ska du plugga? På högskolan?". Svea ser upp på mamma.

"Japp, högskolan. Äntligen. Jag har väntat så länge på det här". Mamma ser lycklig ut, noterar Svea. "Vill du ha något? En kopp te?".

Svea nickar och skiftar fokus tillbaka till Bjarne söta ansikte.

Kapitel 31

Mia

Universitetets ljust gula huvudbyggnad tornar upp sig framför Mia där hon ensam går på den asfalterade gången som leder mot huvudentrén. Det är en sval sensommarmorgon och Mia är minst lika nervös idag som hon var inför första dagen i ettan. Hon är ju mer än lovligt vuxen nu, men fjärilarna i magen får henne att må illa, precis som hon minns att de gjorde när hon gick med sin farmor till skolan den där allra första skoldagen.

När alla andra barn i klassen hade sina förväntansfulla och stolta föräldrar ståendes utmed klassrummets sidor första dagen i ettan, hade Mia sin farmor. Att visa stolthet och förväntan utåt var inte farmors paradgren. Det är det fortfarande inte. Men hennes farmor hade varit den som hjälpte till med allt det vardagliga eftersom Mias pappa jobbade mycket. Hennes mamma blev sjuk när Mia bara var fyra år gammal. Diagnosen var bröstcancer och efter sjukdomsbeskedet följde två år av otaliga behandlingar och sjukhusbesök av olika slag. Mia var alltid med. Hon satt där i fåtöljen intill mamma när hon genomgick cellgiftsbehandling efter cellgiftsbehandling.

Mia minns att hon ritade teckningar av färgglada regnbågar och fantasifulla enhörningar. De där teckningarna finns kvar i en låda på vinden hos farmor vet hon. Hennes sjuka mamma kunde lojt försöka sig på att lösa ett korsord de gånger hon orkade lyfta pennan. Under de flesta behandlingar satt mamma bara och sov där i fåtöljen i ljusblått skinn. Ingen av behandlingarna hjälpte ens lite, utan den elaka cancern fortsatte bara att sprida metastaser.

Efter två år lyckades cancern till slut med sitt envetna uppdrag och den tog över mammas kropp. Hon orkade inte kämpa emot längre och hösten då Mia fyllde sex år dog mamma. Efter det var det bara hon och pappa kvar. Ja, och så farmor då förstås. Mia hade tillbringat mer tid av sin barndom i farmors gamla hus än i sitt föräldrahem. Farmors lilla gröna torpstuga med vita knutar och en svensk och en finsk flagga uppsatta på varsin sida om den röda dörren. Farmor har bott här i Sverige under hela sitt vuxna liv, men hon är noga med att visa att hon ändå alltid har sina rötter kvar i Finland, varifrån hon kom som flyktingbarn under andra världskriget.

Mia kliver över tröskeln till föreläsningssalen en trappa ner i den ljusgula byggnaden. Salen har svarta fällstolar i sluttande rader ner mot ett litet podium där det står en gammaldags kateder och en overheadapparat. Mia ser att det lyckligtvis även hänger en projektor i taket, riktad mot den stora, vita duken på väggen. Vem använder ens overhead på tvåtusentalet?

Salen är knappt halvfull av förväntansfulla studenter när hon kommer in. De allra flesta andra ser ut att vara betydligt yngre än hon själv. Hennes uppmärksamhet riktas mot två kvinnor på höger sida, högt upp. De ser ut att vara lite närmare Mias ålder och de sitter och pratar med varandra när Mia kommer fram och frågar om det är okej att hon sätter sig med dem.

"Såklart" säger den ljushåriga kvinnan och pekar menande på stolen bredvid hennes.

Mia presenterar sig och får veta att kvinnan med den ljusa pagen heter Johanna.

Kvinnan bredvid Johanna, som har kortklippt mörkt hår, presenterar sig som Therese.

Professorn kommer in i salen sist av alla och kopplar upp sin laptop till projektorn. På den vita duken visas nu ett schema över de första tre dagarna på universitetet. Introduktion, studieteknik och genomgång av regler för tentor och inlämningsuppgifter står på schemat idag. Professorn lämnar över till ordföranden i studentkåren som ger information om vart man kan köpa sina overaller och hur det späckade festschemat för insparken ser ut. Mia lyssnar bara med ett halvt öra på kårordföranden. Hon kommer ändå inte delta i en massa studentfestligheter, tänker hon. De får veta att det är först den kommande veckan det är kursstart på riktigt. Hennes allra första universitetskurs, tänker hon och ler nöjt åt sig själv.

Mias tankar återgår till farmor. Farmor har alltid uppmuntrat Mia att plugga vidare och få en universitetsexamen.

"Du vill väl bli någonting vettigt tös" brukade hon säga med brysk röst och armarna i kors över bröstet.

När Mia pratar med farmor numera lämnas hon ofta med en stark, olustig känsla av att hon inte riktigt duger som hon är. Det ligger som en skamfylld stämning över konversationerna. Hon vet inte vad det kommer sig. Kanske beror det på att farmor är bitter över att hon tvingades in i mammarollen på nytt när Mias mamma dog. Eller kanske beror det på den person farmor är. En aning bitter med oförmåga att visa ovillkorlig kärlek. Oavsett har det satt spår i Mia, vilket gör att hon ogärna tar kontakt med farmodern.

Farmor lever fortfarande, men hon verkar ha en begynnande demens nu för tiden. Mia försöker få sig själv att ringa henne någon gång i veckan i alla fall, men hon drar sig alltid för det där samtalet. Hon vet aldrig om det kommer bli ett hyfsat trevligt samtal eller om det kommer sluta med att företaget Skuld och skam AB har årsmöte inför hennes öron. Vissa gånger kan de skratta hjärtligt åt något gemensamt minne och ibland berättar farmor spännande historier från när sin uppväxt. Andra gånger kunde farmor tillbringa runt tjugo minuter på att klaga över hur ensam hon alltid är eftersom ingen någonsin kommer och hälsar på henne. Hon säger att hon inte ser någon mening med tillvaron nu när hon inte har någon att ta hand om längre och alla bara har sitt eget.

Ändå vet Mia att hennes pappa träffar sin mamma flera gånger i veckan för att handla, uträtta ärenden eller bara ta en kopp kaffe. Det är synd att det blivit som det blivit, tänker Mia. Hon skulle mer än gärna ha en närmare relation med sin farmor, men det fungerar helt enkelt inte eftersom deras samtal nästan alltid slutar med att hon känner sig som jordens sämsta människa.

”Ska du med och ta en kaffe?”.

Mia väcks ur sina funderingar när Therese ställer frågan.

”Gärna” svarar hon glatt och tillsammans lämnar de föreläsningssalen med sina nyinköpta väskor och går mot universitetets cafeteria.

Precis som tre småtjejer första dagen i skolan, tänker Mia.

Kapitel 32

Svea

”Allihopa, det här är Shira. Shira, det här är din nya klass”.

Läraren som är mentor för Sveas klass står längst fram i klassrummet och pekar entusiastiskt mot bakre delen av rummet. Uttrycket i hennes röst, och det faktum att hon pekar med hela kroppen, gör att alla elever vänder sig om och tittar åt det håll läraren pekar. Svea ser att det sitter en ny tjej vid bänken längst bak. Hon hade inte lagt märke till det nya ansiktet tidigare när hon gick in i klassrummet. I Sveas värld fanns som vanligt bara hon själv och skuggorna.

Shira, tänker Svea. Jordens finaste namn. Shira har tjockt, lockigt, mörkt hår och stora, glansiga, gröna ögon som nu nervöst flackande ser ut över klassen.

”Hej” säger hon och vinkar blygt med ena handen åt dem.

”Se nu till att ni tar väl hand om Shira och att hon inte behöver sitta ensam på lunchen” förmanar mentorn med samma entusiastiska röst som innan.

Kort därefter ringer det ut och det är dags att gå till matsalen. Svea dröjer sig som vanligt kvar tills de andra eleverna gått ut ur klassrummet. Hon tittar ner i bänken och plockar sina böcker i ordning. Och i oordning. Och i ordning igen. När de sista eleverna lämnar klassrummet reser sig Svea långsamt, lägger ner sina böcker i väskan och lyfter upp stolen på bänken. En annan regel som skolan har. Hon vänder sig försiktigt om och ser att Shira också står kvar vid sin bänk och håller på att dra igen dragkedjan på sin svarta ryggsäck.

Nu tänker Svea minst tusen tankar samtidigt. Ska hon våga fråga Shira om de ska äta tillsammans? Nä… eller? Vad kommer hon svara? Säkert nej. Vad gör hon då? Eller om Shira inte ens hör hennes fråga? Hon vänder sig mot Shira som tittar rakt på henne. De gröna ögonen glittrar till när hon ler. Sveas känner hur kinderna hettar som eld.

”Vill du kanske äta med mig?”.

Shira ställer frågan innan Svea ens hinner finna sig i situationen och säga någonting.

Vad svarar man på det? Ingen hade frågat Svea det förut. Såklart att hon vill.

”Det kan jag göra” svarar hon, lite tystare än hon tänkt, med kinderna fortfarande helt varma av rodnaden.

Svea och Shira går tysta tillsammans över skolgården, mot matsalen och trängseln därinne. Svea känner det välbekanta trycket över bröstet som vägen mot matsalen alltid skapar. Hon sneglar på Shira som går vid hennes sida. Shira går självsäkert fram och bara öppnar den slitna bruna dörren med sprucken ruta. Shira håller upp dörren för henne och Svea kliver tveksamt in, bara för att direkt innanför dörren stanna upp och släppa fram Shira. Hon tänker att hon ska låta henne gå före in till kön. Det känns tryggt på något sätt att ha Shira framför sig. När de kommer fram till kantinerna väljer båda det vegetariska alternativet som idag är den gröna sörja kökspersonalen kallar linsgryta. Svea ser hur Shira rynkar på näsan när hon lägger upp sörjan i den djupa tallriken.

”Den är verkligen jättegod. Den bara ser ruskigt oaptitlig ut” viskar Svea i Shiras öra.

De fyller varsitt glas med vatten från automaten och Shira lyfter upp sin bricka och går, fortfarande med samma självklara steg, fram till första bästa bord och slår sig ner. Svea smyger tveksamt efter henne. Det sitter redan andra elever vid bordet. Det är alltså inte en plats Svea vanligtvis skulle ha valt. Med blicken ner i sin tallrik slår sig Svea ner på stolen mittemot Shira, som tittar med en bekymrad min på henne. Svea tänker att hon behöver säga någonting. Ingenting om sin ångest över att sitta i matsalen, men vad som helst utom det. Något måste hon säga.

"Berätta något om dig själv" säger hon till slut och ser hur Shiras bekymrade ansiktsuttryck förändras. Ett leende sprider sig över hennes ansikte, hon skrattar till och börjar prata. Svea pustar ut.

När Svea sitter vid sitt träd i skogen den dagen efter skolan tänker hon på Shira. Hon kan inte koncentrera sig på sin bok. Hon kan bara tänka på de glittrande gröna ögonen och på hur Shira log och skrattade om vartannat när hon pratade om sig själv. Hon berättade att hon, hennes föräldrar och hennes fem bröder precis flyttat hit. De bodde tidigare i en större stad men när två av hennes äldre bröder hamnade i trubbel med rättvisan bestämde sig föräldrarna för att det var tid för ett miljöombyte och nu skulle de börja om på nytt här i vår stad. Svea är glad för det. Så väldigt glad. Mobilen vibrerar till i hennes bakficka. Svea tar fram mobilen och ser att hon fått ett meddelande på Snapchat. Hon som nästan aldrig får meddelanden. Det är Shira som vill ha henne som vän. Värmen Svea känner bubblar upp i hjärtat och sprider sig i bröstet, ja i hela kroppen på henne. Hon lägger till Shira som vän och skriver:

Vad gör du?

Jag sitter bakom soffan och försöker vara ifred.

Svea överväger kort om hon ska tala om för Shira vart hon är och fråga om hon vill komma hit och göra henne sällskap i skogen. Men hon väljer till slut att inte göra det. I stället skickar hon ett meddelande med en skrattande emoji och ett rosa hjärta.

Kapitel 33

Mia

Mia och Therese går tillsammans ut från föreläsningssalen, precis som så många gånger de senaste veckorna. Det är lunchpaus mellan föreläsningar och de är på väg till pizzerian på universitetsområdet för att köpa något att äta. Therese går med sin mobil framför ansiktet och är just på väg att gå rakt in i en betongpelare när Mia försiktigt drar henne i tröjärmen så att hon automatiskt viker av snett åt höger och missar pelaren.

"Det är Tinder".

Therese tittar upp från mobilens display. Hon har inte ens märkt att hon varit på väg att krocka med pelaren.

"Jag skriver med en man som verkar skittrevlig".

Hon betonar ordet "man" särskilt noterar Mia.

"Jaså?" svarar Mia med en tydlig frågande nyfikenhet i rösten.

"Ja, vi hade en dejt inbokad men jag bangade i sista minuten" säger Therese och himlar med sina blå ögon. "Det är så typiskt mig... Jag fegar liksom alltid ur när det kommer till att ses på riktigt".

"Fattar precis vad du menar" säger Mia och tänker på att hon själv fungerar exakt likadant. Hon skriver mer än gärna, flirtar hejdlöst och njuter av den uppmärksamhet hon får från det. Men när det kommer till att träffas, då känner hon att det kräver för mycket av henne. Så himla intresserad är hon sällan.

Therese pratar vidare om den här mannen. Om hur fina saker han skriver till henne i sina meddelanden. Ibland skriver han sexiga saker också. Han verkar så mogen säger hon. Vanlig på något vis. Som en pappa.

"Han känns som en trygg man, någon man skulle kunna bygga

något långsiktigt med. Något som är på riktigt" fortsätter hon.

"Men om ni inte träffas..." börjar Mia och skrattar vänligt åt Therese framtidstankar.

"Nä då kommer det ju aldrig bli något förstås" skrattar Therese. "Jag får nog börja ta tag i detta helt enkelt. Vin hos mig i eftermiddag? Så kan du hjälpa mig att samla mod" fortsätter hon och gör en pussmun med läpparna.

Dagens sista föreläsning är slut och Mia går mot bussen med en take-awaykaffe i handen. Hon känner sig verkligen som en riktigt student i en storstad där hon går med sin bokpåse och kaffe. Även om hon egentligen bara är en vanlig tvåbarnsmorsa, fyrtioplus i en liten håla som råkar ha en filial till ett universitet. Mia väljer dock att sträcka på ryggen och låta föreställningen storstadsstudent ta över henne.

Therese, Johanna och Mia hade bestämt att ses hemma hos Therese för lite vin, ost och kex på balkongen. Den färgglada hösten bjuder på fint väder med sol och klarblå himmel och även om det är kyligt i luften kan man sitta på balkongen ända till kvällen och njuta bara man vill, och klär sig varmt, hade de gemensamt konstaterat.

Thereses lägenhet är en oväntat välplanerad etta med kokvrå, bara ett stenkast från universitetsområdet. Inredningen Therese har valt i lägenheten får Mia att dra slutsatsen att hennes stil är en salig blandning mellan loppisgrejer, IKEA-favoriter och Blocketfynd. En spretig, grön klätterväxt slingrar sig upp från en stor kruka på golvet, längs gardinstången vid rummets enda fönster och vidare utmed väggen. Palettblad i purpurlila, scharlakansrött och ljusgrönt fyller fönstret och gör den lilla lägenheten hemtrevlig och ombonad, även om man knappt kan se ut.

Balkongen är alldeles för stor för att höra till en så liten lägenhet, tänker Mia med sin lilla balkong i åtanke. Therese berättar stolt för sina vänner om hur hon platsbyggt hörnsoffan därute av gamla lastpallar hon hittat. Den hembyggda soffan är täckt av massa enfärgade och mönstrade kuddar i olika storlekar och ser väldigt inbjudande ut.

"Slå er ner mina damer".

Therese gör en svepande gest med armen mot soffan på balkongen. Johanna och Mia bugar skämtsamt för Therese och sätter sig i varsin ände av soffan. Therese går in i kokvrån och Mia kan se genom balkongdörren att hon är i full gång med att öppna en flaska rödvin.

När Therese återvänder till dem balanserar hon tre omaka vinglas i ena handen och en stor glasskål med chips i den andra. Vinflaskan bär hon under armen.

"Så där ja, nu börjar det likna nåt va?" säger hon och börjar hälla upp rödvin i glasen.

"Kom igen nu" säger Mia uppfordrande till Therese. "Berätta allt för oss om mannen du drömmer om".

"Vaddå?".

Johanna tittar nyfiket på Mia och vidare på Therese.

"Therese har fått kontakt med en sååå trevlig man" säger Mia retsamt och knuffar till Therese.

Therese drar samma historia för Johanna, som hon tidigare under dagen berättat för henne.

"Han är separerad sedan ett år och har två barn som är typ i tonåren tror jag. En son och en dotter i alla fall" fortsätter Therese.

"Hur gammal är han egentligen?"

Johanna ger Therese en skeptisk blick.

"Fyrtio nånting kanske" svarar Therese med en axelryckning.

"Fyrtio!?".

Det går inte att ta miste på förvåningen i Johannas röst.

"Hörrudu du!" säger hon och blinkar mot Johanna.

"Ja, men alltså, du är ju inte fyrtio till sättet liksom" försvarar hon sig. "Och du ser heller inte ut att vara en dag över trettiofem för den delen".

Johanna reser sig och ger Mia en förlåtande puss på kinden.
Mia är så otroligt glad för de nya vännerna. Johanna och Therese är båda strax över trettio. Hon känner sig själv mycket yngre än sina

fyrtio när hon hänger med dem. Det blir som tiden innan barnen, då man bara hängde med vänner helt förutsättningslöst varje dag. Käkade tacos, drack vin eller spelade sällskapsspel. När umgängeskretsen, och även hon och Pierre, fick barn blev umgänget annorlunda. Då satt alla på lekmattor på golvet och hallen var full av skötväskor och andra barnprylar. Vin, god mat och sällskapsspel byttes mot kaffe, mariekex och lek med alla barn. Mia hade aldrig gillat själva lekandet. Att sitta på golvet och köra bilar eller bygga med LEGO var inte hennes grej alls. Hon gjorde det ju naturligtvis, för att alla andra gjorde det, men hon trivdes bättre i en soffa med ett glas vin.

”Kan vi få se hur han ser ut nu eller?!”. Johannas röst avbryter Mias tankar.

Therese bläddrar i sin mobil efter en bild.

”Okej” säger hon dröjande ” men inget om att han ser gammal ut nu, okej?!”.

Johanna och Mia skakar på huvudet.

Therese vänder sin mobil mot dem och på displayen ser Mia ett solbränt bekant ansikte av en man som står på en radhusaltan. Det är Pierre. Therese har matchat med Pierre.

Kapitel 34

Svea

Nu ter sig skoldagarna annorlunda för Svea. Lite mer så hon tidigare önskat att det skulle bli i nian. Hon har en vän att hänga med på rasterna. Någon hon menande kan titta på under lektionerna när läraren säger något de båda tycker är knas. Hon har nämligen Shira. Svea har längtat efter detta långt mer än hon tidigare förstått. Att ha en vän betyder så mycket. Svea känner ofta en stark oro över att Shira ska försvinna från hennes sida och lämna henne ensam i världen igen. När den oron kommer kan Svea känna hur ångesten långsamt kommer smygande tillbaka. Annars håller sig ångesten i schack nu. Men om det är något Svea hatar, så är det oron för att bli övergiven. Den oron gör att hon ibland känner att hon också hatar att älska. Då hatar hon att tycka om Shira, att släppa Shira in på livet. Hon hatar det faktum att hon trivs med tillvaron. För tänk om allt bara rycks bort igen. På samma gång är detta något av det mest fantastiska i världen.

Shira bor, tillsammans med sin familj, i en stor lägenhet i området borta vid idrottsplatsen. Området ligger placerat ungefär lika långt från skolan som radhusområdet Svea bor i, men åt motsatt håll. Svea och Shira har bestämt att de, varje morgon innan skolan, ska träffas vid övergångsstället bortanför det vita huset som ligger granne med skolområdet, för att kunna göra sällskap in i skolan. Aldrig mer ska Svea behöva smyga in i skolan ensam. Denna kyliga septembermorgon står Svea med Miss Li på hög volym i lurarna och lutar sig mot staketet i väntan på att Shira ska komma dit. Hon känner den unkna stanken från den överfyllda papperskorgen strax intill och flyttar sig en bit bort för att slippa dra in den illaluktande luften i näsan. Hon ser att kajor har kalasat på delar av papperskorgens innehåll. På gräset nedanför papperskorgen ligger rester av en cheeseburgare och flera pommes.

"Tjena kexet, står du här och smular?". Shiras pigga, glada röst hörs bakom henne, trots att hon har musik i öronen. Shira pratar med en komisk, förställd Stockholmsdialekt. Hon brukar göra det när hon säger sådana där konstiga, gammalmodiga saker.

Svea tar av sig lurarna innan hon vänder sig helt om och ger Shira en varm kram. Hon vill inte släppa taget om Shira, men vill inte heller att det ska uppstå en pinsam situation. Det pirrar till i magtrakten när hon ser att Shira tittar på henne uppifrån och ner.

"Vad fin du är" säger Shira och hennes vackra leende får Sveas kalla kinder att bli alldeles varma och röda.

"Tack" säger Svea och tittar ner på hoodien, sin svarta kjol och sina vita sneakers. "Du med".

Svea tänker att de båda är alldeles för tunt klädda för vädret. Varje år är det samma sak, höstens kyliga mornar kommer alltid lika plötsligt.

Shira har vita tygskor, en grön, lång, plisserad kjol och ett gult linne under en svart huvtröja. De är ungefär lika långa, tänker Svea, men Shira har betydligt finare former. Runda bröst under det gula linnet och en rumpa kjolen fint hänger över.

Under skoldagen hänger Svea och Shira med varandra mest hela tiden. Pratar och skrattar tillsammans mellan lektionerna. Under lektionerna skickar de meddelanden på mobilerna till varandra i smyg när läraren inte ser. På rasterna kollar de roliga klipp på Youtube och roar sig med att håna killgänget som smygröker bakom gympasalen och tror att ingen ser dem. Vilka losers de är! Det var längesedan Svea kände sådan samhörighet med en annan människa.

Matsalen känns mindre skrämmande när man har en given person att sitta med tycker Svea. Ångesten hon tidigare alltid känt i kön till maten är nu som bortblåst och ersatt med en känsla av förväntan och stolthet. Förväntan över att sitta och prata med Shira samtidigt som de äter och en oerhörd stolthet över att ha denna vackra varelse vid sin sida.

Shira äter inte heller kött, i alla fall inte fläskkött. Av religiösa skäl, och inte på grund av klimat och annat som hon själv, men ändå. Det skapar ännu en likhet de får dela. Svea tycker verkligen om att upptäcka alla saker hon och Shira har gemensamt. Hon tycker om att känna att de hör ihop. Det är en ovan känsla för Svea och den gör att hon vågar öppna upp mer och mer. Öppna upp, både inför sin nya vän och inför omgivningen i stort. Svea ser de andra människorna som befinner sig i skolan på ett nytt sätt nu. Eller hon ser de andra människorna. Punkt. Det som tidigare bara varit skuggor har nu i stället tagit formen av tjejer och killar. Män och kvinnor. Elever och lärare. Världen runt omkring Svea är nu ljus och färgglad i stället för mörk och grå. Tyngden hon tidigare burit runt inuti har bytts ut mot bubblor av… lycka.

Shira har en specifik regel hemifrån hon alltid måste följa. Regeln säger att hon måste gå direkt hem efter skolan varje dag. Shira verkar själv inte direkt upprörd över det, men Svea tycker det känns väl strängt av Shiras föräldrar att ha en sådan regel. Själv är hon van att kunna röra sig fritt. Göra vad hon vill, med vem hon vill, när hon vill. Men Shira vet kanske inget annat, tänker Svea.

"Vi hörs på Snap sen" säger Shira när de kommit ut från skolan och hon ger Svea en snabb kram innan hon beger sig av.

Svea börjar gå hemåt, med väskan tungt hängande på ena axeln. Väskan väger bly eftersom hon idag bär med sig massa böcker, förutom dator och laddare. Men hon går ändå med lätta, nästan skuttande steg. Det är No-prov i övermorgon och nu ska hon hem och plugga. Svea kan knappt förstå att hon får ha det så här bra.

Kapitel 35

Emma

Emma kommer på sig själv med att le när hon ser Svea och Shira sitta tillsammans i korridoren och skratta åt något som visas på Shiras mobil. Nu sitter inte Svea längre ensam på rasterna. Tjejerna sitter så tätt ihop de kan utan att sitta på varandra och lyckan de utstrålar sprider ett skimrande ljus runt dem. Emma ser hur Svea tittar på Shira. Hennes ögon glittrar av något som inte kan beskrivas på något annat sätt än med ordet kärlek. Emma hoppas så innerligt att de två ska hålla ihop länge. Svea behöver en vän vid sin sida, någon som får henne att komma fram ur sitt skal och öppna upp. Då kanske Svea kan slippa hamna där Philip till slut hamnade, tänker Emma.

Emma tänker tillbaka på sommarens resa till Sydamerika. Den hade inte börjat riktigt som planerat då hon fått någon typ av matförgiftning på flyget till Peru. Det ingick inte i resplanen. Emma tackade sin lyckliga stjärna att hon hade en plats nära en av de små, trånga flygplanstoaletterna. Och att de runt omkring henne inte hade samma påträngande behov av att besöka toaletten som hon själv hade.

Flygningen hade varit en pärs och väl framme på hotellet hade hon sovit i tre hela dagar, och därmed missat utflykten hon bokat in. Trist, men samtidigt inte mycket att göra åt. Emma är inte den som gräver ner sig i den typen av saker utan hon accepterar och går vidare. Resterande del av hennes resa hade varit helt fantastisk! Bolivia och besöket i den fattiga kåkstaden gjorde att hon än mer uppskattar allt hon har här hemma i Sverige. Nya uppslag till diskussioner med eleverna hade hon noterat ner i den slitna anteckningsboken som alltid finns med på hennes resor.

"Emma, kom hit lite!".

Svea ropar på henne från hörnan där hon och Shira sitter. Hörnan där Emma så många gånger tidigare sett Svea sitta ensam. Emma går bort till tjejerna och sätter sig på den ena fåtöljens armstöd.

"Kolla videon" säger Svea full av skratt och pekar mot Shiras mobil.

Emma skrattar tillsammans med tjejerna åt klippet med en hund som pratar med en papegoja.

Emma visar tjejerna några bilder hon har i mobilen från sin resa. Hon tycker om deras tydliga intresse för det hon har att berätta. Känslan av gemenskap hon känner, den lilla stund hon sitter där tillsammans med dem. Den känslan har Emma inte känt sedan Anna och hon bröt upp. Även om Emma trivs i sitt eget sällskap och är van att umgås mest med sig själv, är det inte utan att hon emellanåt saknar en bästa vän att prata med. Någon att dela sina många resminnen och sina funderingar med.

Emma lämnar tjejerna till sitt fnittrande åt videoklipp och går mot arbetsrummet. Där sitter Mats i vanlig ordning och sorterar papper. Det gör han säkert inte, det vet ju Emma. Men hans dator är inte ens påslagen utan han sitter med sina högar av färgade plast-fickor framför sig och lägger in papper i dem. När han får syn på henne blinkar han åt henne.

"Tjena gumman".

Mats pratar med en ton Emma anser är reserverad för snuskgubbar.

"Emma" säger hon demonstrativt. "Jag heter Emma".

"Du är så känslig" säger Mats. "Ska du inte komma dragandes med me too också?".

Det sista säger han med en sådan sarkasm att Emma inte ens orkar bemöda sig med att bemöta det.

Vid sådana här tillfällen tackar Emma gud för sin sexuella läggning.

När hon möter män som Mats. Att dejta kvinnor är fan så mycket bättre på så många olika sätt, tänker hon irriterat för sig själv och slår upp sin dator framför sig vid skrivbordet.

Kapitel 36

Svea

"Pappa, kan du komma med en binda".

Svea ropar från toaletten. Fan att hon skulle få mens just idag. Hon har massor att plugga inför provet imorgon. Och den var såklart tvungen att komma nu, när hon valt att gå på lilla toaletten som inte var utrustad med sådant hon behöver. Det knackar lätt på toalettdörren och hon låser upp. Pappa sticker in handen och ger henne paketet med bindor.

"Jag har lagt fram Ipren på köksbänken" säger han innan han stänger dörren igen.

"Kan du sjukanmäla mig?" frågar Svea och känner redan hur mensvärken börjar mola i nedre delen av magen.

"Har precis gjort det" svarar pappa.

Allt Svea kan göra den där första dagen när hon får mens, är att ligga nedbäddad i sängen. Hon fungerar inte alls eftersom magen krampar, ryggslutet värker och hon mår riktigt illa. Så även denna gång. Hon tar tabletten pappa lagt fram och sväljer den med en klunk ur vattenglaset. Datorn och böckerna hon skulle använda för att plugga till provet ligger kvar på köksbordet från igår kväll, och de får ligga kvar där ett tag till. Svea ställer ner det tomma vattenglaset på diskbänken, går tillbaka till sitt rum och kryper ner i sängen.

Vart är du?

Meddelandet kommer från Shira. Svea har helt glömt bort att meddela Shira att hon inte skulle komma till skolan idag. Vanan av att ha en vän har tydligen inte satt sig ännu. Att någon överhuvudtaget märker att hon inte är i skolan, än mer saknar henne, är ovanligt. Svea svarar Shira.

Jag har mensvärk.

Åh stackars dig.

Shira skickar en bloddroppe med två röda hjärtan efter. Svea svarar med ett rött hjärta. Hon tar på sig sina hörlurar och sätter i gång en ljudbok. Hon orkar inte läsa idag. Svea lägger tillbaka mobilen på nattygsbordet och kryper ihop i fosterställning under täcket.

Det är eftermiddag och både pappa och Charlie har kommit hem efter jobbet. Svea ligger fortfarande kvar i sängen. Ringklockan plingar och Svea hör inifrån sovrummet att pappa går från köket och ut i hallen för att öppna. Låga röster pratar i hallen och snart knackar det till på Sveas sovrumsdörr. Innan Svea hinner säga någonting öppnas dörren försiktigt och Shiras huvud sticker in genom öppningen.

"Hej, jag tänkte att du kunde behöva det här".

Shira lägger ner en Marabou Daim och en Pepsi Max på sängen. Hon ser sig om i det mörka, stökiga rummet.

"Vad mysigt du har det" säger hon med viss ironi i rösten.

Svea känner en känsla av skam över hur det ser ut där inne. Och här ligger hon, i bara linne och trosor, under täcket och tycker synd om sig själv.

"Det är kaos" säger Svea. "Men det är mitt kaos, okej?".

Svea tittar generat på Shira som rycker på axlarna och sätter sig på sängkanten.

"Så här ser det oftast ut hemma hos mig också" säger hon i en ton som gör att Svea inte riktigt tror på henne. "Min lillebror och jag delar rum. Hans sida är alltid städad medan min sida…".

Shira stannar upp mitt i meningen och lyfter upp en tröja från golvet.

"… ser ut ungefär så här" fortsätter hon och hänger tröjan över skrivbordsstolen.

"Vad lyssnar du på?".

Shira pekar på Sveas hörlurar.

Svea berättar för Shira om ljudboken hon lyssnat på i stort sett hela dagen. Det är en fantasybok. Svea känner sig osäker på vad Shira tycker om det. Men Shira bara nickar, lägger sig på mage i sängen och tar fram sin mobil. Svea drar snabbt åt sig benen för att Shira ska få plats. Tänk att Shira ligger i hennes säng. Likt två bästisar ligger de där och kollar på sina mobiler vid sidan av varandra.

Vid middagen den kvällen, halloumistroganoff efter Sveas önskemål, säger pappa:

"Känns det bättre i magen nu? Det var fint att träffa din vän idag".

"Mm" svarar Svea kort.

Mensvärken är inte lika illa nu. Men det hade känts både väldigt bra och inte så bra att Shira kom hem till henne så spontant. Hon kände sig egentligen inte alls redo att släppa in Shira i sitt hem. I alla fall inte ända in till sitt rum. Inte så mycket för att det var stökigt. Mer för att hennes rum känns så privat. Så mycket Svea liksom. Där kan hon inte dölja den hon är på samma sätt som i skolan. Shira hade bara stannat en liten stund innan hon blev upphämtad i bil av en av sina äldre bröder. När hon lämnat rummet hade Svea kunnat andas ut igen. Även om hon tyckte det var mysigt att ligga där med Shira alldeles intill var det som om hon höll andan under tiden. Rädd för att bli avslöjad.

Charlie pratar om en tant på äldreboendet som tror att hon är Édith Piaf. Hon pratar tydligen med fransk brytning och sjunger franska sånger för de andra gamlingarna under dagarna. Gamlingarna tror att de fått finbesök av en världskändis.

"Som dog i början på sextiotalet i och för sig" säger Svea.

Men Charlie svarar att de gamla inte alltid vet exakt vilket år det är. De lever för dagen och minns mest bara sådant som hände för längesedan, när de var unga.

"Tragiskt på ett sätt, men skönt att de ändå är glada" konstaterar pappa.

Anteckningsboken

Saker jag vill förändra

En gång i månaden, år ut och år in, ska vi kvinnor utstå mens. Och mensvärk. Blöda, blöda igenom, känna sig äckliga, ha ont och må piss. Orättvisan i detta. Går. Inte. Ens. Att. Beskriva. Med. Ord.

Oklart dock hur jag ska förändra detta. Något magiskt piller? En spruta som gör att allt försvinner? Jag vet ju att det är mens som gör att vi kan bli gravida och få barn. Men jag som redan har bestämt att jag inte vill ha barn, kan inte jag få slippa? Eller kan man inte få slippa tills man är redo att skaffa barn? Då kopplar man på det där systemet.

Hade det varit män som haft mens så hade det där pillret redan funnits för längesedan.

Jag har nog inte riktigt tänkt klart kring detta. Men vi skulle ju tänka stort. Inte nödvändigtvis ha lösningen på allt.

Jag kan faktiskt tänka mig att lämna över lösningen av just detta problem till någon annan.

En man förslagsvis.

Kapitel 37

Mia

Therese och Pierre alltså. Mia vet inte riktigt vad hon ska känna kring att hennes nyfunna, unga vän potentiellt ska dejta hennes ex. Eller jo, hon vet precis vad hon känner. Svartsjuka, avund och frustration. Missunnsamhet av det allra värsta slaget.

Hon borde väl förstås vara glad, för Pierres skull om inte annat, tänker hon. Hon har ju själv valt bort honom, av samma anledningar om Therese nu överväger att välja just honom. Hon valde att lämna det gamla och gå vidare mot nya äventyr. Men hon är inte glad för Pierres skull heller.

Hon känner hur svartsjukan växer med raketfart inom henne. Den där känslan av att någon tagit det som var menat för henne, känslan av att hon gjort ett misstag och nu är det för sent att ångra sig. Han kunde väl åtminstone välja någon äldre, tristare och fulare än henne, tänker hon irriterat. Inte någon som Therese, med humor, snygg kropp och cool frisyr. Det gör ju att hon i stället är den som verkar utdaterad, ful och tråkig.

Mia valde att inte nämna något för Therese och Johanna den där kvällen på Thereses balkong, om att den fantastiska mannen Therese skriver med är hennes ex. I stället hade hon fyrat av ett fejkat, stelt leende och nickat medhållande när Johanna kommenterat att han ändå såg trevlig ut, trots sina fyrtioplus år. Hon borde kanske ändå säga någonting. För tänk om det blev de två till slut. Tänk om Therese skulle bli den coola extramorsan till hennes barn. Suck. Mia himlar med ögonen åt sig själv och tanken på situationen. Med frustrationen krypande i kroppen reser hon sig och går till städskrubben för att ta fram dammsugaren. Hon måste sysselsätta sig och försöka tränga bort alla de här känslorna. Städning är för henne det bästa sättet att tränga tillbaka jobbiga känslor och stänga av. Hon ger Bjarne en puss på nosen.

"Nu ska matte städa en stund" säger hon som för att förvarna honom att hon inte kommer kunna ge honom uppmärksamhet på ett tag.

Någon timme senare av frenetiskt städande är lägenheten skinande ren och svetten rinner längs Mias rygg. Hon lägger sig i soffan och känner efter. Nej, den där skavande känslan inom henne är inte borta. Tvärtom. Hon känner sig mer stressad nu än innan och nu är hon, förutom utdaterad, ful och tråkig, även helt genomsvettig. Hon tar upp mobilen och öppnar meddelandeappen. Ett meddelande går i väg till Peter.

Hej, vill du komma över?

Han svarar direkt.

Sorry baby jag kan inte idag.

Fan. Fan. Fan. Hon behöver honom nu. Hon behöver bekräftelsen hon får när han tar i henne. Hon behöver få känna sig åtrådd och sexig. Känna att det är hon som har övertaget igen. Att hon är den som är lyckligast och vackrast. Bjarne är sällskap och gos, men han ger inte den typen av bekräftelse.

Mia öppnar meddelanden igen och skriver till Therese.

Vill du ta en promenad till berget?

Hon ser de tre prickarna på skärmen som talar om för henne att Therese håller på att svara. En tumme upp. Prickarna igen.

Absolut! Jag kommer förbi ditt om en timme, blir det bra?

Mia svarar med en egen tumme upp, men ändrar sig. Det kanske kan uppfattas som lite kortfattat. Hon lägger till en smiley med hjärtan runt huvudet, trycker på skicka och lägger ifrån sig mobilen.

När det drygt en timma senare ringer på dörren sitter Mia redan klädd i träningskläder vid köksbordet och väntar. Bjarne har halsband och koppel på sig och ligger på köksgolvet vid Mias fötter och verkar förstå att det snart vankas långpromenad. Therese verkar vara på gott humör och även hon är klädd i träningskläder, men till skillnad från Mia, som har topp och en kort hoodie på sig, har Therese på sig en stor t-shirt med bandtryck på bröstet.

”Det är varmt och skönt ute” säger Therese. ”Jag måste fylla på min vattenflaska bara” fortsätter hon och går in i köket och Mia hör hur hon spolar vatten i kranen.

Den asfaltslagda gångvägen uppför berget övergår i en smalare stig med skog på båda sidor och Therese stannar till, vilket släpper fram Mia, som tillsammans med Bjarne, tar täten upp genom skogen. Mia håller medvetet ett högt tempo och ser som väntat, att Therese hamnar lite på efterkälken. Therese kinder lyser röda och när Mia tittar bakåt pustar hon tydligt och Mia ser hur svetten börjar bryta fram i pannan på henne. Mia kan inte låta bli att känna sig lite nöjd över att hennes egen kondition verkar vara betydligt bättre än Thereses. Mia vet att hon är i bra form, men det känns ändå bekräftande att Therese, som är så pass mycket yngre än hon själv, får kämpa för att hänga med i hennes tempo.

”Du vet Pierre, killen du dejtar...” hör Mia sig själv säga.

Nu ska hon tydligen droppa för Therese vem det är hon går och planerar framtiden med. Hon hör hur Therese flåsar bakom henne i backen.

”Ja..?” säger hon frågande och stannar upp.

Mia och Bjarne stannar också och Mia vänder sig mot Therese.

”Ja, alltså, jag vet inte riktigt hur jag ska säga detta... men vi känner varandra” säger hon. ”Eller alltså, det är pappan till mina barn”.

Mia vänder sig om igen och fortsätter gå, om än i lugnare tempo nu. Bjarne ser lite förvirrad ut. Det är nu tyst bakom Mia. Hon vill inte titta på Therese. Hon vill inte se hennes reaktion.

”Va?!” utbrister Therese och springer i kapp dem i backen.

Therese lägger handen på hennes axel och vrider henne mot sig.

”Varför sa du inte det på en gång?!” undrar Therese.

”Nä, men jag tänkte inte på det då. Jag kopplade inte direkt, kom på det först senare” ljuger Mia och hoppas att Therese inte ska i hennes ögon att hon ljuger henne rakt upp i ansiktet.

”Men... hur känns det för dig? Känns det okej? Det är ju helt emot girlcode att dejta någons ex. Jag hade aldrig ens övervägt det om jag vetat”.

Mia är förvånad över Thereses reaktion. Hon var helt säker på att hon skulle få vuxenskäll och behöva skämmas över att hon inte sagt något direkt när hon fick se bilden.

Mia överväger om hon ska säga exakt hur hon känner eller om hon ska vara lika förstående tillbaka. Till sist väljer hon något som kanske kan tyckas hamna precis mitt emellan de där alternativen och säger:

”Äsch, ta honom du. Han var lite för lite äventyr för mig ändå” och så rusar hon vidare upp för backen med Bjarne och Therese i släptåg.

Kapitel 38

Svea

Svea sitter på en stol vid köksbordet och ser drömmande ut genom fönstret. Ute blåser det full storm och färgglada löv som börjat falla av träden dansar runt över gräsmattan. Tallriken med intorkade matrester från middagen står på bordet framför henne. Svea dricker upp den sista Pepsin i glaset.

Hennes tankar går till Shira. Hon tänker nästan alltid på Shira. På de gröna ögonen och de långa mörka lockarna som faller ner över axlarna. De runda brösten som syns under hennes åtsittande linne. Shira är det vackraste Svea någonsin skådat.

Kärleken Svea känner för sin nyfunna vän skrämmer henne fortfarande, samtidigt som det också fortfarande, är den bästa känslan någonsin. Hon tänker på hur det skulle vara att kyssa Shira. Hur hon dramatiskt skulle lägga armen om Shiras nacke och dra hennes ansikte tätt intill sitt. Svea har aldrig kysst någon förut, men det är så hon föreställer sig att det skulle gå till. Mest troligt kommer hon inte vara den som tar första steget den gången det händer. Högst troligt inte. Alldeles säkert kommer hon inte kyssa, utan vara den som blir kysst.

Svea är osäker på Shiras känslor för henne, hon vet inte om Shira känner samma sak som hon. Hur skulle hon veta det? Hur tar man reda på en sådan sak? Frågar chans? Nja. Det känns lite som något man gör i mellanstadiet. Bara tanken på att hon skulle prata med Shira, ansikte mot ansikte, och avslöja sin kärlek. Den tanken tycker hon är för läskig för att ens tänka klart.

Mobilens surrande får henne att rycka till och välta glaset över tallriken så det skramlar till och gaffeln åker ner i golvet. "Mamma (och Bjarne)" står det på displayen. Svea har lagt till Bjarne eftersom hon tänker att det ska förbättra hennes inställning till att mamma ringer. Svea gör ett kort övervägande och trycker på den gröna luren.

"Hej mamma" säger hon och sätter på högtalaren.

Svea upplever att hennes relation med mamma har blivit något bättre den senaste tiden. Kanske är det för att hon själv generellt har varit på bättre humör. Kanske är det för att mamma nu har hittat rätt, efter ett års letande, och därför kan hennes dotter återigen få ta en plats. Mest troligt är det Bjarnes förtjänst. Som den lurviga medlare han är, har han skapat en brygga mellan dem. Oavsett anledning är Svea ändå uppriktigt glad att mamma hör av sig.

"Hej gumman, vad gör du?". Mammas röst ekar genom högtalaren, ut i det tysta köket. Svea hör Bjarne skälla i bakgrunden. "Bjarne vill också säga hej".

"Hej, och hej finaste doggin" svara Svea. "Jag gör ingenting. Har precis ätit. Vad gör du?"

"Varit och tränat. Är du ensam hemma? Tänkte vi kunde ta en fika" fortsätter mamma.

"Mm" säger Svea. "Pappa är nog på väg hem från jobbet. Charlie jobbar kväll".

"Jag kan komma och hämta dig så åker vi någonstans och sätter oss" säger mamma i ett frågande tonfall.

"Visst" svarar Svea som uppriktigt blir glad, men hon hör själv att hennes svar låter lite kort.

"Vill du inte?" frågar mamma som ett svar på att Svea känt rätt.

"Jo, absolut, kom och hämta mig" säger Svea, denna gång med ett mer positivt tonfall.

"Ses snart då" säger mamma och avslutar samtalet.

Svea står redan ute på uppfarten när hon ser mamma komma körandes längs med gatan i den röda bilen. Bilen stannar bredvid henne och Svea öppnar dörren och sätter sig i framsätet. Mamma böjer sig fram över mittkonsolen och ger Svea en kram med ena armen.

Svea känner hur hon mjuknar i omfamningen. Mamma doftar så gott. Tryggt och blommigt. En doft Svea inte känt på länge och som väcker fina minnen. Minnen av hur mamma, med stor inlevelse och dramatik, läste böcker för henne i sängen på kvällen innan hon skulle sova. Minnen av när hon som liten satt vid köksbordet och pysslade med pärlplattor medan pappa lagade mat vid spisen och mamma sjöng högt och dansade runt i köket. Det känns fint att minnas det.

För det hade också varit många konflikter mellan Svea och mamma. Stora bråk och höga skrik. Mamma som för sitt liv inte kunde ens försöka förstå varför Svea skulle stänga in sig på sitt rum så fort hon kom hem från skolan. Hon verkade inte alls acceptera att Svea ville äta sin middag i ensamhet. Svea var så djävulskt trött och energilös efter att ha tillbringat dagen omringad av tusen högljudda skuggor som väsnades och sprang runt. Svea behövde bara ladda sina batterier i sitt rum, i sin trygga borg.

Pappa verkade förstå Svea bättre. Eller var det bara så att han var livrädd för att en konflikt skulle blossa upp. Svea vet inte. Han försökte i alla fall, nästan varje gång, att prata mamma till rätta. Han försökte få mamma att begripa att det inte gjorde så mycket om de inte åt middag tillsammans som en riktig familj varje kväll. Det hela brukade sluta med att mamma i affekt sprang och stängde in sig i föräldrarnas sovrum. Så satt alltså två av fyra familjemedlemmar, arga och frustrerade, instängda i sina sovrum medan kvarvarande två åt middag tillsammans i köket under tystnad, för att inte göra situationen värre. Ingen var nöjd. Mamma var arg och besviken på Svea. Svea var frustrerad på mamma vilket resulterade i ett ångestpåslag. Pappa, ja han hamnade mitt i en högst oönskad konflikt han inte hade lösningen på. Och så Charlie. Han bara åt. Så han var kanske rätt nöjd trots allt.

Lite senare på kvällen brukade situationen ha lugnat sig. Svea visste ju det från början. Om hon bara får lov att vara med sig själv en stund kommer hon att återfå energin tillräckligt för att kunna umgås med sin familj. Det var bara det att mamma var så otrolig dålig på att förstå hennes behov.

När Svea kom ut från sitt rum den där kvällen för att värma sin tallrik med mat satt mamma och pappa i soffan och kollade på något program på tv. Hon smög in till dem och slog sig ner bredvid dem i soffan och åt sin mat under tystnad. Allt verkade vara okej. Men Svea visste innerst inne att varje gång, varje konflikt, skapade ytterligare en kil mellan mamma och henne. Ett långsamt utökat avstånd som bara växte och växte. En kärlek mellan mamma och dotter, som skulle vara helt villkorslös, blev alltmer villkorad.

Mamma parkerar den röda bilen på stora torget och de går mot caféet på hörnan. Väl där inne beställer mamma en kopp svart kaffe till sig själv, vänder sig mot Svea och tittar frågande på henne.

”En Pepsi max och en kanelbulle, tack” säger Svea artigt till den unga tjejen bakom disken.

Tjejen ställer fram deras beställning på en bricka som Svea lyfter upp medan mamma går och fyller sin kopp med kaffe på sidobordet en bit bort. De slår sig ner vid ett litet bord längst inne vid fönstret. Mamma börjar direkt med att ställa frågor om skolan. Om hur det går för Svea, vad hon gör på sin fritid och vilka hon umgås med.

Svea funderar på vad Bjarne gör där hemma och överlägger därefter kort med sig själv om det är så att hon ska berätta för mamma om Shira eller inte. Det skulle vara så otroligt skönt att prata ut om känslorna hon har inom sig. Om hur nytt, läskigt och spännande allting känns. Hon kommer till sist fram till att det inte är läge. Inte nu. De är inte där ännu, hon och mamma. De har bara precis börjat connecta igen.

I stället ger Svea korta svar på mammas frågor. Hon säger att det går bra, betygen ser bra ut, att hon läser och lyssnar på musik på fritiden. Den sista frågan från mamma undviker hon medvetet att svara på och hon hoppas innerligt att mamma inte ska märka att hon inte svarar på den. Mamma verkar nöjd med svaren hon får.

"Jag är så stolt över dig, vännen, att du klarar dig bra och får bra resultat" säger hon, helt odramatiskt, och tar en stor klunk av sitt kaffe.

Kapitel 39

Pierre

Pierre sitter med Charlie och Svea vid det runda köksbordet för att äta middag. Han har lagat två rätter dagen till ära, eftersom Charlie mest av allt önskade högrevsburgare och när han föreslog det till Svea, hade hon utstött upprepade kväljningar efter att hon förfärat uttryckt att "det är ju typ rött kött!!". Det hade hon ju helt rätt i. Så här satt de nu, han och Charlie med varsin stor högrevsburgare (av rött kött) och friterade pommes, medan Svea nöjd satt med sin skål innehållande stekt grönsaksblandning och ris i. En bowl.

Livet som ensamstående pappa till två tonåringar är spännande. Man får lära sig massa nya saker man inte ens visste att man behöver kunna. Som exempelvis då att en skål med ris och grönsaker nuförtiden ska kallas bowl. Man får också laga en hel massa mat. Och så får man förstås ibland känna den totala lyckan när någon överhuvudtaget äter det man stått och lagat. Sammanfattningsvis är alltså det faktum att de nu sitter tillsammans alla tre och äter, lite som att han som pappa vunnit högsta vinsten i familjelotteriet.

Pierre ser på sin dotter och tänker att han ser förändring i Sveas humör och attityd sedan några veckor tillbaka. Hon verkar mycket gladare och är mer pratsam än hon var i våras. Mias beslut om att skaffa hund har helt klart påverkat Svea positivt. Även det att hon hänger med Shira på helgerna. Han skulle nästan kunna sträcka sig så långt som att säga att Svea verkar… ja, men lycklig. Han har i och för sig nästan alltid uppfattat Svea som en glad och sprallig tjej, men i åttan hände något med henne. Då upplevde han att hon hade blivit mer sluten och tystlåten. Hon kunde emellanåt fortfarande vara den där lilla Svea, som med alldeles rosiga kinder och stor iver i rösten, ville berätta något för honom. Visa och prata om något klipp hon sett i mobilen eller prata om något intressant ämne eller en händelse hon läst om i en bok eller tidning. Men i åttan hade tonåren slagit till med full kraft och Svea kunde verka irriterad, nedstämd eller bara helt likgiltig. Hon kunde ibland ilsket smälla igen dörren till sitt rum så att rutorna skallrade. För att bara en kort stund senare komma ut till honom igen, krypa upp mot honom i soffan och lägga huvudet på hans axel.

Nu ska det sägas att humörsvängningar i och för sig inte var något nytt fenomen hos Svea. Det var något hon kämpat med mer eller mindre ända sedan hon var liten. Mest mer. Som liten bebis hade hon haft svårt att komma till ro om kvällarna och hon var en bebis som skrek mycket. Mycket och länge. Hennes gråt hade nästan knäckt Mia på den tiden, minns han. Pierre hade ofta fått lösa av Mia, och tagit hand om Svea, för att hon skulle få lite sömn och lugn och ro. Trots att det var Mia som var föräldraledig var det han som tog majoriteten av nätterna med den skrikande lilla bebisen. Han hade varit en zombie på jobbet under den tiden.

Med klassisk musik i sina stora hörlurar gick han otaliga varv runt i radhuset och vaggade den gråtande Svea som låg mot hans bröst. Vissa kvällar fick han henne att somna så pass gott att han kunde lägga ner henne i spjälsängen och därmed själv få några timmars sömn i sin säng. Andra kvällar somnade de båda sittandes i fåtöljen i vardagsrummet. Svea i bärselen på hans bröst och Pierre sittandes, med huvudet i någon obekväm, konstig vinkel mot en prydnadskudde vilket gjorde att han fick gå runt sned i rygg och nacke, som ringaren i Notre Dame, flera dagar efter.

Den omtalade trotsåldern, som för Sveas del kom vid ett och ett halvt år, var något utöver det vanliga. Pierre och Mia hade ju Charlie sedan innan, men han hade varit ett mycket enkelt barn, som lugnet själv. De hade knappt märkt av alla faser som barn, enligt böckerna, skulle gå igenom. Hos honom. De fick igen detta med råge när Svea kom kan man säga. Jisses. Hon kastade saker omkring sig i vredesutbrott, hon började bita sina föräldrar och slåss för minsta lilla. Och hon var ständigt arg. Riktigt, riktigt arg.

Pierre kunde fortfarande se det där illröda lilla ansiktet framför sig. De stora blå ögonen som var fyllda av frustrationens tårar. När Svea blev gammal nog att kunna uttrycka sig med ord trodde han emellanåt att öronen skulle trilla av. Hur kunde deras lilla dotter uttrycka sig på det sättet. De hade fått höra elaka ord, svordomar de inte visste vart hon lärt sig och höga skrik. Ibland hade han tänkt att det måste vara något allvarligt fel med henne. Men han hanterade det genom att hålla sitt välkända lugn. Han pratade sakta till henne och han var noga med att aldrig någonsin röra vid henne när hon var i affekt.

Mia, däremot, hade inte förmågan att hantera situationerna som uppstod med Svea. Hon gick i försvar, skrek lika högt tillbaka och höll fast Svea i ett försök att få henne lugn. Att hålla fast en arg Svea var som att hälla bensin på elden som redan brann med full kraft. Lågorna fullkomligt exploderade och det flög saker åt alla håll. Det ledde till att Svea skadade både sig själv, honom och Mia. Men aldrig Charlie. Hon gav sig aldrig på Charlie.

Det var i stället till Charlie Svea gick för att lugna sig själv. Hon brukade sätta sig tätt intill honom, vart han än satt, vad han än gjorde. Hennes lilla kropp skakade av känslostormen, underläppen putade långt ut och tårarna rann i strida strömmar nedför hennes kinder. Charlie behövde inte göra så mycket mer än att bara finnas där. Han fortsatte med det han hade för händerna i stunden och lät sin lillasyster finna lugnet inom sig genom att befinna sig i hans närhet. Slutligen bedarrade stormen och utbrottet var över för den här gången. Pierre kunde då äntligen ta upp Svea i famnen och genom ömsint beröring och närhet visa henne hur mycket han älskade henne.

Pierre står med diskborsten i handen och blicken ut genom köksfönstret. Det är vackert ute nu, tänker han. Precis så gemene man skulle beskriva årstiden höst. Färgglatt med alla höstlöv i trädkronorna och tillräckligt kallt för att kunna klä sig i jacka och mössa men inte så kallt att fingrarna fryser i vantarna. Lagom mörkt framåt kvällen så att levande ljus och brasor kan tändas upp för att höja mysfaktorn ytterligare i hemmet. Den där gemene mannen glömmer hur kort den där perioden med vacker, mysig höst faktiskt är. Räknar man över hela höst- och vinterhalvåret så är det dagar det handlar om. Tiden innan består av tid med väder som inte kan bestämma sig, sommarväder som gör ovälkommen comeback precis när man vant sig vid kallare temperaturer och tiden efter av grått, grått, grått. Veckor som går utan att man får se solen, regn på snedden och stormvindar som blåser. Sedan kommer det, om man har tur, lite snö som gör tillvaron något ljusare och december med juleljus och förväntan.

"Pappa...".

Pierres filosoferande om det svenska vädret avbryts när Svea kommer ut i köket.

"Vad tänker du på?". Svea verkar ha uppfattat att Pierre var ganska långt borta i tankarna.

"Ingenting speciellt egentligen".

Pierre torkar av det sista vattnet på diskbänken och vänder sig mot Svea.

"Jag är glad över att du ser ut att må så bra".

Svea öppnar kylskåpet och det ser ut som att hon spanar efter något. Hon tar fram mjölk ur kylen och oboyburken från skafferiet. Hon ser med trotsig blick på honom när hon öser flera matskedar av det bruna pulvret i ett stort glas.

"Ja men jag gör det" säger hon. "Mår bra alltså. Jag är glad över Shira. Och över Bjarne. Och att mamma och jag träffas ibland. Det känns nästan konstigt att ha den där känslan".

"Vilken känsla?".

Pierre tittar på när hans dotter rör runt i glaset för att försöka späda ut allt det där oboypulvret med mjölk.

"Ja men du vet... det känns speciellt i magen när man är riktigt glad. Som pirrande antar jag att man kan säga. Känner inte du så?".

Pierre funderar. Många känslor har funnits inom honom det senaste. Men den där pirrande glädjen, den som känns i magtrakten, kan han inte minnas att han haft sedan i somras när han dejtade Karin. Kanske var det mer förväntan och nervositet när han tänker efter.

"Jo, det gör jag" svarar han. "Jag förstår hur du menar, pirr i magen. Men inte som fjärilar som när man är nervös, utan mer som bubblor tycker jag".

Svea tar en klunk av den till synes ganska trögflytande oboyen. När hon tar glaset från munnen har hon lite oboymustasch på överläppen.

"Ja men exakt så. Bubblor. Jag har bubblor i magen".

"Och en massa oboy" hinner Pierre säga innan Svea lämnar köket och går in på sitt rum.

Kapitel 40

Mia

Mia har märkt en positiv förändring i hennes och Sveas relation de senaste veckorna. Svea svarar på hennes sms och hon kommer regelbundet och hälsar på henne och Bjarne i lägenheten. Hon tar hundpromenader och ser till att Bjarne slipper vara ensam när Mia är i skolan. Kanske har Svea börjat mogna nu, tänker Mia. Kommit ur den där komplicerade fasen där hon bara brytt sig om sig själv och sin värld. Där hon inte ens varit villig att göra små ansträngningar för någon annan än sig själv. Frågan är ju om det ens får lov att kallas fas, när det i princip handlat om hela hennes femtonåriga liv. Mia är glad över att Svea söker kontakt igen. Även om hon intellektuellt förstår att Bjarne lurvpäls har en stor del i det. Men kanske har Svea också förlåtit henne för att hon så där hastigt lämnade familjen. För att hon totalt raserade det luftslott deras familjelycka varit.

Sms:et från Svea där hon, först ganska motvilligt men ändå, hade tackat ja till att åka och fika tillsammans med henne hade förvånat Mia. Alla gånger de träffats den senaste tiden hade varit på Sveas initiativ. Mia hade medvetet försökt lägga band på sig själv för att inte lägga mer press på Svea än nödvändigt. Hon ville inte verka för på. Inte visa för Svea hur gärna hon innerst inne ville komma närmare henne. Mia visste att om hon pressade Svea för mycket kunde allt slå bakut och få helt motsatt effekt. Men så trotsade hon sina egna tankar och ställde frågan om fika, och nu ska hon åka och hämta Svea.

Den där fina delen av hösten är snart över nu. Färgglad natur och soligt väder börjar bytas ut mot mörker, blåst och kyla. Mia och Svea sitter på caféet på hörnan vid torget där de så många gånger tidigare varit och ätit lyxfrukost med familjen. Caféet ligger i en pittoreskt inredd lokal vilket gör att känslan blir att man befinner sig i en gammaldags lanthandel. Lokalen är belägen i ett nittiotalshus med aprikos, putsad fasad, så det är helt klart en illusion. De serverar världens godaste smörgåsar och en espresso så krämig att den får Mia att drömma sig tillbaka till den språkresa till Italien hon gjorde som ung. Det var på den resan hon på riktigt lärde sig uppskatta den lilla starka koppen kaffe. Den man i södra Europa tog på språng, som en shot. Att dricka beskt, svenskt kaffe i stor kopp som blev kallt innan det tog slut, har inte varit detsamma efter det.

Svea sitter mittemot henne vid det lilla fönsterbordet. Hon dricker Pepsi direkt ur burken och tar stora glupska bett från sin kanelbulle.

"Hur går det i skolan då, gumman?". Mia försöker trevande få i gång en något sånär naturlig konversation med sin dotter. "Vilka hänger du med? Finns det några bra tjejer i klassen?".

Svea ser ut att fundera. Orimligt länge.

"Det går bra, mamma" svarar hon till sist. "Ingenting är speciellt svårt".

Mia ser på sin dotter. Vad hände här? Hur blev hon så här stor? Nästan vuxen. Den lilla, arga fyraåringen med rufsigt hår och tårar av frustration i de blå ögonen. Nu sitter hon här, fortfarande med ganska rufsigt hår i och för sig. Men de blå ögonen utstrålar ett djup Mia inte kan minnas att hon tidigare uppmärksammat. Sveas väsen utstrålar lugn där hon sitter med små smulor från kanelbullen på hakan och drömskt tittar ut genom fönstret. Där utanför går en gammal man i grå rock förbi med en trött, lite för tjock, mops i koppel. Hon ser hur Sveas läppar formas till ett snett leende när hon tittar på den lilla hunden. Femton år, nästan vuxen, men ändå ett barn innerst inne. Mia böjer sig fram och med en servett tar hon varsamt bort smulorna från Sveas haka.

"Vad vill du läsa på gymnasiet?".

Svea ser lite undrande ut, som om frågan överraskat henne.

"Jag vet faktiskt inte" svarar hon. "Jag försöker att inte tänka så långt fram. Ta en dag i taget liksom".

Hon tömmer Pepsiburken och ställer ner den upp och ner så att resterna av den bruna drycken långsamt rinner ut över brickan.

Mia vänder snabbt burken rätt och torkar upp den utspillda läsken med samma servett hon nyss torkat Sveas haka med. Hon klappar Svea försiktigt över kinden.

"Det är bra att du fokuserar på här och nu" säger hon. Även om hon inom sig tänker att det hade varit bättre om Svea visat på lite mer ambition och framtidsvisioner.

Kapitel 41

Svea

Svea och Shira ligger bredvid varandra, mitt på golvet i Shiras rum och lyssnar på musik i Shiras rosa högtalare. De bläddrar i gamla serietidningar som omväxling för att slippa sina mobiler och alla notifikationer för en stund. Svea har typ aldrig läst en serietidning förut. Det tunna papperet prasslar när hon bläddrar. Det har ändå något. Shira har en helt annan musiksmak än hon själv. Ingen Miss Li, Maggio eller ABBA så långt öronen når. I stället dånar förorts-rapen ur den färgglada högtalaren som står framför dem där på golvet. Det är tydligen en kusin till Shira som sjunger. Om det nu kan kallas sjunga, det han pysslar med.

Svea åt middag med Shiras familj tidigare ikväll. Det servera-des en mustig, vegetarisk gryta. Kryddad med saffran. Till det fick de ris. Kryddat med saffran. Och en sallad med russin. Men utan saffran. Till efterrätt hade Shiras mamma, dagen till ära, gjort hemgjord glass. Kryddad med *trumvirvel* saffran. Svea vet inte riktigt vad hon tycker om all denna smak av saffran. Det är ju inte äckligt, absolut inte. Men det smakar sött på något sätt. Lite kon-stigt. Väldigt ovant. Och flera mil från pappas milt pepparkryddade svenska husmanskost. Glassen var förresten jättegod.

Väldigt ovant och lite konstigt var också det faktum att de satt nio personer samtidigt vid det, för ändamålet, något underdimen-sionerade matbordet. Alla åt med god aptit, men inte lika gott bordsskick, direkt från alla grytor och uppläggningsfat på bordet. Det var mycket gälla skratt och högljutt prat, på svenska och per-siska om vartannat. Svea fick många frågor om sin familj, om henne själv och hon minns knappt allt. Vid mer än ett tillfälle hade

Shiras mamma klappat Svea varsamt över kinden med baksidan av handen och uppmanat henne att äta mer. Svea tänkte på middagarna hemma i radhuset där det bara var hon, pappa och Charlie vid bordet, om ens det. Deras middagar framstod verkligen stela och tråkiga i jämförelse med det här kalaset.

Shira sätter sig upp på golvet och sträcker sig efter mobilen som ligger på laddning på golvet under sängen.

"Vad vill du lyssna på nu?".

Hon räcker över mobilen till Svea.

"Det är din tur att välja".

Svea tänker att det kanske är på tiden att hon visar Shira vad hon gillar när det kommer till musik. Hon tar emot mobilen och skriver in Veronica Maggio i sökrutan. Hon scrollar en stund och väljer en låt.

Låten börjar spelas och Shira tittar med nyfiken blick på Svea. Hon börjar långsamt röra sin överkropp i takt med musiken där hon sitter.

"Detta är bra ju!" säger hon och ställer sig upp och dansar vidare.

Svea följer med henne och tillsammans står de där på golvet i Shiras rum och dansar, sida vid sida. Sveas fingrar råkar snudda vid Shiras hand och Svea drar snabbt handen till sig. Det går en ilning av välbehag genom Sveas kropp av den korta sekunden av kroppskontakt. Shira ser på henne, fattar tag om hennes ena hand och snurrar henne runt. Sedan en gång till, åt andra hållet. Shira fortsätter snurra henne, runt, runt. Svea skrattar till och känner hur hon bli yr i huvudet. Till slut känner hon sig tvungen att ta tag i sänggaveln till Shiras säng för att försöka få det att sluta snurra i huvudet.

Shira låter henne sluta snurra, stannar upp och fattar i stället tag i Sveas båda händer. Nu står de där mittemot varandra mitt i rummet. Helt stilla står de med sina händer flätade i varandras. Svea ser generat rakt in i Shiras vackra gröna ögon. Shiras blick är fäst lika rakt in i hennes blå. Svea förväntar sig att Shira när som helst ska brista ut i ett gapskratt och slänga huvudet bakåt så där som hon brukar göra när det blir tyst mellan dem.

Men det gör hon inte. I stället tar Shira ett steg framåt och kommer ännu närmare Svea. Nu står de så nära att Svea kan känna Shiras runda bröst mot sina egna. Hennes varma andetag känns som en ljum sommarvind mot Sveas ansikte. Shira böjer sig långsamt fram och deras läppar möts. Svea känner hur hon instinktivt kramar om Shiras händer hårdare. Det känns som att hennes kropp ska spricka av mängden fjärilar som flyger runt i magen. Svea sluter sina ögon och hoppas innerligt att den här stunden aldrig ska ta slut.

Så plötslig rycks dörren till Shiras rum upp och hennes lillebror rusar in genom öppningen. Snabbt släpper de varandras händer och Svea vänder om och sätter sig på sängen. Hon känner sig vimmelkantig och alldeles varm av ögonblicket hon upplevt. Hon kan höra, långt borta, hur Shira ilsket jagar sin lillebror ut i hallen och skriker åt honom att försvinna. Innan Svea vet ordet av är Shira tillbaka och sitter bredvid henne där på sängen. De stirrar båda rakt fram, ut i rummet.

"Förlåt" säger Shira tyst. "Han är helt gränslös den där ungen".

På väg hem från Shira tar Svea upp mobilen och ringer mamma för att fråga om hon kan komma och hämta Bjarne. Mamma är noga med att säga att hon tycker att det är sent på kvällen men Svea står på sig och till slut går mamma med på att hon får ta en kort promenad med Bjarne, bara hon stannar i närheten. Svea lovar dyrt och heligt att inte gå till skogen i mörkret. Ändå är det precis det hon gör. Hon tar med sig Bjarne till skogen. Han är, som alltid, pigg och glad. Nosen rör sig snabbt över marken och han kissar på varenda stolpe de passerar på vägen. Svea tänker att det är bra att han markerar att detta är hans revir. Deras revir.

Vid hennes träd sätter hon sig på stubben med Bjarne sittandes i mossan framför. Så många gånger hon suttit här och mått dåligt. Riktigt, riktigt illa har det varit vissa gånger. Och nu. Nu sitter hon här på samma ställe och mår bra. Riktigt, riktigt bra.

"Jag har blivit kysst idag" säger hon till de kloka, blanka ögonen bakom pälsluggen.

Bjarne lyssnar intensivt och ser ut att vänta sig mer smaskigheter, tycker Svea.

"Ja, det hände inget mer alltså. Shira kysste mig. Vi blev avbrutna. Jag gick hem. Ungefär så".

Bjarne viftar på svansen och Svea kliar honom bakom öronen.

"Ska vi gå hem igen tycker du? Annars kanske mamma blir orolig för oss".

Som om Bjarne tänkte precis samma sak, reste han sig och började gå tillbaka ut mot gångvägen. Svea lät honom gå lös med kopplet hängandes efter sig.

De mjuka, vita lakanen känns svala och sköna mot Sveas hud när hon kryper ner under täcket den kvällen. Hennes tankar är helt upptagna av Shira. Kyssen. Deras händer höll så hårt i varandra. Det var den vackraste stund hon hittills upplevt.

Anteckningsboken

Jag vill inte förändra något

Allt jag vill göra är att kyssa S igen. Ingenting annat betyder något. Jag kan inte tänka på något annat. Inte skola. Inte ångest (vilket är bra). Jag kan inte ens läsa min bok, fast det är sista delen i fantasyserien och det är skitspännande. Det enda jag kan tänka på är att vara när henne. Känna värmen från henne. Känna hennes läppar mot mina.

Och Bjarne. Jag har glömt att skriva om Bjarne. Är mitt liv på väg att bli helt perfekt?

Kapitel 42

Emma

Svea sitter på Mats stol bredvid Emma inne på lärarrummet. Emma ser hur det spritter i kroppen på Svea. Hon kan knappt sitta still på stolen. Svea har precis berättat för henne om Bjarne. Emma har fått se bilder på Bjarne när han sitter, äter, sover… Han är söt, det får Emma ändå medge. Och det är bra att Svea umgås mer med sin mamma. Men Emma kan inte släppa att det känns som det finns mer inom Svea som behöver komma ut.

"Har du något mer du vill säga?".

Hon tar tag i Sveas händer med förhoppningen att det ska lugna henne nog för att kunna prata.

"Shira kysste mig".

Sveas kinder blossar röda bakom det ljusbruna långa håret som hänger fram i ansiktet på henne.

"Men Svea, det är ju fantastiskt" säger Emma med ärlig entusiasm i rösten.

Hon ger Svea en kram.

"Det var… alltså… det var… det kändes otroligt" fortsätter Svea och ett generat uttryck sprider sig i det rodnande ansiktet.

Emma kan inte annat än att känna sig hedrad över att Svea väljer att anförtro sig åt henne med en sådan stor och viktig händelse. Svea får henne att lova och svära på lärarkollegans slitna gamla bibel att hon inte får avslöja för någon levande själ. Och Emma lovar och svär. Aldrig att hon skulle få för sig svika ett sådant förtroende. Aldrig någonsin.

Emma minns känslan av sin allra första riktiga kyss. Om hon inte räknar den blöta puss hon fått av kompisen Emil när hon gick på dagis. Emma kommer ihåg precis allt med den där stunden. Pirret. Nyfikenheten. Insikten om att den vackra människan som stod där framför henne kände samma starka känslor som hon själv. De hade hängt ihop länge, hon och Anna. I alla fall sett ur en 17-årings perspektiv. Hela gymnasietiden hade de två varit ett par. Stolta över att visa sin kärlek för omvärlden och naiva nog att tro att deras kärlek var allmänt accepterat och skulle hålla för alltid. Hade de vuxit upp i denna lilla stad hade de nog inte vågat visa den där kärleken så öppet. Men i storstaden där hon och Anna vuxit upp var alla per automatik mer osynliga. Folk pratar inte om varandra på samma sätt man gör i en mindre stad.

Det är väldigt längesedan men Emma minns den där första stora kärleken som om det vore igår. Under sommaren efter gymnasiet flyttade Anna till England för att studera och deras kärleksrelation tog slut. Ett ömsesidigt beslut att helt enkelt avsluta då ingen av dem ville hålla den andra tillbaka. De var ju så unga och skulle utforska livets alla delar på var sitt håll innan deras liv genom magi skulle stråla samman igen längre fram.

Någon sammanstrålning har det emellertid inte blivit. Anna träffade en ny kärlek på universitetet i England och stannade kvar efter att hon avslutat studierna. Nu bor hon i London med sin familj.

Emmas liv har också fortsatt, även om hon lagt mer av sin själ i resor och jobb än på kärlek och familj. Hon har i och för sig flyttat runt en hel del i Sverige genom åren. Och visst har hon haft sin beskärda del av dejtinglivet hon också. Fantastiska män och kvinnor har hon dejtat genom åren. Men ingen blev kvar med henne. Ingen hon stannade hos. Bara tillfällig, ytlig kärlek som kommit in i hennes liv för att försvinna igen när hon flyttade vidare till nästa plats.

Emma känner av den där ensamheten ibland. Hon kan, korta stunder emellanåt, längta efter tvåsamhet och tillhörighet. Samtidigt vet hon så väl att det livet inte är för henne. När människor kommer henne för nära känner hon sig fångad, kuvad och isolerad. Hon behöver friheten och den där känslan av att hon kan göra precis vad hon vill, när hon vill. Utan att behöva ta hänsyn till någon annan. Som någon form av kompensation har hennes elever blivit som hennes familj. Ett sätt för henne att föra sig själv vidare in i framtiden. Om än inte genetiskt.

Emma ser på Svea som sitter där mittemot henne i lärarrummet. Fina, fina Svea. Emma hoppas av hela sitt hjärta att Sveas liv alltid ska vara fyllt av kärlek och meningsfullhet.

"Det känns som att du mår bra just nu, jag är glad för det" säger Emma och lägger handen på Sveas axel.

"Jag gör verkligen det" svarar Svea. "Tror du att jag kommer att bli frisk nu? Jag menar från ångesten".

"Jag hoppas det kära du".

Emma vill berätta för Svea hur svårt det är att ta sig ur ett psykiskt illamående. Hela vägen ur. Tala om för henne att en kyss och en hund är långt ifrån tillräckligt. Men hon kan inte göra det. Inte nu.

Kapitel 43

Mia

Mia hänger upp jackan och halsduken på hängaren i hallen. Satan vad kallt det är ute idag. Det här med att ha hund för att komma ut på promenad varje dag kanske är ett beslut hon kommer att ångra under årets mörka, kalla månader. Hon hänger Bjarnes koppel på kroken innanför dörren. Bjarne verkar inte ha ont av kylan. Han skakar på kroppen, knallar in i köket och dricker vatten innan han förnöjt går och lägger sig i sin korg. Snarkningarna kommer omedelbart och hörs ända ut i köket.

Med hörlurar i öronen sätter Mia i gång Spotifylistan med favoritlåtar. Hon sjunger med stor inlevelse medan hon börjar plocka ur diskmaskinen. Som om köket vore en scen i vilken folkpark som helst dansar hon runt och gör sin bästa performance på länge. Mia rycker till. Plötsligt ser hon Svea i dörröppningen. Dottern drar på munnen och Mia tvekar något innan hon fortsätter sjunga. Svea börjar trevande dansa med henne, precis så där som hon gjort när hon var mindre. På den tiden var det mer regel än undantag att Mia sjöng i köket medan Pierre lagade mat och fixade.

Bjarne, som måste blivit nyfiken på vad som händer i rummet intill, kommer ut i köket. Svea byter snabbt fokus från dansen och börjar klappa hunden i stället. Mia stänger av musiken och lägger hörlurarna på köksbänken.

”Jag tror minsann att han längtat efter dig”.

Mia sätter sig ner på golvet bredvid Svea och Bjarne.

”Mm, jag har saknat honom” säger Svea och stryker Bjarnes öron med båda händerna.

Mia reflekterar över Sveas lugna energi.

"Du ser ut att må bra" säger hon med viss försiktighet eftersom hon är osäker på hur Svea ska reagera.

Det glittrar till i ögonen på Svea när hon tittar på Mia.

"Bjarne gör att jag mår bra" säger hon och vänder bort blicken igen. "Och Shira".

"Vem är Shira?".

Mia försöker hålla tillbaka lite av sin nyfikenhet. Svea har inte pratat om någon väninna tidigare.

"En ny tjej i min klass" svarar Svea utan att ta ögonen från Bjarne. "Eller alltså, hon började ny i min klass nu i nian… och vi blev vänner direkt".

Svea gör en paus och drar ett djupt andetag.

"Hon är min flickvän tror jag faktiskt… eller vi har inte bestämt det men… jag tror det".

Det snurrar i Mias huvud. Hon inser att hon behöver svara sin dotter och att det svaret behöver bli rätt. Det är inte så att hon har något emot saken i sig, men samtidigt förväntade hon sig inte att Svea skulle vara lesbisk. Om det nu är det hon är. Eller för den delen att Svea skulle anförtro sig åt just henne med detta. Säkert har hon i och för sig redan pratat med Pierre, de står ju varann så nära.

Mia smeker Svea försiktigt över ryggen.

"Flickvän alltså? Svea, vad glad jag blir!".

Mia förvånar sig själv med hur naturligt svaret kom.

Svea ser på henne med en antydan till skepsis i blicken.

"Jag trodde du skulle bli arg" säger hon.

"Arg? Varför skulle jag bli arg?" svarar Mia och kan inte låta bli att känna sig förnärmad. Hon försöker tränga undan den känslan. Detta handlar inte om henne. Allt kretsar inte kring henne.

"Jag vet inte… ibland tror jag att du bara tycker jag är konstig, rent allmänt" svarar Svea.

Mia funderar. Låter kommentaren landa en sekund. Det är ju inte helt konstigt att Svea tror det trots allt. Det är ju precis det hon många gånger tänkt. Hon har säkert även uttryckt det någon gång när de varit osams.

”Du är Svea” säger hon sedan. ”Och du är precis som du är och ska vara tänker jag”.

Svea vänder bort blicken på nytt men ser sedan på henne igen.

”Mm… jag är Svea” säger hon och Mia tycker att det ser ut som att hon är på väg att börja skratta.

”Du är så rolig när du uttrycker dig, mamma” säger hon och skrattar till. ”Men jag tror ändå att jag förstår hur du menar. Jag är Svea. Jag är som jag är och det är just lite konstig”.

Kapitel 44

Svea

Fåtöljen längst bort i korridoren är obekväm och ful, med sin trästomme och tunna dyna. Någon har ställt dit en massa udda möbler för att försöka göra det mysigt, det är Svea tacksam för ändå. Meningen är att elever ska kunna dra sig undan till den där hörnan och läsa en bok under rasterna.

De flesta elever skulle nog aldrig få för sig att sitta där och läsa en bok på rasterna, men Svea hade suttit där flera gånger tidigare. Ibland hade hon läst i en bok. Andra gånger hade hon lyssnat på musik. Det är så avskilt och tyst i den där hörnan. Inga elever springer där.

Den här dagen sitter Svea och Shira där i varsin fåtölj och kollar på sina mobiler i väntan på nästa lektion. Fåtöljerna har de flyttat så att de står så nära varandra det bara går. De vill inte visa hur de känner för varandra i skolan. Ingen får veta. Ingen får se. Ingen skulle förstå. De sitter där med axlarna mot varandra. Svea kan känna värmen från Shira genom sin tröja. Ryggsäckarna ligger slängda på golvet framför deras fötter.

"När börjar vi?".

Svea sneglar på Shira som kollar upp från sin mobil.

"Kvart i" svarar hon och återgår till klippet hon tittar på.

Svea tittar på klockan, reser sig från fåtöljen och stoppar ner mobilen i bakfickan på jeansen.

"Då hinner jag springa på toa, kommer snart".

Svea går ner längs väggen i korridoren och när väggen tar slut, tar hon av åt vänster mot skoltoaletterna. Man kan inte påstå att det är speciellt trevligt där inne. Små bitar av toalettpapper ligger slängt på det blöta golvet i båset och det luktar kiss blandat med något rengöringsmedel Svea inte kan identifiera. Hon vill inte ens tänka på vad det blöta är för något. Efter att hon försökt få undan några pappersbitar med skon, knäpper hon upp jeansen och sätter sig på toalettstolen.

Ljudet av andra elever som rör sig utanför dörren stör henne. Hon känner ett behov av att kontrollera så att dörren verkligen är låst och rycker i handtaget. Den är låst. Hemska tanke om någon skulle komma in och hitta henne där med byxorna vid knäna.

När hon är klar och ska torka sig upptäcker hon att toalettpapperet är slut. Svea suckar och sträcker sig i stället efter en pappershandduk från hållaren på väggen. Hon tvekar innan hon slänger pappershandduken i toaletten. Fattas bara att det skulle bli stopp. Men hon ser hur spolvattnet tar med sig pappershandduken ner i avloppet. Det kalla vattnet från kranen sköljer över hennes händer. Ovanför handfatet har det en gång suttit en spegel, men den är nedtagen. Nu återstår en rödmålad yta med kakelplattor runt om och fyra skruvhål efter hållarna till spegeln.

Svea öppnar försiktigt dörren och kikar sig omkring. Kusten är klar, det är okej att gå ut. Hon vet inte varför hon gör så där jämt men det är en vana hon lagt sig till med. Att kolla så det inte är massa folk utanför. När hon ska svänga runt hörnet hör hon prat och höga skratt från änden av korridoren där hon tidigare lämnat Shira. Svea ser hur Klara och Tilda från parallellklassen står där borta och river i hennes ryggsäck. En annan tjej sitter i knät på Shira, vars ansikte har samma röda färg som en tomat. Klara plockar upp någonting ur Sveas väska. Vad fan gör hon? Vad är det där? Nej!

Svea springer i panik fram mot Klara som står med hennes svarta anteckningsbok i handen. Men korridoren är alldeles för lång och hon hinner inte fram. Hon ser hur Klara bläddrar upp sida för sida i anteckningsboken samtidigt som Tilda fotograferar sidorna med sin mobil. Svea är framme och känner hur hjärtat slår som en gong-gong i bröstet på henne.

”Vad fan gör du?!”.

Hon slår ett hårt, välriktat slag underifrån på anteckningsboken som flyger upp i luften och landar bakom den ena fåtöljen.

"Jävla lebb!" skriker Tilda och ser med avsky på Svea.

Shira knuffar undan tjejen som sitter på henne vilket resulterar i att tjejen ramlar framåt och slår pannan i golvet.

"Lämna henne ifred!" skriker Shira och försöker ta mobilen från Tilda.

Tilda, som är en bra bit längre än både Shira och hon själv, sträcker upp armen med mobilen i luften och Shira kan inte nå den.

"Ge hit den!". Shira låter riktigt arg. "Det är Sveas privata grejer som står där i".

Tilda ger mobilen till Klara över huvudet på Shira och Klara springer en bit bort i korridoren och läser från displayen. Svea är som förstelnad. Hon kan inte röra sig ur fläcken.

"Du är så jävla äcklig" ropar Klara till Svea. "En jävla pedofil som är kär i en lärare. Och nu har du dessutom kysst en blatte" fortsätter hon och gör hulkande ljud som om hon försöker kräkas.

Svea vill sjunka genom jorden. Försvinna. Bli ytterligare en oidentifierbar, blöt fläck på toagolvet. Vad som helst kunde ha hänt och ändå varit bättre än det här. Shira har plockat upp anteckningsboken, lämnar över den till Svea med tårar i ögonen och viskar åt henne.

"Varför var du tvungen att skriva om det? Varför?".

Sen vänder hon sig om och går därifrån. Svea känner sig helt övergiven där i situationen som är på väg att förinta henne.

Kapitel 45

Svea

Svea springer. Hon flyr från skolan, från allt. Ljudet av Tildas och Klaras elaka skratt ekar i huvudet på henne. Hon springer på den asfalterade cykelvägen mellan skolan och radhuset. Vidare snett över gärdet och in i skogen. Skogens alla träd är suddiga genom Sveas tårfyllda ögon. En stor, grön massa är den enda hon ser framför sig.

Tårarna rinner över och fortsätter ner över hennes kinder, vidare ner på halsen. Hon torkar näsan med baksidan av handen. Det gör ingenting att Svea inte ser. Hon hittar rätt väg ändå. Hon hittar i sin skog. Till sitt träd.

Om hon ändå aldrig skrivit något i den där jävla boken. Om hon åtminstone inte varit så dum att hon lagt ner den i ryggsäcken. Då hade ingen fått veta. Då kunde hon fortsatt vara ingen. Hon och Shira kunde fortsatt ha sin fina relation för sig själva.

Nu var hon i stället den de hånskrattade åt. Den konstiga tjejen som fick dem att kräkas. Den äckliga tjejen. Som varit kär i en lärare och kysst Shira. Och Shira. Hon hade haft kvar Shira. Fan i helvetes helvete.

Svea sätter sig på stubben bredvid sitt träd. Det är alldeles för blött att sitta i mossan på marken nu. Ryggsäcken slänger hon på marken bredvid sig. Benen skakar och andningen är ansträngd som om hon sprungit ett maraton på rekordtid. Hon tittar upp i trädkronorna och försöker desperat att se det gröna. Hon försöker så innerligt att få vågorna att ebba ut och bli till en blank sjö. Men det får ingen effekt. I stället ökar det bara. Trycket i bröstet blir värre och hjärtat slår bara snabbare och snabbare. Vågorna växer sig större och till slut känns det som en tsunami av ångest sköljer över henne. Sköljer bort henne.

Hon följer med vågen som drar med sig all skog, alla känslor och tankar. All ångest. Det snurrar i huvudet och hon känner att paniken börjar komma. Är det nu hon ska dö?

Hon måste bort från vågen. Måste få sig själv att tänka på något annat. Hon måste ta sig ur det här. Utan att titta ner grabbar hon tag om sin ryggsäck och lyfter den närmare sig. Hon sticker ner handen i ytterfacket och drar fram tändaren.

Med darrande händer knäpper hon upp sina jeans och låter dem falla till marken. Med blicken stadigt fäst vid de suddiga gröna trädkronorna tänder hon tändaren och låter lågan smeka insidan av sina lår. Det bränner. Det gör ont, riktigt jävla ont. Så ont att hon släpper tändaren på marken och ser hur lågan slocknar. Hennes fokus ligger nu bara på den svedda, värkande huden. Tsunamin är borta. Trycket i bröstet har lättat. Hjärtat slår fortfarande fort, men vågorna ebbar långsamt ut. Svea vågar inte titta ner på sina ben. Hon vill inte se. Hon bryr sig inte. Det viktiga är att vågorna ebbat ut. Att hon kan andas igen och se det gröna.

Svea torkar tårarna från sina kinder med ärmen på sin hoodie. Hennes ansikte är blött. Insidan av hennes lår svider när hon långsamt drar på sig jeansen igen. Hon tar upp sin mobil från magfickan på hoodien och kollar Snapchat.

Inte så mycket som ett knyst från Shira. Fan, hon hade sabbat allt nu. Varför hade hon skrivit om deras kyss? Och varför hade hon tagit med sig anteckningsboken till skolan? Tårarna kommer tillbaka och hon sitter och gråter tyst för sig själv där på stubben. Inte nog med att hon nu var uppmärksammad i skolan, som den äckligaste individen på jorden. Hon hade sårat sin bästa vän. Sin enda vän. Sin tjej.

Anteckningsboken

Allt behöver förändras

Allting är ångest nu. Jag vet inte hur jag ska ta mig tillbaka till skolan igen efter det som hände häromdagen. Jag vet inte om jag har S kvar. Jag tror att jag har sabbat allt. Jag tänker riva ut varenda sida i den här anteckningsboken. Nej, förresten, jag tänker bränna hela jävla boken!

Men först ska jag skriva den full. Att skriva är terapi. Precis som att läsa. Men i stället för att försvinna in i en annan persons fiktiva värld så kan jag när jag skriver få ut allt som finns inombords. Bättre än att bränna sönder insidan på låren tänker jag. För jävlar vad ont det gör.

Smärtan gör att ångesten försvinner men samtidigt skapar det mer ångest när jag ser de vätskande små såren som svider precis hela tiden. När jag inser vad jag gjort med mig själv. Med min kropp som borde hanteras som ett tempel. I stället skadar jag den på utsidan för att få ut allt som gör ont på insidan. Som ett jävla ekorrhjul är det. Eller vad är det man säger? Ekorrspiral? Det ena leder till det andra som leder tillbaka till det första och jag kan inte komma ifrån att det gör ont. Antingen på insidan eller utsidan.

Kapitel 46

Svea

Gröten står i mikron och Svea hör det välbekanta surrandet som pågår under två minuter. Därefter kommer plinget och då är det nästan klart att äta. Efter sirap, mjölk och bär. Svea går som i en dimma i radhusets lilla kök och bara gör saker utan att tänka. Pappa och Charlie har redan åkt i väg och det är bra.

Hon har samlat all kraft hon har under några dagar nu, för att kunna ta sig till skolan och hade inte orkat med att prata med någon. Inte ens med pappa och Charlie. Det är fortfarande mörkt ute och hon tänder lampan över köksbordet innan hon tar den färdiga gröttallriken och sätter sig vid bordet. Stolen känns tung när hon drar ut den. Allting känns tungt.

Svea öppnar Snapchat och skriver ett meddelande till Shira.

Ses vi innan skolan idag?

Hon ser att Shira öppnar meddelandet och väntar på ett svar. Men det kommer inget. Med blicken stirrande i mobilen äter hon mekaniskt upp sin frukost.

Ryggsäcken känns som bly på ryggen när Svea, med tunga steg, går ut i den kalla höstluften. Hon tar ett djupt andetag och känner hur hon får ner den kyliga luften ända ner i lungorna. Marken är fuktig och här och var ligger högar med förmultnande löv som blåst ner från träden längs gångbanan där hon går. Skolbyggnaden ser så hotfull ut. Även på håll. Svea vill inte gå närmare än så här. Men hon vet att hon måste. Alla måste ju gå i skolan. Hon börjar fundera på vad som skulle hända om hon valde att inte gå dit. Om hon bara stannade hemma och struntade i alla måsten och borden.

Inget bra svar kommer till henne. Hon är inte villig att ta risken. Måste fixa detta. Måste fixa detta. Måste fixa detta. Det går likt ett mantra i huvudet på henne när hon går fram till ingången. Hon fixar detta.

Svea ser sig om efter Shira så fort hon kommer in genom dörren. Hon ser sig om efter den enda person som skulle kunna skänka lite ljus i hennes annars så mörka tillvaro. Tillvaron bland skuggorna. Utan Shira vid sin sida återgår omvärlden till att vara skuggor. Svea rör sig smidigt som en vessla fram till skåpet, lägger in sin ryggsäck och hämtar ut allt hon behöver ha med sig till första lektionen. Hon slår igen skåpet och låser kodlåset. Ett avlägset fnitter hörs bakom henne. Svea sätter på sig hörlurarna och hoppas att ingen ska komma fram och konfrontera henne.

”Äckliga lebb” är det sista hon hör innan musiken, som så många gånger innan, skärmar av världen runtomkring.

Skoldagen är äntligen slut. Dörren till skolbyggnaden står öppen och Svea kommer ut och kan andas igen. Det känns som att hon hållit andan hela dagen. Hon känner trycket över bröstet komma direkt när hon slappnar av. Hon måste hitta någonstans att gömma sig undan dömande blickar och hånfullt fnitter. Dörren till gympans omklädningsrum står öppen, ser hon. Hon småspringer dit och går in på toaletten som finns direkt innan för dörren. När dörren är låst, och kontrollerad, sjunker Svea ner på toalettstolen och slår händerna för ansiktet. Hon andas så häftigt att det känns som att bröstet ska sprängas i bitar. Vågor. Vågor. Vågor. Svea försöker tänka på vatten. På sjön och på eldplatsen där hon och pappa tältade i somras. Den lugna spegelblanka sjön. Men i hennes inre är det allt annat än lugnt. Det är på väg att blåsa upp till storm. Vågorna är högre än vad som borde vara möjligt i en så liten sjö.

Svea knäpper upp knapparna i jeansen och tar fram tändaren ur ryggsäcken. Hon har nu brännsår från ljumskarna och nästan ända ner till knäna. Små, röda, vätskande sår längst ner och sår med rosa sårskorpor högre upp på låren. Hon låter lågan från tändaren hitta ett ställe där huden fortfarande är oskadd.

Smärtan när lågan bränner hennes tunna, bleka hud är nästan outhärdlig. Med blicken riktad mot taket känner hon hur tårarna rinner ner för hennes kinder. Hon känner hur stormen inombords långsamt lugnar sig och hon kan återigen se de där välbekanta vågorna ebba ut. Vattnet blir helt stilla och hon ser det gröna. Det gröna som i skog. Skog som... brinner. Hud som brinner. Svea äcklas av lukten som kommer av den brända huden. Hon tar en pappershandduk och blöter den med vatten från kranen vid handfatet. Försiktigt baddar hon sina såriga ben med det kalla, våta papperet. Vad håller hon på med? Hur kan hon vara så dum att hon gör sig själv illa på det här sättet? Varför kan inte hon hantera något så enkelt som att gå i skolan, precis som alla andra?

Kapitel 47

Mia

Mia stänger nöjt igen dörren till städskrubben genom att vrida på den gamla, rostiga nyckeln i låset. Lägenheten är skinande ren och hon drar in doften av grönsåpa från det oljade trägolvet i näsan. Mia älskar den där känslan av sinnesro och lycka ett nystädat hem ger henne. Farmor hade i alla tider rengjort sina golv med grönsåpa. Doften av det där gröna får Mia att sluta ögonen och minnas den lilla stugan där hon tillbringat så mycket tid under uppväxten. Dörrklockan avbryter abrupt hennes korta resa längs minnenas allé. En nyckel vrids om i låset, ytterdörren öppnas och Svea kliver in i hallen.

"Hej gumman, vad fint att se dig" säger Mia samtidigt som hon går fram och ger Svea en kram. Bjarne kommer ut i hallen och sträcker upp nosen mot Svea som bemöter hälsningen med en klapp bakom ena örat.

Svea slänger av sig sin ryggsäck på golvet i hallen för att därefter gå direkt ut i köket och öppna kylskåpsdörren, med Bjarne tätt efter. Alltid på jakt efter något ätbart, tänker Mia för sig själv. En hel massa prylar trillar ur Sveas ryggsäck. Mia sätter sig ner på huk och börjar plocka upp sakerna för att lägga tillbaka dem i ryggsäcken. En tändare har åkt i väg och hamnat under skohyllan. Röker Svea? Det trodde hon inte om henne.

Mia minns att hon själv rökte då för längesedan, när hon och Pierre träffades. Den där sommaren då hon åkte på festival i Småland. Samma höst skulle hon fylla 22 och hon gick ingenstans utan ett paket Marlboro light i handväskan. Pierre stod bakom henne i den långa kön till ett av festivalens alla mattält. Ljudet från

Sahara Hotnights som spelade från en av scenerna hördes i bakgrunden. Pierre var 25 och i ärlighetens namn var han inte den snyggaste killen hon sett. Men det var ändå något med honom som gjorde att hon flirtigt satte upp sina lilatonade solglasögon i det hemmablekta håret och med ett leende svarade ja när han frågade om hon ville hänga med honom och se Bob hunds spelning senare den kvällen.

Efter Bob hund-spelningen hängde hon med Pierre till hans tält. Alla hans vänner satt där, bland solblekta, halvdana tält, i nedsuttna solstolar. De rökte cigg och drack blaskig öl ur plastmuggar som såg ut att rymma minst en och en halv liter. En av killarna nickade åt henne och räckte fram sin cigarett. Hon böjde sig fram mot honom och tog emot ciggen mellan tummen och pekfingret och tog ett långt bloss. Pierre hade inte tyckt om det faktum att hon rökte. Inte alls. Men han hade tyckt om henne. Så pass mycket att han valde att inte kommentera rökningen där och då. Själv hade han bestämt skakat på huvudet när hon sträckte cigaretten vidare mot honom. I stället tog han fram en ölburk ur kylbagen i leran och öppnade den.

"Kan vi baka äppelpaj, snälla?". Svea kikar fram bakom kylskåpet, redan med allehanda ingredienser i famnen.

Mia reser sig från hallgolvet och tvekar ett kort ögonblick med tändaren i handen innan hon lägger tillbaka den i Sveas ryggsäck.

"Visst, absolut" svarar hon och går ut i köket och sätter ugnen på två hundra grader.

Äppelpajen smakar alldeles ljuvligt. Svea lyckades också hitta ett paket vaniljglass i frysen som Mia inte ens visste att hon hade. Glassen är lite seg så där på ytan som glass blir när den stått öppnad för länge i frysen. Men när den smält ut över pajen märks inte det. Både hon och Svea äter som om de aldrig sett äppelpaj tidigare och efter de ätit klart är pajformen knappt halvfylld.

Från den där första sommarkvällen på festivalen var hon och Pierre nästintill oskiljaktiga. Hon, den vildare av de två, kände sig så lugn och avslappnad i hans sällskap. Visst var de fortfarande på fester och ute bland folk, som man är i den åldern, men hennes liv blev på något sätt lugnare efter att hon träffat Pierre. Hon slutade jaga. Killar. Rus. Lycka. Han gjorde någonting med henne som hon inte kunde förklara. Inte då. Inte sen. Inte nu.

Mia saknar honom ibland. Tryggheten och sällskapet. Peter fyller inte alls tomrummet i henne som separationen från Pierre har skapat. Visst är Peter spännande, äventyrlig och manlig. Men han ger henne inte trygghet och värme på det sätt som Pierre alltid gjort. Nu har hon Bjarne som ger henne sällskap i alla fall.

Svea sitter mittemot henne vid köksbordet, lojt klappandes på Bjarne. Mia ser hennes tomma blick som stirrar ut genom fönstret.

"Hur mår du gumman?" frågar hon och lägger en hand på Sveas axel.

Tystnaden är talande.

"Inte så bra faktiskt".

Mia ser att Svea har tårar i ögonen. Hon flyttar sig till stolen bredvid Svea och tar henne i famnen. Först är Svea stel och verkar nästan hålla emot. Men Mia fortsätter hålla om henne och snart mjuknar hon och kryper närmare in i hennes famn.

"Är det skolan?".

Mia lyfter upp Sveas huvud med händerna för att kunna titta henne i ögonen. Kinderna är blöta av tårar och Mia tar en servett från servettstället på bordet och ger till Svea.

Svea nickar först, för att sedan i stället skaka på huvudet.

"Ja, eller nej... eller jag vet inte. Det är allt liksom" säger hon och torkar tårarna med servetten.

Mia vet att Svea inte varit i skolan på ett tag. Pierre har uppdaterat henne via sms. Men kan det verkligen vara det som gör henne så här ledsen? Mia var i tron att frånvaron helt enkelt berodde på skoltrötthet. Att det faktum att Svea kämpat för att prestera i skolan under alla år nu kommit i kapp henne och att hon därför behöver en paus. Att det snart kommer att gå över. Nu förstår hon att det är värre än så. Det står nog ganska illa till med henne.

Med ena armen kvar om Svea, tar Mia upp sin mobil, öppnar meddelandeappen och skickar ett sms till Pierre.

Röker Svea?

Kapitel 48

Pierre

Pierre befinner sig i en förlamande känsla av ensamhet. Han är ensam i föräldraskapet, ensam i livet, ensam på jobbet. Totalt jävla ensam. När han började dejta hade hoppet fortfarande funnits i honom. Hoppet om att träffa någon att dela vardagen med. Han trodde på riktigt att han skulle träffa den stora kärleken. Men med Karin har det inte blivit några fler dejter. Han har gjort några tafatta försök att skriva till henne för att hålla det vid liv, men det har runnit ut i sanden.

Hösten kom och gick med tempot som alltid är så här års. Full fart framåt. Då finns inte ork att sitta hemma och svajpa. Nu börjar känslan av hopp för att finna en livskamrat, långsamt slockna inom honom och för att inte riskera att helt gräva ner sig i ensamhetens mörker försöker Pierre fokusera på vardagen. Charlie har börjat sitt nya jobb på äldreboendet och Svea har börjat årskurs nio. Det fungerar bra för Charlie på hans nya arbetsplats. Han trivs med både arbetsuppgifter och kollegor och Pierre ser knappt till honom därhemma längre. Charlie tar vartenda extrapass han kan få. Och med tanke på den stora bristen på utbildade undersköterskor, finns det många extrapass.

För Sveas fungerar det tyvärr inte lika bra. Höstterminen började bra och efter att Shira börjat i Sveas klass gick det till och med riktigt bra. Han fick återigen se en gladare Svea som sköter skolan, precis som hon tidigare gjort. Dessutom med en riktig vän vid sin sida. Någon som kunde finnas där för henne och som hon kunde dela tankar och upplevelser med. Efter höstlovet kom så den första dagen Svea inte lyckades komma i väg till skolan. Pierre hade aldrig tidigare behövt väcka henne på morgonen, än mindre tjata på henne för att få henne att gå upp. Svea har varit morgonpigg ända sedan hon var liten. Den där morgonen var det helt kört minns han. Svea bara fortsatte sova, vad han än gjorde.

Pierre hade verkligen försökt väcka henne. Pratat lugnt med vänlig röst. Det gjorde honom orolig ända in i själen när han inte ens fick en reaktion. Han hade gjort hennes havregrynsgröt åt henne och till och med tagit med den till hennes rum. Skålen med gröt stod fortfarande kvar där på Sveas skrivbord, helt orörd, när han kom hem från jobbet på eftermiddagen. Dagen efter var hon tillbaka i skolan igen. Så där hade det fortsatt, och nu är det snart dags för jullov. En termin har gått med en dag hemma, två dagar i skolan följt av två dagar hemma. Något var fel. Svea mådde uppenbarligen inte bra. Inte alls bra. Via elevhälsan hade de nu äntligen fått kontakt med en psykolog som Svea träffar en gång i veckan.

Allt det här, allt som händer med Svea, hade Pierre verkligen velat och behövt dela med någon. Med Mia. Eller någon. Vem som helst egentligen. Men det finns ingen att tillgå. Olle går inte att prata med om Svea. Det är svårt att prata med någon överhuvudtaget om henne. Ingen förstår fullt ut vad han, vad de, går igenom. Ingen förstår hur det är att ha en unge som gått från ljus, glad och sprallig till mörk, ledsen och ångestfylld. En unge som fastnar där nere i mörkret med ångest och depression som följd. Ingen verkar förstå att det inte går att tvinga i väg en femtonåring till skolan genom att hota, muta och straffa. Han har försökt. Han har försökt med allt han kan komma på. Allt det gjort med honom är att skapa en känsla av maktlöshet. Och ensamhet, som sagt.

Tänk om han och Mia kunde prata. Tänk om de, Sveas föräldrar, kunde finnas där som stöd för varandra. Han är säker på att Mia också känner av den där maktlösheten. Han brukar ge henne information om det som händer med Svea. Men det är bara så mycket man kan få fram i ett sms. För de skickar bara sms. Mia vill inte prata med honom. Lika bra är väl det trots allt eftersom det oftast bara leder till tjafs och bråk han inte mäktar med. Men Pierre längtar så otroligt mycket efter en axel att gråta mot. Efter armar som kan krama och trösta honom. Efter en röst som tryggar honom om att allt till slut kommer att bli bra och att han kommer ta sig igenom detta också, precis som tidigare hinder i livet, och att Svea kommer att må bättre snart. Han längtar så att det värker i kroppen på honom.

Kapitel 49

Emma

Genom fönstret i arbetsrummet ser Emma hur Svea går över skolgården med blicken i marken. Hennes kinder är röda och Emma tycker att det ser ut som hon har gråtit, även om det är på ganska långt avstånd. Hon tar sin svarta kofta från stolsryggen och tar sig snabbt ner för trappan och ut genom ytterdörren. Precis när hon kliver ut ser Svea henne och viker snabbt av åt andra hållet.

"Svea" säger hon. "Kom hit i stället, vi går upp till arbetsrummet och sätter oss".

Svea stannar upp.

"Du behöver inte prata om du inte vill. Du kan väl bara sitta där med mig medan jag jobbar en stund. Så kan du gå hem sen, okej?".

Svea står kvar. Emma väntar utan att säga något mer. Hon ser hur Svea lyfter huvudet en aning och vänder sig mot henne. Emma lägger en arm över Sveas axlar men känner hur Svea stelnar till och väljer i stället att försöka lyfta av henne ryggsäcken. Som ett tafatt försök att lätta bördan.

Svea verkar gå med på det och vrider armarna så att Emma kan ta ryggsäcken. Tillsammans går de längs korridoren och in i arbetsrummet.

Emma gör två koppar te och ställer den ena framför Svea som redan satt sig i Mats stol. Emma slår sig ner vid sin redan uppslagna dator och loggar in för att fortsätta jobba.

"Allt är skit…". Emma hör hur Sveas röst brister. "Allt var så bra. Nu är allt skit…".

"Vill du prata om det?" frågar Emma.

Svea skakar på huvudet.

"Drick teet" säger Emma till henne och nickar mot koppen. "Att
få varmt te i magen hjälper för mig när jag inte mår bra".

Svea tar upp koppen och blåser försiktigt på den varma vätskan
innan hon tar en klunk.

De sitter i tystnad en stund. Dricker te ur varsin kopp och bara
är. Emma funderar över hur hon ska fortsätta. Jobbet får vänta.
Känslan av att det verkligen inte står rätt till med Svea är stark.
Oron gör sig påmind i magtrakten och hon kommer på sig själv
med att klunka te för att lugna ner det som rör runt där inne. Bra
att hon ändå lever som hon lär, tänker hon för sig själv.

"Jag vet att detta är en jobbig fråga Svea, men jag måste ställa
den".

Emma andas in och är innerst inne rädd för svaret.

"Skadar du dig själv?".

Emma ser hur Svea rycker till, nästintill obemärkt, men hon ser.
Hon vet hur det är att ha den där hemska hemligheten inom sig och
vara livrädd att någon ska se utanpå vad som försiggår på insidan.

"Gör du dig själv illa på något sätt?". Emma upprepar frågan
och försöker låta så neutral hon kan. Hon vill inte riskera att lägga
mer skuldkänslor på Sveas axlar.

Det skulle gå att skära tystnaden som råder i rummet.

Svea ställer ner sin tekopp.

"Om jag skulle svara ja, vad händer då?".

Svea ser med undrande blick på henne.

"Då skulle jag berätta för dig att jag vet hur det är. Och att det
går att göra saker för att må bättre och sluta" svarar hon.

"Som vaddå?" fortsätter Svea.

"När någon skadar sig själv handlar det ofta om att döva andra
typer av känslor. Som ångest till exempel" säger Emma. "Så för att
kunna sluta skära sig, eller vad man nu gör, behöver man bearbeta
och jobba med känslorna man har".

"Jag skär mig inte".

Sveas röst är bestämd.

"Vad gör du mot dig själv då?".

Svea vänder blicken ner i golvet och ser ut att intensivt iaktta sina egna skor.

"Jag bränner mig".

På vägen hem från jobbet snurrar tankarna hos Emma. Svea hade avslöjat för henne att hon bränner sig själv. Att hon har sår på benen och att hon kände igen sig i det Emma sade till henne. Hon har ångest som hon måste få bort och ingenting annat hjälper. Svea berättade också att hon skrivit om sina känslor i anteckningsboken som Emma delat ut i början av terminen. Emma tänker att hon och Svea tillsammans kan göra något riktigt bra av Sveas historia längre fram. Om hon mår bättre då det vill säga. Det är ett viktigt ämne att våga prata om. Ett viktigt ämne att beröra.

Kapitel 50

Svea

Trädstammens grova bark skaver mot ryggen genom jackan. Ångesten har stigit till en helt ny nivå sedan Svea slutade gå till skolan varje dag, och hon vet inte hur hon ska hantera den vilda stormen av tankar och känslor inom henne. Det dåliga samvetet över att hennes beteende får resten av hennes familjen att må dåligt. Skulden hon känner de dagar hon inte orkar gå till skolan. Skammen som kommer av all skada hon åsamkat sig själv de senaste månaderna i jakten på lugn. Jakten på ett sätt att hantera ångesten och paniken hon känner.

Ångestattackerna kommer oftare nu. Flera gånger varje dag. Vissa gånger är det hanterbart. Men de flesta gånger är det som nu då hon känner sig tvungen att lämna sitt rum. Lämna radhuset. Komma bort. Då flyr hon hit till skogen. Till sitt träd och den tryggheten det skänker henne. Skogen hjälper henne alltid hantera sina känslor. Men ibland räcker det inte med skogens lugn. Tändaren ligger i hennes jeansficka men hon vill inte ta fram den. Hon vill helst inte bränna sin kropp mer.

I magfickan på hoodien ligger en glasflaska. Tidigare i veckan hade Svea gått igenom pappas spritskåp i jakt på något som kunde döva henne, få henne att slappna av. Det är i alla fall det hon tror att alkohol gör. Bakom luckan i bokhyllan, den med den lilla nyckeln, förvarar pappa alla möjliga flaskor med alkoholhaltigt innehåll. Hon läste på alla etiketter men ändå lyckades hon inte lista ut vilken sort som skulle fungera bäst för hennes ändamål. Sveas erfarenhet av alkohol är väldigt begränsad. Till sist tog hon i alla fall en halvfull flaska vodka och tänkte att det måste ju trots allt vara bättre än whiskey eller likör. Sedan dess hade den där flaskan legat gömd bland underkläderna i hennes garderob. Tills idag, när hon tagit med den till skogen.

Svea skruvar med darriga fingrar upp den blanka, silvriga korken och sticker fram näsan för att lukta på innehållet. Hon grimaserar illa. Fy fan. Ändå beslutar hon sig för att föra flaskhalsen mot munnen och dricka tre stora klunkar i snabb takt. Hennes ansikte drar ihop sig i en grimas. Det smakar om möjligt ännu värre än det luktar. Hon tar några klunkar till och ställer ner flaskan i mossan, lutar sig mot trädet och vilar en stund. Hon känner hur det börjar snurra i huvudet. Utan att tänka lyfter hon upp flaskan igen och drar i sig ytterligare klunkar av den vidriga vätskan. Hon känner hur ett märkligt lugn och en skön värme sprider sig inom henne. Men det varar inte länge. Svea känner hur saliven börjar rinna till strax innan magen vänder sig fullkomligt ut och in. Hon försöker resa sig men benen bär henne inte. Huvudet snurrar som om hon sitter i Jukebox på Liseberg. Hon står där på knä bland kottar och grenar och kaskadkräks rakt ut. De geggiga resterna av pannkakorna hon åt till lunch blandat med illaluktande vodka sprider ut sig framför henne. Hon observerar hur den äckliga massan rinner ner för stubben bredvid trädet för att långsamt droppande hamna i mossan intill hennes ben.

Ångesten tilltar igen. Vad håller hon på med? Hon tar upp flaskan igen och lyckas motvilligt få i sig de sista dropparna. Svea lägger sig ner i mossan vid trädet och drar fram luvan på hoodien så att den bildar en liten, knölig kudde. Trädtopparna snurrar där uppe. Känslorna snurrar där inne. Den sura lukten av spya letar sig in i hennes näsborrar och tar bort allt det där som skogen vanligtvis doftar. Svea sluter sina trötta blå ögon och somnar.

När Svea till slut vaknar till igen är det alldeles mörkt omkring henne. En dov huvudvärk dunkar i pannan och en känsla av illamående rör i magen. Hon blir med ens medveten om att hon ligger i skogen, våt om kläderna och mörkret säger henne att hon legat här länge. Pappa måste vara jätteorolig. Hon rör sig långsamt och försiktigt när hon tar upp sin mobil. Hon har tolv missade samtal från pappa. Hon klickar på en av notiserna och hör hur signalerna går fram.

"Svea!".

Pappa svarar med panik i rösten.

"Ja...".

Svea harklar sig och munnen känns som en öken.

"Jag mår bra. Jag är på väg hem, okej?".

Innan Svea reser sig för att gå hem skriver hon sms till Emma där hon berättar om det som hänt. Hon känner behov av att någon vet. Att Emma vet.

Med sitt dunkande huvud och våta kläder kliver hon in genom ytterdörren hemma. Pappa kommer springande från köket och möter henne i hallen.

"Jag har varit sjukt orolig" säger han med allvarlig röst och hon ser det bekymrade uttrycket i hans ansikte.

Han lägger händerna på hennes smala axlar.

"Jag visste inte ens att du hade gått ut och när jag gick in på ditt rum för att prata med dig var du inte där och ...".

Han pausar och när han fortsätter är rösten lugnare.

"Jag ringde massor av gånger. Såg du att jag ringde?".

"Förlåt pappa" sa Svea och låter honom lägga sina armar om henne.

Han skjuter henne abrupt ifrån sig och tar i stället ett hårt tag om hennes axlar.

"Du luktar sprit" säger han med ett något mer bestämt tonfall.

Svea känner hur skammen sänker sig över henne. Hon tittar ner på sin svarta hoodie och kommer sig inte för att svara honom.

"Har du druckit?" frågar han när hennes svar uteblir.

Svea nickar, knappt märkbart och vågar inte lyfta blicken för att se honom i ögonen. Hon känner att han tittar på henne.

"Men vad? Jag menar... varför har du druckit?".

Mer mjukt tonfall nu.

"Kom" fortsätter han och föser Svea framför sig ut i köket.

Där, sittandes vid köksbordet börjar Svea berätta för pappa. Orden bara fullkomligt rinner ur henne. Det finns inget stopp. Hon pratar om skammen, skulden och ångesten. Om tändaren, Shira och anteckningsboken. Om spriten. Vågorna berättar hon också om. Och om Emma.

Pappa håller hårt om henne. Med sina läppar mot hennes panna mumlar han att allt kommer att bli bra. Att hon snart ska må bättre. Att han ska hjälpa henne.

Det är alldeles för sent, tänker Svea. Det finns ingen väg tillbaka längre.

Kapitel 51

Pierre

Svea kommer hem efter att ha varit försvunnen många timmar och luktar vidrigt av sprit och spya. Hur kunde han låta det gå så långt innan han fångade upp att hon inte mår bra? Pierre och Svea sitter mittemot varandra vid köksbordet och orden fullkomligt väller ur Svea. Pierre ser orden framför sig i form av mängder av svarta bokstäver i olika storlekar som snurrar runt för att lägga sig i en stor, svart hög på bordet mellan dem. Hur ska han kunna sortera det hon säger? Hur ska han ta in? Vad fan är det som händer?

När Svea till sist slutar prata är både hennes och Pierres kinder våta av tårar. Svea lägger ner pannan mot armarna på bordet och han ser hur hennes smala axlar skakar av gråt. Förstelnad sitter han där på sin stol och betraktar hennes gestalt. Som om avståndet mellan dem hjälper honom att smälta det hon sagt. Insikten om hur illa det är ställt med hans unge börjar långsamt sjunka in och han reser sig hastigt från stolen och går runt bordet för att lägga armarna om henne. Han vill ta bort det där avståndet han skapat mellan dem.

Han kysser försiktigt hennes bleka panna där hårtestar klistrats fast. Han tar Svea i famnen och säger att allt kommer att bli bra. Han ska hjälpa henne nu. Nu när han vet hur allt ligger till. Svea säger ingenting. Hon bara tittar på honom med sina rödgråtna ögon. Den blicken gör Pierre alldeles iskall inombords. Han ser inget hopp i hennes ögon. Inget ljus. Det är bara ett avgrundsdjupt mörker där bakom.

Svea bryter ögonkontakten, reser sig från stolen och går in i badrummet. Hon låser dörren bakom sig. Pierre kan höra hur hon fyller badkaret med vatten där inne. Den ena hemska tanken efter den andra dyker upp i hans huvud, men avbryts av att hon öppnar dörren och slänger ut sina kläder som hamnar i en hög på hallgolvet utanför. När hon i stället för att stänga och låsa dörren lämnar den lite på glänt suckar Pierre av lättnad.

Svea är där inne så lång stund att Pierre tänker att hon snart måste förvandlas till ett skrynkligt russin där inne, liggandes i vatten som blivit så där obehagligt kallt som det blir när man ligger i badet lite för länge. Men han låter henne vara där inne med sig själv.

När Svea till slut kommer ut har hon en handduk virad runt kroppen och vatten rinner i strilar från det blöta håret ner på hennes rygg och droppar vidare ner på golvet. Pierre andas ut och inser att han suttit på helspänn i köket med blicken riktad mot badrumsdörren under tiden hon befunnit sig där inne. Sveas blick säger honom att hon förstår att det är precis det som hänt.

"Du behöver inte övervaka mig" säger hon till honom med en femtonårings klokhet i rösten.

Sveas småleende ansikte är det sista han ser innan hon försvinner in på sitt rum.

Under natten sover Pierre oroligt. Han vänder och vrider på sig tills han är helt insnurrad i både lakan och täcke. Han vaknar och känner att det är hopplöst att ens försöka somna om. Med blicken i taket ligger han och funderar på vad han ska göra med det han fått veta under gårdagskvällen. När morgonljuset börjar sprida sig i sovrummet bestämmer han sig för att det första han ska göra, efter att han druckit en stor kopp kaffe, är att ringa Mia.

Pierre ställer ner kaffekoppen på köksbordet, tar upp mobilen och trycker in siffrorna i Mias mobilnummer. Det är det enda nummer han kan utantill.

"Hallå, har det hänt något?".

Mias svar får honom att svälja hårt. Han ringer henne så sällan att hon direkt förstår att något är fel när hans nummer dyker upp på hennes mobil.

"Hej" säger han och trots att han vet att hon vet, fortsätter han "det är Pierre".

Han berättar för Mia om dagen innan. Om det som hänt med Svea och allt hon sagt. Hon hummar till svar men han kan se framför sig hur hon nickar för sig själv där på andra sidan. Han fortsätter. Han berättar allt. Nästan. Medvetet utelämnar han det Svea sagt om känslorna för Emma. Det känns inte som att det är något som ska komma från honom. Men han pratar om den totala maktlösheten och frustrationen han känner över att inte kunna få deras dotter glad. Om den förlamande känslan av ensamhet i situationen och de överväldigande skuldkänslorna som kommer av att uppleva att han som förälder gjort allt fel. Lättnaden av att sätta ord på sina känslor inför Mia fullkomligt sköljer över honom. Tårarna fyller ögonen och rinner långsamt ner för hans orakade kinder.

Mia reagerar inte som han väntat sig. Hon är helt lugn och säger de ord han så länge känt behov av att höra. Ord som att han gör saker rätt och att det inte finns mycket mer han kan göra. Mia säger till honom att Svea pratat med henne. Hon vet att Svea mår dåligt. Att det är ganska illa ställt. Hon känner en oro för hur detta ska sluta.

Mias sista ord till honom gör fysiskt ont att höra. Det känns som hans hjärta sakta går sönder, bit för bit. Kunde hon inte ha sagt att hon vet exakt hur det ska sluta. Att hon känner Svea och att det kommer att vända och bli bra till sist. Ett lyckligt slut där alla kommer leva lyckliga för alltid.

Anteckningsboken

Saker jag vill förändra

Första gången jag drack alkohol gick ju inget vidare. Jag hade önskat att det varit på fest med vänner det skett. Där alla är glada. Där alla sjunger och dansar. I stället blev det ensam. Bara jag och skogen. Mitt träd och min stubbe. Stubben som nu är nerspydd och luktar illa. Alkohol dövar. Dövar tankar. Dövar känslor. Dövar ångest. En stund. Sen spyr man och somnar. Kanske borde jag tagit en annan flaska. Vin eller likör. Inte så starkt som vodka. Nästa gång.

Tänker mycket på döden. Det verkar så fridfullt på något sätt. Tyst och vitt. Undrar om jag kommer till himlen. Eller vart hamnar man när man dör? Ingen har överlevt så ingen kan prata om hur det är. Jag väljer att tro att jag hamnar i himlen. Långt där uppe på molnen ska jag sitta och dingla med benen. Se hur alla lever lyckliga. Lyckligare utan mig. Lyckligare utan problem. Kanske kan jag spöka för någon? Tilda och Klara till exempel. Jävlar vad jag skulle skrämma skiten ur dem. Stå där vid fotändan av sängen, klädd i något vitt (som alla har i himlen) och med håret hängande stripigt nedför ansiktet som hon i den där skräckfilmen. "Buuuuu era jävla fittor!".

Kapitel 52

Emma

Smset från Svea gör att Emma inte kan hålla tillbaka tårarna. Hon brister ut i gråt. Tårarna rinner som om hon aldrig någonsin gråtit förut och mängden tårar som kommer verkar ha samlats under en hel livstid.

Ingen unge ska behöva känna som Svea. Ingen unge ska känna sig tvingad att skada sig själv för att lindra en ångest som annars tar över. Klunka sprit ensam i skogen för att inget annat hjälper. Hon gråter också för Pierre och Mia. Att ha ett barn som mår så psykiskt dåligt att hon gör sig själv illa måste vara en av de värsta sakerna för föräldrar tänker hon. Oron och maktlösheten hon själv känner kan inte ens jämföras på samma dag som deras.

Men Emma vet alldeles för väl hur det är att vara Svea. Hon vet precis hur det är att ha den där krypande känslan inombords av en känslotornado som snurrar. Hon minns hur det känns när ångesten fullkomligt tar över kroppen och hur man i panik kämpar för att få bort den stora tyngden i bröstet. Degklumpen som verkar sitta fast i halsen. I panik och mot panik kämpar man för att få ner tillräckligt med luft i lungorna för att kunna andas normalt. Andas i fyrkant. Hur sjutton ska man kunna andas i fyrkant när man inte ens har förmågan att få in tillräckligt med luft i lungorna för att ta ett simpelt andetag?

Minnena av den egna ångesten skapar en stark olustkänsla. Emma drar med fingrarna upp och ner över de ljusa, lätt utbuktande ärren på underarmen. Om den här obehagliga känslan inte ger med sig... En rysning går genom henne. Sitter hon här och tänker tanken på att skada sig själv? För att bryta tankemönstret hon satt sig själv i, går hon ut i köket och fyller vattenkokaren med vatten. Det trygga bubblande ljudet när vattnet värms upp i metallkannan lugnar henne. Från skåpet tar hon fram en tepåse och honung.

Emma tar upp mobilen och skickar ett sms till Svea.

Kan vi träffas?

Men svaret från Svea uteblir.

Hela dagen går Emma och väntar på att få ett svar från Svea.

Hon vågar inte lämna mobilen ur sikte en sekund och varje gång skärmen lyser upp känner hon hoppet inom sig. Ett hopp som snabbt släcks igen när hon inser att det bara är ytterligare en meningslös nyhetsflash eller en notis om någon ointressant uppdatering på Instagram. När skymningen sänker sig utanför köksfönstret sitter Emma vid köksbordet, fortfarande med mobilen intill sig. Fortfarande väntar hon på svar från Svea.

Kapitel 53

Pierre

Höstlöven ligger likt en brunröd massa över gräset och nästintill alla träd består nu av nakna grenar utan löv. Mörkrets inträde kommer bara tidigare och tidigare på eftermiddagarna med sällskap av blåst och regn. Pierre sitter tillbakalutad i sin kontorsstol och tittar med nedstämd min ut genom det stora fönstret. Den sämsta tiden på året har börjat nu. Ständigt mörker, kyla och ostadigt väder är vad som väntar i flera månader framöver.

Pierre har precis genomfört denna veckas fjärde utvecklingssamtal med medarbetare. Rutinen säger att han ska undersöka hur hans medarbetare upplever arbetsmiljön, vad man tycker om honom som närmaste chef och om det finns någon relevant (och helst kostnadsfri) kompetensutveckling man är i behov av för att klara alla de arbetsuppgifter man har på sitt bord. Just detta, dialog och kommunikation med medarbetare, är inte Pierres starkaste sida. Han trivs bäst när han får fokusera på det operativa arbetet på enheten. Ledarskapet är bara något som kommer med det chefsuppdrag han har. Det är ingenting han är intresserad av att arbeta med.

Mobilen börjar vibrera mot skrivbordsskivan. Han ser att det är kuratorn från Sveas skola. Han stoppar i sladden till hörlurarna, sätter dem i öronen och trycker på den gröna knappen för att svara.

”Svea mår inte så bra idag” säger kuratorn. ”Vi tror att du behöver komma hit och hämta hem henne”.

”Vad är det som har hänt?”.

Pierre känner oron byggas upp i magen.

Kuratorn talar om för honom att Svea sitter i skolsköterskans behandlingsrum. En av lärarna hade upptäckt henne sittandes på golvet under ett av de många fönstren som utgör större delen av den ena långsidan av matsalen. Svea satt hopkurad och bara stirrade rakt framför sig. Hon var inte kontaktbar. Läraren hade gått för att hämta Emma, som är den av personalen i skolan som har bäst kontakt med Svea. Emma hade kommit in i matsalen, trängt sig igenom den mur av elever som ställt sig runt Svea, och lyckats bära henne därifrån.

"De tror att det är en panikångestattack hon fått" avslutar kuratorn.

"Jag kommer direkt" svarar Pierre innan han avslutar samtalet.

Pierre tar sin jacka från galgen i skåpet och funderar kort på om han ska ta med sig datorn så han kan sitta hemma på eftermiddagen. I sista stund bestämmer han sig för att lämna den på skrivbordet. I korridoren på vägen ut sticker han in huvudet hos chefskollegan Olle och meddelar honom att han behöver göra ett privat ärende och att han troligtvis kommer tillbaka om bara en liten stund.

Panikångest, tänker Pierre. Finns det på riktigt? Han har alltid tänkt att panikångest är en benämning någon hittat på i syftet att diagnostisera ytterligare ett av de vardagliga problem alla mer eller mindre har. Som utmattning, utbrändhet eller bokstavskombinationer. Pierre känner stressen krypa i kroppen på honom när han lämnar kontoret och går mot parkeringen.

Han tar upp sin mobil och skickar ett sms till Svea.

Jag är på väg.

Han lägger till ett rött hjärta och trycker på skicka.

När han sitter i bilen på väg mot skolan funderar han över vad som kan ha hänt där i matsalen. Han tycker det är jobbigt att prata med Svea när hon inte mår bra. Han vet att hon gråter inne på sitt rum ibland. Han hör det. Men han vet aldrig vad han ska säga eller göra. Ibland kan hon komma ut från sitt rum efter en stund, röd i ögonen och om kinderna av alla tårar. Hon brukar komma fram och ge honom en kram. Han kramar alltid om henne, men han säger ingenting eftersom han inte vet vilka ord han ska använda.

När Svea känner att hon kramats klart försvinner hon tillbaka in bakom sin stängda dörr.

Pierre parkerar bilen utanför skolan och går in på skolgården. Där ser han Svea komma gåendes i sällskap av kuratorn. Kuratorn stannar en bit från honom och säger någonting till Svea som han inte hör. Svea går ensam vidare mot honom och han tar emot henne i famnen, tittar på henne och kysser henne på pannan. Hon är så bräcklig och liten. Lilla gumman. Han ställer inga frågor. Han säger ingenting. Han bara vinkar till kuratorn och går med Svea till bilen.

Efter en biltur i total tystnad svänger han in på uppfarten framför radhuset. Svea öppnar bildörren, kliver ur bilen och går mot ytterdörren. Han öppnar sidorutan.

"Kan jag åka tillbaka till jobbet?".

Hon vänder sig om, tittar på honom med trötta, blanka ögon och nickar långsamt. Svea öppnar ytterdörren och går in.

Anteckningsboken

Saker jag vill förändra

Idag var den värsta dagen någonsin i skolan. Jag kände redan i morse att känslor och tankar var på fel ställe. Borde stannat hemma. Det började med att jag som vanligt gick ensam, men tillsammans med alla andra, till matsalen. Vi fick stå i kö och det var mycket ljud, prat och skratt runtomkring. När jag tagit min bricka med mat skulle jag hitta någonstans att sitta. Jag brukar försöka sätta mig i änden på något av de långa borden. Lagom långt från andra, men ändå nära så att ingen reagerar på att jag sitter själv. Jag hade glömt mina hörlurar i skåpet. Tänkte att det skulle gå bra ändå. Fail.

Det fanns ingen plats till mig. Matsalen var full av elever och personal. Brickor, glas och tallrikar överallt. Jag tittade mig runt och såg till slut en ledig stol nästan längst in i rummet. För att komma dit fick jag lyfta min bricka högt för att inte slå i de som satt vid bordet.

Någon drog ut en stol och reste sig mitt framför mig så jag fick väja åt vänster för att inte krocka med honom. När jag äntligen kom fram till den tomma stolen såg jag att det låg ett glas på stolen. Mjölk hade runnit ur glaset, över stolen och ner på golvet. Där gick inte att sitta.

Jag hade matsalen och alla människor bakom mig. Jag kände hur hjärtat slog hårdare, det susade i öronen och den där bekanta vågen av obehag kom över mig. Jag vände mig långsamt om med förhoppningen att någon lämnat en stol precis bakom så jag bara kunde sätta mig. Så var det inte. Fortfarande fullt av ätande, pratande och skrattade elever.

Jag kände hur vågen av obehag spred sig uppåt. Hur halsen

snörptes åt och jag kunde inte andas. Jag måste bort. Jag ställde ner brickan på bordet vid stolen med mjölk på. Jag var tvungen att ta mig härifrån. Men kunde inte förmå mig att gå förbi alla igen. Dom skulle titta. Prata. Viska.

Svetten började tränga fram i pannan och jag kippade efter andan. Mina ögon fastnade på en tom plats på golvet under fönstret precis till höger om bordet jag stod vid. På darrande ben gick jag dit, sjönk ner och blev sittande. Det kändes som om jag inte var i mig själv. Som att jag stod kvar, bland de andra som nu samlats runt mig, och tittade på mig själv. Jag ville springa därifrån men var som förstenad och satt kvar. Min blick var fäst rakt framför mig.

När det gått en evighet och lite till känner jag hur någon lyfter upp mig från golvet. Jag ser det svarta håret och hör en lugn röst. Det var Emma.

I Emmas famn lämnar jag matsalen och ser att några elever filmar oss med sina mobiler. Emma bar mig över skolgården och in till rummet där skolsköterskan håller till. Där satt jag sen på en brits och väntade tills kuratorn kom och sa att pappa var här för att hämta mig. Pappas famn var det enda jag ville ha nu. Att få vara där i tryggheten, känna hans doft.

Pappa lämnade mig hemma och här ligger jag nu. Har tagit av mig alla kläder och lagt mig i sängen. Jag kommer aldrig gå tillbaka dit. Aldrig mer.

Kapitel 54

Pierre

Väggarna inne på rektorns kontor är slitna. Det ser inte ut som att någon gjort något vid dem sedan skolan byggdes, någon gång på sjuttiotalet. Den bleknade ljusgula färgen, alla hål i olika storlekar efter tavlor och hyllor någon tagit ner utan att sätta upp nytt. Pierres blick sveper över rummet. Rektorn har ett höj- och sänkbart skrivbordet i ljust trä han så väl känner igen från alla kontor på jobbet. Kontorsstolen med blågrått slitet tyg någon ergonom en gång i tiden hjälpt till att ställa in. På skrivbordet står två svarta skärmar som inte är inkopplade. Sladdarna hänger löst ner bakom skrivbordet.

Kontoret har ett stort fönster med utsikt mot parken. Utsikten är nog fin om våren, tänker han. I fönstret hänger en rak gardinkappa med Marimekko-motiv som troligen satts upp i ett misslyckat försök att modernisera, på den tiden Marimekko ansågs vara modernt det vill säga.

Han hör en försiktig knackning på dörren och strax efter kommer rektorn in i rummet, följd av kuratorn han sett tillsammans med Svea tidigare. Ytterligare en person, en ung, vacker kvinna med svart hår och piercing i näsan, kommer in efter kuratorn och stänger dörren efter sig.

”Ursäkta att du fått vänta” säger rektorn och tittar beklagande på honom.

”Ingen fara” svarar han. ”Trevligt rum”.

Kuratorn är den första av dem som tar honom i hand och presenterar sig som Camilla. Därefter räcker den unga kvinnan fram handen och presenterar sig som Emma.

Är detta Emma Emma? Han trodde att Emma var en av Sveas jämnåriga kompisar, men hon är alltså lärare.

"Jag är Sveas samhällslärare" fortsätter hon.

Pierre förstår precis varför Svea tycker så mycket om Emma. Hon har bruna ögon med en varm blick och hennes vänliga röst gör att han känner sig lite bättre till mods.

Rektorn slår sig ner i den gråblå, ergonomiskt korrekta, kontorsstolen vid skrivbordet. Han knäpper upp knapparna i kavajen och lägger de kostymbyxklädda benen i kors. Så mycket för ergonomi, tänker Pierre. Han har ingen aning om varför han sitter och tänker på rektorns fysiska arbetsmiljö. Troligen försöker han ducka ämnet de är där för att prata om.

Som på given signal börjar rektorn prata.

"Vi är ju här för att prata om din dotter Sveas frånvaro".

Kurator-Camilla antecknar något på kollegieblocket hon har uppslaget framför sig. Bollen som hänger från hennes rosa penna hoppar runt när hon skriver.

"Vi på skolan är oroliga för att hennes betyg snart kommer att bli lidande av att hon alltmer sällan är här" fortsätter rektorn.

"Jag förstår" svarar Pierre och nickar.

Trots att han inte alls förstår. Hur kan betygen vara det viktigaste att prata om?

"Det har gått så bra för henne fram tills nu. Men den höga frånvaron börjar ställa till det för henne" säger kurator-Camilla och tittar på Pierre som för att säkerställa att han förstår vikten av det hon säger.

Rektorn och kuratorn fortsätter att växelvis prata om betygskriterier, uppgifter och den lagstyrda skolplikten. Pierre känner sig vimmelkantig och förvirrad. Intellektuellt förstår han vad de säger till honom, men samtidigt känns det konstigt att de försöker söka svaren hos honom. Skolan är väl deras ansvarsområde?

"Vi har förstått att Svea bor mest hemma hos dig?".

Rektorn har en frågande ton och tittar på honom.

Pierre tittar honom i ögonen.

"Ja det stämmer. Hon och hennes mamma har inte så bra kontakt av olika anledningar".

Rektorn frågar om separationen från Mia och hur Pierre och barnen har det där hemma. Hur vardagen fungerar rent allmänt. Pierre vet inte riktigt vad han ska svara. Vardagen där hemma är väl hans ansvarsområde.

"Nja, det går ju väldigt upp och ner" säger han till slut. "Det är ibland svårt att få Svea att gå upp på morgonen. Ibland fungerar det bra. Ibland fungerar det inte alls. Det är ju då jag låter henne stanna hemma".

Kuratorn tar vid.

"Det är viktigt att du verkligen försöker få henne hit varje dag. Om hon inte är här blir det väldigt svårt för oss att göra något".

Ja, tänker Pierre, det kan han förstå att de tycker.

Nu tar Emma till orda.

"Jag tror att detta handlar om att Svea inte mår så bra" säger hon i bekymrad ton, vänd mot sina kollegor.

Pierre känner tacksamheten välla upp inom honom. Emma har ett vänligt, men ändå bestämt uttryck i ansiktet. Det hörs tydligt på hennes röst att hon verkligen bryr sig om hans dotter.

"Jag har märkt en stor skillnad i hennes beteende den senaste tiden" fortsätter hon. "Hon är tystare, ställer inga frågor och räcker aldrig upp handen längre. Hon verkar inte orka vara delaktig under lektionerna. Svea var en av mina mest engagerade elever innan sommaren".

Pierre berättar för dem, mest för Emma, att han ser samma förändring hemma. Svea är mer inåtvänd och tillbringar mer tid ensam på sitt rum. Hon är mindre tid ute i skogen och umgås mindre med familjen. Det känns som att han och Emma i alla fall är på samma sida. Det måste ju ändå vara Sveas mående som är första prioritet här, tänker han. Betygen och skolplikten borde komma lång ner på listan.

Emma föreslår att kuratorn ska ordna med en psykologkontakt till Svea. Kuratorn ser på Emma, nickar motvilligt och den rosa pennan med bollen rör sig över papperet.

"Jag ska se vad jag kan göra" säger hon.

Hon vänder sig vidare till Pierre.

"Men det viktigaste för oss är att du får i väg henne till skolan".

Pierre sitter i bilen på skolans parkering och reflekterar över mötet han precis kommit från. Det underliggande hotet om orosanmälan till socialtjänsten. Skolans överdrivna fokus på betygen. Deras uppenbara nonchalans över Sveas välmående.

"Det är något vi i skolan måste göra vid hög frånvaro, det tillhör rutinen" hade rektorn sagt och syftat på orosanmälan. Pierre får en klump i magen även om han samtidigt tänker att det är en pissdålig rutin som de skulle behöva ändra. Vad har han gjort för fel för att det skulle bli så här?

Anteckningsboken

Saker jag vill förändra

Jag tänker att det inte borde finnas något som heter skolplikt. Utan skolplikt inga hemmasittare. Det är bättre att man lägger in en paragraf om hur barn som inte mår bra ska komma tillbaka till skolan. Det kanske redan finns, jag vet inte. Men den paragrafen har i så fall min skola läst särskilt noga.

Jag har inte varit i skolan på länge nu. Oklart hur länge. Jag tappar tid och rum när jag bara ligger i sängen här hemma. Täcket vilar tungt över mina ben. Jag önskar att jag orkade vara glad för att det är julafton om bara några dagar. Men det enda jag orkar är att ligga här. Lyssna på musik ibland om inte huvudet gör ont. Läsa min bok om hjärnan orkar ta in det som står. Ligga i mörkret och titta i taket när allt annat känns omöjligt.

Kapitel 55

Emma

Emma sitter i en av stolarna på rektorns kontor och tittar med förundrad blick på sina kollegor. Det är underligt hur svårt det kan vara för vissa att visa förståelse. Förståelse för att de allra flesta föräldrar gör så gott de kan när det kommer till sina barn. Både när det gäller att få i väg dem till skolan på morgonen och när det handlar om att hjälpa till med andra saker.

Under mötet med Sveas pappa hade Emma verkligen försökt att gå in och stötta upp honom. Hjälpa till att förklara för sina kollegor att det finns viktigare saker än skolplikt och föräldraansvar att lägga in i Sveas situation. Men kuratorn och rektorn hade med två dårars envishet hållit fast vid Pierres ansvar att få i väg Svea till skolan. Dessutom var de noga med att tydligt tala om för honom hur kapitalt han misslyckats med detta. Som om det vore en lätt situation för föräldrar att hantera när barnet vägrar gå till skolan. Vad ska man göra? Bära i väg dem? Emma är helt säker på att Pierre gör allt i sin makt för att stötta Svea.

Emma minns oron hon själv känt den där dagen hon väntat på sms från Svea. Hon hade nästan gått upp i limningen av oro innan hon till slut fick ett rosa hjärta till svar sent på kvällen. Emma tänker tillbaka på panikångestattacken Svea haft i matsalen. Hon hade hittat Svea sittande där på golvet under fönstret alldeles blek och kallsvettig. Emma hade bestämt trängt sig igenom gruppen av elever som samlats runt Svea. Bryskt hade hon sagt åt dem att lägga ner sina förbannade mobiler och visa lite respekt. Hon hade gått fram och lyft upp Svea i famnen. Lätt som en fjäder var hon trots att hon låg lealös där i hennes armar.

Över skolgården och vidare in till skolsköterskan hade hon gått med Sveas huvud hängande tungt mot sin högra axel. Hon hade försökt prata med Svea när hon satt ner henne på britsen i det lilla undersökningsrummet. Det hade varit svårt att få kontakt men Emma hade till slut fått Svea att i alla fall titta på henne. Hon hade då sett rakt in i Sveas rödgråtna ögon. Det fanns ingenting där. Inget mer än tårar.

"Förlåt…" hade Svea viskat till henne med en röst som knappt gick att höra.

"Det är inte ditt fel älskade du" hade Emma ömt sagt till henne. "Ingenting av det här är ditt fel, kom ihåg det. Det är vi vuxna som gjort fel. Vi skulle ha sett. Vi skulle tagit hand om dig".

Svea hade slutat gråta och i stället bara stirrat in i väggen framför sig där det hängde en plansch föreställande kroppens alla ben och muskler.

Kuratorn hade kommit in i rummet men förståeligt nog hade inte heller hon fått Svea att öppna sig. Pierre hade blivit kontaktad och Emma stod och tittade ut genom fönstret där hon såg hur han mötte upp Svea och kuratorn på skolgården. Han kysste kärleksfullt Sveas panna och förde henne vidare med till den parkerade bilen. Svea har tur, tänkte Emma där för sig själv bakom de rutiga gardinerna. Tur att hon har en pappa som förstår och älskar henne.

Efter den där dagen har Emma knappt sett till Svea i skolan. De dagar Svea varit på plats har hon varit så mentalt frånvarande att det var omöjligt för henne att delta i undervisningen. Flera gånger har Emma tagit med sig Svea till grupprummet på andra våningen. Fixat lite te eller läsk till henne och lyssnat de gånger hon ville prata. Andra gånger har de suttit helt tysta där med varandra. Ibland har Emma suttit med sin dator där inne och jobbat. Allt för att kunna finnas nära till hands. Finnas för att Svea inte skulle känna sig ensam i allt.

Emma kommer tillbaka till nuet och rektorns kontor.

"Jag kan kontakta en bra barnpsykolog jag känner" säger hon hoppfullt till sina kollegor i rummet. "Svea behöver all hjälp hon kan få. Och jag tycker att vi är skyldiga att hjälpa familjen med detta".

Efter en hel del knorrande från kuratorn godkänner till slut rektorn att Emma får ta ansvaret att ordna med psykologkontakt till Svea. Emma tackar med sarkasm i rösten, som ingen verkar uppfatta, och lämnar rummet med en tung känsla av hopplöshet över hur skolans värld fungerar. Eller snarare inte fungerar.

Kapitel 56

Svea

Soffan Svea sitter i känns hård och kall mot kroppen. Hur hon än försöker går det liksom inte att hitta en bekväm ställning. Kanske finns det en mening med det, tänker hon. Att man inte ska känna sig bekväm när man är hos psykologen. Emma känner honom tydligen. Hon sade till pappa att det nog skulle vara bra om Svea fick gå och prata med någon professionell. För att få hjälp.

Svea vet att det inte finns något att göra, men det är på grund av Emma och pappa som hon nu sitter här i den obekväma, kalla, svarta skinnsoffan. Den står i ett ombyggt garage vid sidan av en gul trävilla där psykologen, som går under namnet Hans, tydligen bor.

Psykologen Hans mötte upp henne vid bilen när pappa stannade för att släppa av henne. Hon kastade en bedjande blick mot pappa med förhoppningen om att han skulle lägga foten på gasen och åka därifrån, men pappa vände bort ansiktet. Stirrade ut genom fönstret på förarsidan. Pappa visste mycket väl att Svea inte ville göra detta. Den diskussionen hade de haft otaliga gånger hemma under veckan. Pappa försökte övertyga Svea om att det skulle vara bra för henne att prata med någon som vet vad som behöver göras för att hjälpa henne, precis som Emma sagt.

Men den verkliga anledningen till att hon, om än motvilligt, hoppade in i bilen idag är inte för att hon tror att hon ska få hjälp, Hon hoppade in i bilen för att hon inte står ut med tanken på att göra pappa mer besviken på henne.

Sidodörren till garaget öppnas och psykologen Hans kommer tillbaka in med en mörkgrön skrivbok i handen.

"Sitter du bekvämt där Svea?" frågar han vänligt och små rynkor bildas runt hans ögon när han ler mot henne.

Nej det gör jag verkligen inte. Soffan är sjukt obekväm, tänker Svea.

"Mm, det går bra".

Psykologen Hans slår sig ner i den beigea fåtöljen som står mitt emot soffan där hon sitter. Mellan dem står någon typ av trälåda med en glasskiva ovanpå. Svea lägger märke till högen med böcker och guldäpplet som står ovanpå. Är inte det väldigt opraktiskt om man nu skulle vilja ta upp någon av böckerna och läsa i dem?

Psykologen presenterar sig vid namn. Svea tänker att hon kommer att fortsätta kalla honom psykologen Hans. Att kalla honom bara Hans kanske skulle få honom att tro att hon faktiskt vill närma sig honom. Att hon vill släppa in denna manliga främling i sitt innersta. Det tänker hon inte göra.

"Så, Svea...", börjar psykologen Hans. "Kan du börja med att berätta för mig om varför du har kommit hit till mig idag?".

Svea lyfter blicken från bokhögen på bordet framför henne och tittar trotsigt på honom. Hon hoppas av hela sitt väsen att han ser i hennes ögon hur otroligt ogärna hon vill vara här.

Svea rycker kort på axlarna som svar på frågan.

Hans tittar på henne med fundersam min.

"Ska jag tolka det där som att du inte vet, eller betyder det att du inte bryr dig?".

Svea himlar med ögonen. Ska hon behöva hjälpa honom att tolka. Han får väl tolka det som han vill.

"De säger att det kommer va bra för mig" svarar hon och vänder sig om för att luta ryggen mot soffans armstöd i ett försök att sitta mer bekvämt.

Psykologen verkar inte göra någon notis om att hon nu vänt sig från honom, utan fortsätter.

"Okej. De tror att kommer vara bra för dig. Och du själv då Svea, vad tror du?".

Svea svarar inte utan sitter bara kvar och tittar på sina egna ben som ligger där i soffan.

"Det verkar lite som om du inte är så sugen på att prata idag. Vill du hellre att vi bara sitter tysta?" frågar psykologen. "Det går bra för min del, jag är ändå rätt trött idag".

Han får väl sina pengar ändå, tänker Svea och märker att det han sagt provocerar henne lite. Bekvämt för honom att inte behöva göra någonting för lönen. Hög lön har han säkert också. Men hon fortsätter ändå vara tyst.

I hennes huvud pågår en inre kamp mellan tanken på att psykologen försöker manipulera henne till att prata med hjälp av någon slags omvänd psykologi och tanken på att hon fan borde låta honom slita hårt för alla de där pengarna pappa betalar till honom. Hon borde ge honom så mycket att jobba med att han ångrar att han någonsin tackade ja till uppdraget att bli hennes psykolog. Hennes irritation över att hon genom att vara tyst skulle göra det lätt för honom vinner kampen.

"Jag bränner mig" säger hon och tittar trotsigt rakt in i psykologens ögon.

Hon möts av tystnad. Han öppnar inte ens den gröna skrivboken.

"Jag stjäl alkohol hemma och dricker för att slippa mina känslor" fortsätter Svea, nu med mindre trots i ton och blick.

Psykologen sitter fortsatt tyst i sin fula beigea fåtölj. Svea känner sig ännu mer provocerad. Här delar hon sina skuldkänslor med honom och han har mage att bara sitta där. Han verkar inte ens chockad av det hon säger. Hon flyttar blicken mot det lilla fönstret nästan uppe vid taket på ena väggen. Hon kan se en liten bit av den grå himlen utanför och några grenar från toppen av ett träd.

Efter vad som känns som en evighet av tystnad lägger psykologen ner den gröna skrivboken på bordet mellan dem.

"Jag förstår att du har mycket inom dig, Svea. Jag förstår att du mår dåligt och jag vill väldigt gärna höra dig berätta mer om vad du tänker och hur du känner. Nu är vår tid slut för den här gången. Men jag tänker att vi kan ses igen nästa tisdag, klockan fyra. Vad säger du om det?".

Motvilligt måste Svea erkänna för sig själv att det känns som en lättnad att höra honom säga de där orden. Hon kommer aldrig erkänna det för honom. Aldrig. Men bara att få höra orden "jag förstår" gör att hon känner sig lugnare och mindre irriterad på honom.

Pappa sitter i bilen och väntar när hon kommer ut genom den vita dörren. Hon ser i ögonvrån att han tittar på henne när hon går över garageuppfarten Hon öppnar dörren till baksätet och sätter sig i bilen utan att säga någonting. Pappa säger heller ingenting. Svea tittar på det gula huset när de kör i väg.

Anteckningsboken

Ingenting går att förändra

Jag har slutat skriva om saker jag vill förändra nu. Det är ingen idé. Jag kommer inte att finnas här för att förändra någonting ändå.

Jag har varit hos psykologen idag. Psykologen Hans.

Känslan är att han försöker manipulera mig till att prata med honom. Jag vill inte prata. Jag pratade ändå. Han tror att han ska hjälpa mig. Han tror att han förstår. Det känns bra att höra att han förstår. Men det gör han inte. Han förstår inte vad som rör sig inom mig. Han förstår inte att jag redan vet att jag inte kommer att finnas här. Det kommer inte finnas någon Svea att hjälpa.

Kapitel 57

Pierre

Decembermörkret ligger som en mörk skugga över allt som händer nu. Adventsstjärnor och stakar med ljus lyser upp i fönstren i radhuskvarteret, men lyckas inte ljusa upp något i Pierres dunkla tankar. Han står i vardagsrummet och river runt i lådan med julsaker. Det är veckor sedan Svea var i skolan senast. Den krispiga, vackra hösten har nu övergått i ett blött, grått mörker. Precis som Svea och deras tillvaro i stort.

Svea ligger i sin säng, där inne i det förvånansvärt städade rummet. Inte ens stöka till, verkar hon orka med. Rullgardinen är neddragen och murgrönan i fönstret har för längesedan dött. Hans glada, babbliga dotter säger nu inte någonting alls, utan går runt som ett tyst spöke där hemma. Blek i hyn. Blek om läpparna. Hon sover till långt in på förmiddagen, något hon aldrig någonsin gjort tidigare om hon inte varit sjuk.

Julen närmar sig med stormsteg och Pierre jobbar mestadels hemifrån. Han gör det för att kunna hålla koll på Svea. Finnas där för henne. Se till att hon får i sig någon form av näring under dagarna. Och för att bevaka så att hon inte gör något dumt. Så att hon inte skadar sig själv. Det är Sveas psykolog som ger honom råd om hur han ska hantera situationen de befinner sig i. Det känns tryggt att ha någon som stöttar, men samtidigt fruktansvärt att behöva oroa sig för att det värsta ska inträffa.

Pierre får en bok i handen. En bok om hur det är att vara anhörig till en person som är depressiv och har tankar på att ta sitt liv.

Dessa tips. Alla goda råd han får från omgivningen. De flesta råd kommer helt ovälkommet från personer som aldrig ens varit i närheten av deras situation. Pierre önskar att han kunde ha en lapp på bröstet där det står "Goda råd ges på egen risk".

Samtidigt vill han inte hamna i konflikt. Han vill inte på något sätt verka otacksam, de vill väl bara väl. Men hur många gånger fixar man att höra tips och råd som inte ger någon som helst hjälp. Tips som att om han belönar Svea tillräckligt kommer hon att gå i väg till skolan. Råd om att han ska köpa hem glass och sätta på en film för att pigga upp henne. Ingen förstår någonting. Han förstår inte heller. Varenda dag känner han sig fullkomligt otillräcklig. Han kan inte ens göra det han tidigare trott var det enklaste, att få i väg sin unge till skolan. Han kan inte göra henne bättre, han kan inte ens få henne att skratta som tidigare.

Men det han kan göra är att finnas där. Så tänker han i alla fall en bra dag. Han kan laga hennes favoritmat. Även om det blir pannkakor till både lunch och middag fyra dagar på raken. Han kan se till att hon har det hon behöver, att lakanen är rena och att hennes rum vädras ur med jämna mellanrum. Lamellerna i vardagsrummet är alltid fördragna, eftersom Svea känner sig iakttagen. Diskmaskinen och tvättmaskinen körs bara om nätterna, eftersom ljudet gör henne trött och stressad. Charlie tillbringar mer tid hos Mia, eftersom Pierre inte tycker att Charlie ska behöva anpassa sig mer än nödvändigt. Så oftast är det bara han och Svea där hemma. Hon, som mår sämre än någonsin och behöver övervakning. Han, som anpassar sönder sig själv för att ta hand om henne. Men vad är alternativet?

Nu står ljusstakarna i radhusets fönster och sprider ett varmt, dovt ljus kring sig. Om ett par veckor är det julafton.

Kapitel 58

Svea

En vecka har gått sedan Svea fick jullov. Egentligen kanske man inte kan kalla det "att få jullov" när man ändå är hemma varje dag. Men det blir en skillnad. En väldigt viktig skillnad. Hon är inte en sådan där hemmasittare nu. Det faktum att hon är hemma beror inte på att hon väljer att strunta i att gå till skolan. Det påverkar inte betygen negativt och pappa behöver inte känna skuldkänslorna över att inte lyckas få i väg henne på morgonen. För att det är lov. Alla andra är också hemma. Svea ligger i pyjamas på den blå soffan i vardagsrummet och spelar meningslösa mobilspel på sin mobil.

Julafton tillbringade Svea hos gammelfarmor, precis på samma sätt hon alltid gjort. Charlie, mamma och morfar var också där. Inte pappa. Pappa var med sin kompis Olle och hans familj i deras stuga. Det var första gången hon firade julafton utan pappa. Det var en konstig känsla. En känsla av att det hela tiden saknades något. Men hon visste att han hade det bra. Han satt inte hemma i radhuset ensam, vilket kändes skönt.

Gammelfarmor hade som vanligt pyntat med en hel tomtearmé i varje rum. Överallt tomtar. Tomtar med instrument. Tomtar med skidor. Tomte med tomtemor. Och så vinterlandskapet gammelfarmor skapar upp varje år. Bomull får agera snö. Tomtebarn åker skidor i bomullen. Ljusslingan skapar det där mysiga ljuset i bokhyllan, där vinterlandskapet har en dedikerad plats. I hörnet av vinterlandskapet står den vackra, vita kyrkan som spelar Stilla natt om man skruvar upp den med skruven på baksidan. Det är fint att få komma till gammelfarmor på julafton. Familjen hade firat jul där sedan hon var liten, säkert innan dess också. Men då var hon ju inte med. Såklart.

På bordet i köket var det uppdukat till julbord. Även detta i precis samma anda som varje år. Gammelfarmors köttbullar. Morfars kokta och griljerade skinka. Mammas Janssons frestelse, utan ansjovis, eftersom Svea och Charlie inte tycker om det. Prinskorv också såklart. Omeletten med räkor. Grillade revben. Och sådant bara de vuxna åt. Typ bruna bönor och dopp i grytan.

Sveas matlust är inte vad den brukar vara. Ingenting smakar som förut. Allt smakar grått och tråkigt. Eller så smakar det ingenting alls. Pannkakor är typ det enda hon tycker om att äta just nu. Inte riktig. Men nästan. Hon kan känna hur hennes kläder sitter lösare än innan. Hennes revben och höftben sticker ut. Men på julafton smakade maten som den brukar. Jul smakade den. Smaken av tradition, fett och kött. Svea bryddе sig inte om att försöka vara vegetarian på julafton. Hon åt både köttbullar och prinskorv med god aptit.

Julklappar fanns det också. En hel hög under granen, precis som det alltid brukade vara. Både mamma och gammelfarmor köper grejer som det inte finns någon morgondag. De bidrar till samhällets överdrivna konsumtionshets men verkar vara lika glada för det. Svea gillar det inte alls. Grejen med julklappar har en unken eftersmak, tycker hon. Ingen, verkligen ingen, behöver så där många nya saker varje år.

Charlie kommer och sätter sig i den blå soffan bredvid henne. Han har på sig den stickade tröjan han fick av mamma på julafton ser hon.

”You look nice” säger hon utan att titta upp från spelet i mobilen mer än någon sekund.

”Thanks” säger han. ”Den kliar nåt fruktansvärt, men tänkte att jag skulle ha den på mig när jag åker till mamma nu. Är det säkert att du inte vill följa med? Det kan bli kul. Vi kanske kan spela Uno?”.

Hon vet att han bara försöker få henne glad, men hon känner sig ändå irriterad. Hon skakar på huvudet.

"Jag orkar inte, Charlie. Sluta tjata".

Det fick räcka med julafton. Det hade varit mysigt och trevligt och allt det där, men Svea var helt slut i flera dagar efteråt. Idag skulle hon bara vara hemma och vila.

Det plingar till i mobilen och hon ser att det är ett meddelande från Shira.

God jul, eller vad man säger. Hur har du det?

Shiras familj firar inte jul. Hon har förstås jullov ändå som alla andra. Hon och Shira hade bara haft kontakt via Snapchat sedan den där gången i skolan när Klara och Tilda läst Sveas anteckningsbok. Ett meddelande då och då. Det känns ändå fint att Shira tänker på henne. Svea skriver tillbaka.

God jul. Jag har det okej.

Anteckningsboken

Julen hos gammelfarmor. Det var fint att en sista gång få se det där stämningsfulla vinterlandskapet med skidåkande tomtar i bomull. Det var fint att höra kyrkan mekaniskt spela Stilla natt. Det var sista gången jag åt julbord och jisses vad jag åt. Jag har nog inte fått i mig den mängden mat totalt sett under hösten. Mättnaden är en skön känsla på något vis. Som att jag gett min kropp en sista stor måltid. Nu är det bara underhåll kvar tills tiden är inne. Utan att säga det rakt ut tog jag farväl av allt det där som varit så stor del av mitt liv. Traditionen, maten, familjen och tomtarna.

Jag kommer inte gå tillbaka till skolan något mer. Det finns ju ingen mening med det heller längre. På något vis gör det hela grejen lite lättare. Att inte behöva känna stress över betyg och allt det där.

Kapitel 59

Pierre

Allt som händer i Pierres liv kretsar kring Svea och hennes mående. Precis som det har gjort de senaste månaderna. Kring hennes depression, det faktum att hon är mer och mer hemmasittande och de snabbt dalande betygen med anledning av detta.

Han hör den dovt knarrande snön under skorna där han går på vägen mellan radhuset och busshållplatsen. Det är vitt överallt, bländande och gnistrande som kristaller. Och det är kallt. Riktigt jävla kallt. Det måste vara minst tio minus, tänker han och drar huttrande den tjocka jackan tätare om kroppen.

Pierres egna mående och behov ligger långt, långt ner på hans lista över prioriteringar. Hans dotter behöver honom, nu mer än någonsin tidigare. Hon uttalar det inte, men allt hon gör, eller inte gör, skriker ut behov. Behov av hans mentala närvaro, ovillkorliga kärlek och förståelse. Han försöker ge henne det, försöker finnas där för henne. Han ger allt han har.

Den senaste tidens händelser för honom in i tankarna på sin egen skolgång. Det är inga tankar som får honom att hoppa runt av glädje och ljuv nostalgi precis. Speciellt inte när han tänker på tiden då han gick i mellanstadiet.

På den tiden var ständiga glåpord, mer eller mindre subtila knuffar och utanförskap en del av vardagen för honom. Ett och annat dopp i toalettstolar också. Han minns med fasa tillbaka på skoltoaletterna. Smutsiga, blöta och med diverse bandnamn och könsord klottrat på väggarna och spegeln. Efter att han fått sitt huvud nedtryckt i skålen och det äckliga, kalla vattnet spolats över hans ansikte hade hans mobbare oftast lämnat honom där.

Inom sig kan han fortfarande höra de hånfulla skratten som ekar i trappan ned mot skolentrén.

Alla de gånger han suttit ensam kvar där inne. Läst allt klotter, fast han sett det så många gånger förr. Återigen hade han torkat sitt blöta ansikte och hår med de gråbruna, sträva pappershanddukarna från plåtbehållaren på väggen bredvid spegeln. Förnedringen hade varit total. Den förlamande känslan av skam och skuld. Vetskapen om att han någon gång skulle behöva lämna det trånga, smutsiga, nedklottrade utrymmet och komma ut, blöt från bröstet och uppåt. Känslan av att alla som såg honom i det ögonblicket skulle förstå precis vad som hade hänt. Men ingen skulle ens överväga att bemöta det. Elever och lärare som alla tittar bort.

Den smärtsamma minnesbilden av den där totala osynligheten får Pierre att stanna upp där i snön. Det är så Svea känt sig. Osynlig. Obetydlig. Som om hon är ingen.

Pierre stampar av snön från kängorna, kliver på bussen och sätter sig på ett ledigt säte. Det är inte så mycket folk på bussen idag, det är skönt. Han återgår till sina tankar. Högstadiet hade varit en bättre tid. Det hade varit tidigt nittiotal. Ny skola, nya klasskamrater. En annan Pierre. En Pierre som var lite coolare, lite finnigare och med lite mer moppemusche. Redan första skoldagen i sjuan hittade han Micke. Micke bodde i ett av de mindre samhällena utanför staden. Till högstadiet började alla elever, som hittills gått på landsortsskolorna, "inne i stan", som man sade. Eller som man fortfarande säger.

Mickes signum var en sliten jeansväst med tygmärken på, hockeyfrilla och trasiga jeans. Han tillbringade alla raster, och även en del lektioner, i rökrutan utanför entrén till deras korridor med en cigarett i mungipan och ytterligare en bakom örat. Pierre minns att han själv rökte sin allra första cigarett den dagen. Hostande, lätt illamående och med ett skönt pirr under fötterna. De skapade ett band där, han och Micke, mitt i den blåvita röken. Röken alla andra elever som gick in fick lov att hålla andan och knalla rakt igenom för att ta sig in i skolans lokaler.

Mickes utstrålning och coolhet drog till sig andra kompisar vilket gjorde att de blev ett litet, skönt gäng som satt längst bak i klassrummet med låga ambitioner. De hängde i rökrutan med både aktiv och passiv rökning på samma gång. På gräskullen mitt på skolgården kunde de ligga på gräset och titta på molnen när de egentligen skulle ha kemi, eller något annat för dem, helt ointressant ämne. De gick på fester med folköl i handen, tjejer under armen och Kenneth and the knutters på stereon. När han var i den åldern Svea är nu, fanns inga bekymmer i världen för honom. Mellanstadiets helvete hade han trängt undan och placerat någonstans långt bak i huvudet. Det är väl så det ska vara när man är femton. Livet bara finns där som en outforskad värld som ska levas och upplevas.

Micke lever tyvärr inte längre. När verkligheten kom i kapp Pierre och de övriga i gänget, det var väl någon gång efter gymnasiet, fortsatte Micke leva som om det inte fanns någon morgondag. Han hamnade i en destruktiv nedåtgående spiral som innefattade droger och alkohol. Senast Pierre såg Micke satt han på stora torget med de andra A-lagarna i staden. Han och Micke har alltid hälsat på varandra, med en kort nick, men de pratade aldrig som vuxna. Pierre gick förbi bänkarna på torget, uträttade de ärenden han kommit dit för och fortsatte med sitt ordnade liv. Pierre hade förresten helt slutat röka under första höstterminen på gymnasiet.

Bussen stannar utanför kontorsbyggnaden och Pierre kliver ut i den bitande kylan igen. Solen skiner vackert på byggnaden framför honom. Strålarnas reflektion i de stora fönstren i kombination med den gnistrande vita snön bländar honom. Han får kisa med ögonen för att se någonting överhuvudtaget. Han tar ett djupt andetag, drar in den kalla luften i lungorna och går gatan fram mot entrén.

Kapitel 60

Svea

"Berätta om hur julen varit" säger Hans.

Svea är tillbaka i den obekväma soffan hos psykologen hon ändå beslutat sig för att kalla vid namn. Hon vet inte vilket besök det är i ordningen nu, tid och dagar har väldigt liten betydelse när man bara är hemma jämt, vilket gör att hon glömmer. Men det är troligen tisdag idag i alla fall. För det är på tisdagar hon brukar träffa Hans.

Flera av besöken hos Hans har bestått av tystnad. Svea i soffan och Hans i fåtöljen mittemot. Emellanåt ställer han frågor och hon har noterat hur Hans avslutar varje besök med att säga att han förstår. Han verkar även vara noggrann med att tala om för henne hur mycket han ser fram emot nästa besök då han får lyssna på henne, vad än hon vill säga till honom.

"Vi var hos farmor" börjar hon. "Alltså gammelfarmor, menar jag...".

Svea pratar om julafton. Om maten, tomtarna och vinterlandskapet farmor alltid bygger där i bokhyllan. Om kyrkan som spelar Stilla natt när man vrider upp den.

Under tiden hon pratar sitter Hans och tittar på henne med en förstående blick. Han nickar. Ibland ser det ut som att han ler åt det hon säger. Inte som att han tycker att det är roligt, mer för att han verkar tycka att det är fint att hon pratar.

"Vill du berätta vad du känner de där gångerna du bränner dig?".

Frågan överraskar Svea. Här sitter hon i godan ro och pratar om enkla, neutrala saker som traditioner, jul och trevligheter. Då vänder han håll och väljer att fråga om något som är så långt ifrån trevligheter man kan komma.

Svea känner att hon innerst inne vill prata. Hennes känslor och tankar ligger där på tungan, redo att formas till ord och komma ut i rummet.

Så hon börjar prata. Det är lika bra. Hans får till sig berättelsen om hur ångesten kryper sig på, hur den kan överrumpla henne i de mest oväntade situationer. Hon förklarar hur hon försöker tänka. Hur hennes strategier för att hantera ångesten ser ut. Hon pratar om att hon tänker på sjön, grönt och allt det där. Men hon säger också att det med tiden blivit så att strategierna inte gör någon nytta. Med tiden har vågorna och bilderna av grönt i stället sakta övergått i tankar på eldrött, varmt och orange. Något motvilligt berättar hon om att det enda hon upplever att hon kan göra vid de tillfällena är att plocka fram den där satans tändaren. Hon beskriver hur den brännande känslan på huden liksom tar över känslan av ångest.

Svea försöker verkligen beskriva smärtan på ett sätt som gör att Hans kan förstå. Men mitt i en mening tittar hon upp på Hans och tycker sig se en glimt av medlidande i hans små ögon. Det gör att hon tystnar tvärt. Det sista hon vill är att han ska tycka synd om henne. Hon förstår ju rent intellektuellt att det hon pratar om kan upplevas både korkat och otäckt, men hon vill få honom att förstå att det bara handlar om att hon måste hantera ångesten. Annars tar den över henne.

"Varför slutade du prata Svea?".

"Jag har bara inte mer att säga" svarar hon och tittar ut genom fönstret.

Den natten vaknar Svea svettig och panikslagen i sin säng. Både täcket och kudden är våta och nattlinnet sitter som klistrat på kroppen. Mardrömmen kändes så verklig att hon har svårt att ta sig tillbaka till verkligheten. Hon sprang där i drömmen. Någon eller något jagade henne genom skogen. Det där någon eller något var så nära att hon emellanåt kunde känna dess andetag i nacken. Hon fortsatte springa tills hon snubblade och blev liggande på den fuktiga marken. Skräckslaget vände hon sig om för att kunna se sin baneman i ögonen. Men allt hon såg bakom sig var ett svart, kompakt mörker. Precis då vaknade hon.

När det ljusnar ligger hon kvar i sängen. Inifrån sovrummet hör hon hur Charlie och pappa skramlar och låter när de gör sig redo för att åka till jobbet. Pappa knackar på dörren och säger hejdå, men utan att öppna dörren. Hon svarar med ett kort "hej" och hör därefter hur ytterdörren går igen och tystnaden lägger sig över radhuset.

Under natten hade hon varit uppe och tagit bort de våta lakanen och nattlinnet och fortsatt sova oroligt mellan madrassen och täcket. Hon går nu upp för att lägga in högen med lakan i tvättstugan och därefter tar hon med mobilen och går till köket för att göra frukost. Bänken i köket är full av smulor och det doftar kaffe. Medan hon äter tänkte hon tillbaka på nattens mardröm. Hon googlar vad dröm om att bli jagad genom skogen betyder. Google svarar plikttroget, precis som vanligt. "Om du blir jagad i en dröm är förföljaren vanligtvis en symbol för ett gammalt trauma eller ett problem som inte är löst". På en annan sida står det "det antyder en slags ångest i verkliga livet. Du står inför problem där du tycker att springa undan är bästa lösningen". Jaha, tänker Svea sarkastiskt. Inget mer problematiskt än så alltså. Hon tänker att detta är något hon borde ha pratat med Hans om. Trauman och olösta problem är väl vad psykologer går i gång på. Men nu ska hon ju inte tillbaka till honom några fler gånger. Det vet hon redan.

Mobilen piper. Det kommer ett sms från Emma.

Hej Svea! Hur är det med dig?

Svea funderar över om hon ska svara. Och vad hon i så fall skulle skriva. "Hej Emma, nej det är inget vidare. Jag tänker avsluta mitt liv inom kort". Det skulle vara snyggt. Någonstans långt därinne kan Svea förnimma ett litet, litet uns av värme. Som en varm kula mitt i allt det mörka som tagit över. En värme som kommer från känsla av att veta att Emma tänker på henne.

Anteckningsboken

Jag har skrivit ett brev till Emma. Jag visste inte vem som var bäst att skriva till. Men Emma känns som lagom nära. Sedan kanske hon kan prata med mamma och pappa och hjälpa dem förstå. Jag ska lägga det vid trädet i skogen. Emma har aldrig varit där men jag tror att jag kan hjälpa henne att hitta dit på något sätt.

Ingen vet egentligen vad som händer efter döden. Men jag väljer att tro att jag fortfarande kommer att kunna finnas med. Jag kommer inte bara att försvinna. Jag vill ju se hur allt förändras till det bättre när jag är borta. Mamma och pappa kanske kan hitta tillbaka till varandra. Jag vet att de innerst inne vill det. De är djupt olyckliga utan varann. Med mig ur vägen kan de fokusera på sin relation.

Jag har inga planer på hur och när allting ska ske. Jag bara vet att det kommer att göra det. Och jag vet att det är nära nu. Det är en process inom mig som pågått under lång tid. Nu känns det att målet är nära. Jag börjar känna mig klar. Allt är gjort. Allt är sagt. Jag är redo att känna lugnet.

För alltid.

Kapitel 61

Mia

Mias känner fortfarande värmen efter Peters kropp i sängen, även om det var en stund sedan han lämnade lägenheten. Lakanen under henne är hopskrynklade efter sexet de hade i natt när Peter kom till henne. Som vanligt när de sågs var det han som hörde av sig och undrade om han kunde komma och sova över. Det är alltid han som hor av sig nar han kanner behov av att träffas och ligga. Och Mia säger alltid ja. Hennes egna förslag om att gå på dejt eller göra något annat tillsammans besvaras med diverse undanflykter och dåliga förklaringar.

Hon blir irriterad på sig själv när hon tänker på hur mycket tid hon tillbringar med att bara sitta och vänta på honom. På att han ska få lust att göra någonting med henne. Eller rättare sagt, på att han ska vilja komma dit och ligga med henne. Ligga gör han bra, det måste hon ändå ge honom, men hon har ledsnat på att alltid komma i sista rummet för honom. Ledsnat på att vara en varm, mjuk kropp han kan komma och ta i besittning när helst det passar honom. Utan åtaganden.

Kapslarna till kaffemaskinen är slut och Mia plockar med en suck fram den gamla vanliga kaffebryggaren från sin plats i skåpet. Medan kaffet rinner ner tar hon upp sin mobil och skickar ett sms till Peter.

Tack för i natt, det var underbart.

Vad håller hon på med? Underbart? Sexet ja. Men i övrigt var ingenting ens i närheten av underbart. En massa prat om en mäklares vardag. Inga frågor om hur hon mår eller hur hon har det. Inget prat om någonting annat än Peter och om hur vacker och

209

sexig han tycker hon är. Och sen sex igen. Varför skriver hon till honom överhuvudtaget? Det borde vara han som skriver. Tackar för nyttjande av uppvärmd kropp.

Mobilen plingar till. Peter skickar en emoji. Gul gubbe som flirtar och skickar i väg en kyss. Mia himlar med ögonen. Både åt Peter och åt sig själv. Hon lägger mobilen på köksbänken och tar med sig kaffet till soffan. Medan hon tar den första klunken kaffe tänker hon att nästa gång Peter hör av sig kommer hon inte att svara.

Kapitel 62

Svea

Svea har hela dagen känt hur det som kryper i kroppen på henne. Alla försök hon gjort att lugna sig själv har misslyckats. Hon beslutar sig till sist för att lämna sitt rum och tar på sig skorna för att gå till skogen. Pappa frågar vart hon ska ta vägen, men hon orkar inte prata med honom. Han måste se att hon gråtit men säger ingenting om det. Väl utanför dörren ångrar hon sig och väljer att gå mot mammas hus, i stället för till skogen. Kanske kan en stund med Bjarne lugna henne.

Hemma hos mamma är det tomt. Varken Bjarne eller mamma är hemma. Svea vankar runt i lägenheten och den krypande känslan i kroppen bara ökar. Hon går till kylskåpet och tar ut en öppnad flaska Prosecco. På vägen ut rycker hon åt sig mammas svarta jacka och hon hör hur klädhängaren slår i golvet innan hon stänger dörren bakom sig.

Ångesten fullkomligt river inuti henne nu. Den här gången fungerar det inte med vågor, inte med grönt, inte med orange, inte med någonting. Inte det avslagna bubblet från kylen heller. Alla känslor och tankar snurrar runt i huvudet.

Hon börjar springa. Hon springer bort från stentrappan där hon den senaste halvtimman suttit och druckit Prosecco i stora, panikslagna klunkar direkt ur flaskan.

Hon springer nedför gatan och fortsätter mot järnvägsspåren. Först när hon kommer till stängslet som skiljer järnvägsspåren från parkeringen saktar hon in. Hennes hjärta dunkar inuti bröstkorgen och det känns som om hon ska sprängas i bitar. Inuti huvudet snurrar det av alkoholen och hon vet inte vart hon ska ta vägen nu.

Hon fortsätter springa längs stängslet tills parkeringen tar slut och hennes steg fortsätter ut på det fuktiga gräset.

Svea finner sig själv stå nedanför det höga vattentornet. Hon lutar huvudet bakåt och tittar med dimmig blick upp mot toppen av tornet. Hon hör sina hjärtslag susa och dunka om vartannat i öronen.

Svea går långsamt runt vattentornets alla pelare och får syn på stegen som leder upp till toppen av tornet. Hon tänker inte. I stället fattar hon ett ordentligt tag om stegen med sina kalla händer och sätter sin högra fot på det första steget. Hon tittar upp mot toppen igen, sänker huvudet och känner hur ett lugn sprider sig inombords.

Hon sätter vänster fot på trappsteget. Därefter tar hon långsamt steg för steg uppåt. Hon vänder sig inte om, ser inte tillbaka. Fokuserar bara på lugnet och fortsätter kliva uppåt. Ett steg till. Ett steg till.

Vinden blåser i håret och tar tag i den alldeles för stora jackan hon tog med sig från mamma. Händerna kramar stegen så hårt att knogarna vitnar. När hon klättrat hela vägen upp lägger hon ena benet över kanten, häver sig upp och ramlar över kanten. Hon blir sittandes på rumpan på ett kallt metallgaller. På lite vingliga ben reser hon sig och går fram mot kanten.

Hon vet vad hon måste göra. Det är slut nu. Slut på ångest, slut på att känna. Hennes kamp är över. Hon tar sig upp på kanten av grå betong som omger vattentornets topp. Kroppen skakar. Tänderna skallrar. Men inombords är allting lugnt. Det är som att ångesten i stället ligger utanpå kroppen. Huden knottrar sig i kylan. Svea sluter ögonen, sträcker ut armarna åt sidorna och lutar sig framåt. Hon faller. Hon faller i vad som känns som en evighet.

Kapitel 63

Emma

Oron fyller kroppen. Som en obehagligt skavande ulltröja, fast på insidan. Varför får hon inget svar från Svea? Emma sitter, som hon brukar, med sitt morgonkaffe i sängen. Hon gillar sin morgonrutin, att yrvaket gå ut i köket med fötterna mot det kalla golvet och snäppa på kaffebryggaren. Under tiden kaffet rinner ner skummar hon mjölken. Trött och frusen häller hon nybryggt kaffe i koppen och ser hur den skummade mjölken nästan rinner över kanten. Samma sak varje morgon. Därefter återgår hon till sängen och kryper ner med sina isbitar till fötter mellan lakanen som fortfarande känns varma efter nattens sömn.

I natt har Emma emellertid sovit oroligt och inte ens kaffet kan få henne att piggna till. Hon vaknade upp flera gånger under natten för att med förhoppning titta på mobilen efter en notis om att Svea svarat. Men fortfarande nu på morgonen lyser notiserna med sin frånvaro. Inte ens de vanliga notiserna från nyhetssajterna och Instagram finns där. Det är som att allt i hennes digitala värld väntar på att Svea ska svara. Emma har en stark känsla av att något är fel. Svea brukar alltid svara henne, om än kortfattat. Så där som ungdomar generellt gör. Men en tumme upp, ett "ok" eller ett hjärta brukar hon alltid få. Aldrig har hennes sms till Svea lämnats helt utan svar. Inte förrän nu.

Hon dricker upp det sista av det nu ljumma kaffet och kliver upp ur sängen. Hon går fram till det stora sovrumsfönstret som vetter ut mot parken. Man kan nästan se hur trädens bladknoppar kämpar för att lägga grunden till den gröna sommarprakt parken erbjuder under några vår- och sommarmånader innan det åter är dags för löven att ändra färg och falla till marken. Emma kommer att tänka på att Svea ofta pratar om sin gröna skog. Om att grön som skogen är hennes favoritfärg. Svea har pratat om en speciell plats i skogen dit hon brukar gå för att hitta lugnet och få vara i fred med alla sina känslor och tankar.

Hon drar på sig de gråsvarta, slitna jeansen som ligger slängda över sänggaveln och samtidigt letar hon med sökande blick efter en t-shirt att byta ut nattlinnet emot. På byrån, slängd över mormor och morfars bröllopsfotografi i den gyllene ramen, ser hon den till slut. Hon drar t-shirten över huvudet och går mot hallen för att ta på sig ytterkläderna.

Emma har precis vridit om nyckeln i ytterdörrens lås när hon hör steg i trappuppgången. Ett hopp tänds återigen och hon tänker att det kanske är Svea som kommer. Den lilla lågan inom henne slocknar dock när hon ser gubben Gustavsson komma gåendes med Zorro, den bruna gamla taxen.

"God morgon unga dam" hälsar gubben Gustavsson med vänlig röst.

"God morgon" svarar hon och sätter sig ner på huk för att hälsa på Zorro. Taxen blir alltid så glad av att träffa på henne och även idag viftar han glatt med den tunna, hårda svansen mot hennes ben.

När hon kommer ut i den kyliga morgonen slår det henne att det är bra mycket kallare ute än vad det såg ut som inifrån sovrummet. Hon som precis stått och tänkt på att våren och sommaren snart är här. Tydligen inte så nära som hon föreställt sig. Först skulle hon genom mars och april med kyliga mornar och ett väder som inte kan bestämma sig.

Gångvägen mot skogsområdet där Svea brukar hålla till ligger som en lång raksträcka framför Emma. På sin vänstra sida passerar hon radhus i rödmålat trä med uteplats och små gräsmattor. Till höger finns en äng som på sommaren är fylld av vilda blommor. Nu ser den dock ut som en stor, nedtrampad gulgrå matta. På en av de där små gräsmattorna vid radhusen står en kvinna i 50-årsåldern och hänger upp tvätt på en rostig torkvinda. Kvinnan tittar åt hennes håll, ler artigt och nickar till hälsning. En vanlig etikettsregel i radhusområden, tänker Emma. Hon nickar lika artigt tillbaka och går vidare förbi.

Hon går med raska steg och skogsbrynet närmar sig. En tjej som ser ut att vara i hennes egen ålder, klädd i grön regnjacka och med hörlurar över öronen kommer gåendes med en rottweiler. Varken den stora hunden eller tjejen gör någon synbar notis om henne. Hon går förbi ekipaget och vidare in på gångvägen mellan träden.

Trädens nakna grenar fäller skuggor över asfalten där hon går. Emma vet inte riktigt åt vilket håll hon ska gå. Hon försöker minnas vad Svea sagt om sitt träd. Visst har hon sagt att trädet har en stubbe strax intill och mossa vid rötterna? Inte helt unika saker i en skog. Hur ska hon veta vilket av skogens alla träd som är Sveas?

I ögonvrån uppfattar Emma en skugga mellan trädstammarna. Hon kan på något märkligt sätt känna närvaron av Svea. En oklar förnimmelse bland träden. Hon vänder på huvudet och blickar in bland träden. På något underligt sätt får hon för sig att hon ska se Svea stå där framför henne. Men allt hon ser är trädstammar.

Känslan av en närvaro kommer över henne igen och det går en kall ilning längs ryggraden under jackan. Emma följer det hon tror är intuition, lämnar den asfalterade gångbanan bakom sig och går med bestämda steg in i skogen. Marken är fuktig och lerig vilket gör att skorna sjunker ner i det mjuka underlaget vid varje steg hon tar. Kylan och ilningen längs ryggraden återkommer och hon tycker sig se den där skuggan igen. Hon viker av åt hållet där hon uppfattat att skuggan var och ropar:

”Svea, är det du?”.

Emma får inget svar. Den tidiga vårens vindar som viner i trädtopparna är det enda som hörs. Hon går med långsammare steg och nu ser hon det. Sveas träd.

I stammen finns inristningar och den gröna mossan vid trädets rötter är nött som om någon suttit där och skavt av den. Emma går fram till trädet, tar av sig handskarna och lägger sina bara handflator mot den skrovliga, brungrå stammen. Hon sluter ögonen och ser Svea framför sig. Den där närvaron är återigen påtaglig, men när hon öppnar ögonen igen är bilden av Svea borta. Det finns ingen där. Emma ser sig om efter spår från Svea. Hennes ögon stannar upp vid stubben bredvid trädet. På stubben ligger ett vitt, bubbligt kuvert.

Kapitel 64

Pierre

Det är söndag eftermiddag. Vårsolen lyser in genom köksfönstret och sprider ett hoppfullt ljus i radhusets kök. Pierre står med disktrasan i handen och torkar av diskbänken efter att han lagat mat, diskat och plockat undan. Charlie reser sig från stolen, tackar för maten och går in på sitt rum, hela tiden med blicken ner i sin mobil.

Svea är inte hemma. Precis när Pierre skulle börja med maten kom hon ut ur sitt rum, gick förbi köket och vidare ut i hallen. Hon höll på att knyta sina vita sneakers när Pierre ställde sig i dörröppningen till hallen.

"Vi ska äta om en liten, liten stund bara" sa han vänligt.

Svea tittade på honom med de där, numera välkända, rödkantade ögonen. Pierre förstod att hon hade gråtit men ville inte lägga mer press på henne genom att konfrontera det.

"Jag äter sen" sa Svea, gick ut och stängde ytterdörren efter sig.

Pierre öppnade munnen för att säga någonting men ångrade sig innan något hann komma ut. Han tänkte att hon nog behövde vara ifred.

Nu har det gått över två timmar sedan Svea gick ut genom dörren. Pierre kollar skärmen på sin mobil. Inga livstecken från Svea. Han öppnar appen där han kan se vart hennes mobil befinner sig. Det tar en stund, han stirrar på cirkeln av prickar som indikerar att appen laddar. Nuvarande plats för Sveas mobil visas.

Vattentornet. Det är i sig inget ovanligt att Svea försvinner ut och tar långa promenader ensam. Hon brukar gå till skogen som ligger strax bortanför radhusområdet där de bor. Idag har hon tydligen gått åt andra hållet. Mot sin mammas hus, vidare ner mot järnvägsspåren och bort till vattentornet. För sitt inre kan han se Svea sitta i gräset vid foten av en av vattentornets jättelika betongpelare och drömskt titta upp mot den ljusblå vårhimlen.

Bara hon inte gör något dumt, tänker han för sig själv. Han skakar på huvudet för att få bort den hemska tanken ur huvudet. Sveas mående har blivit sämre och sämre under de senaste månaderna. Psykologen har i och för sig berättat att hon gör vissa framsteg i terapin, men att det går väldigt långsamt. Men inte skulle hon väl... nej. Inte Svea.

När det gick upp för honom att Svea led av psykisk ohälsa och ångest hade han först reagerat med förvåning. Svea som, inför honom, alltid verkat glad och haft många kompisar. Få kompisar som besökt deras hem, men hon pratade ofta om olika människor. Om roliga diskussioner i skolan och fester som ägt rum. Han föreställde sig att hon var lycklig och trivdes med sitt liv. Samtidigt måste han erkänna att det funnits något som skavt inom honom. En känsla han valde att trycka undan. Men han har många gånger tänkt att Svea inte är som andra barn. Hon hade alltid varit lite annorlunda.

Så kom det där samtalet från skolan. Kuratorn ringde och bad honom komma eftersom Svea haft en panikångestattack i matsalen. Han minns när han kom in på skolgården och mötte Svea som gick med rödgråtet ansikte mot honom. Hon lutade sig in i hans famn och han lade armarna om henne. Han hade inte sagt någonting, inte frågat någonting. Bara kramat. Hållit om. Kysst henne försiktigt på pannan, precis som han brukar. De hade gått tillsammans mot bilen och åkt hem under tystnad. Tiden efter den där dagen har varit väldigt mörk och tuff. Det har gått många, långa månader med depression, hemmasittande, psykologbesök och möten med skolan.

Pierres funderingar avbryts av att dörrklockan ringer. Två snabba signaler ljuder. Han samlar sig, hänger den fuktiga disktrasan över kökskranen och går ut i hallen.

En blå skugga skymtar genom det frostade glaset i fönstret bredvid dörren. En polis? En kyla sprider sig inombords. Järnvägen, hinner han tänka innan han öppnar dörren och står öga mot öga med en manlig polis i blå uniform, med mössan i handen.

"Får vi komma in en stund?".

Polisen pratar lugnt och kastar en blick in mot hallen bakom Pierre.

Bredvid polisen står en präst i stickad tröja och jeans. Under tröjan har han en skjorta med prästkragen. Utan att säga något flyttar Pierre sig åt sidan och släpper in dem i hallen.

"Finns det någonstans vi kan sätta oss" frågar polisen, fortfarande med samma lugna röst.

Pierre kan inte få fram ett enda ord, men visar in dem i köket och pekar på det runda köksbordet med fyra stolar. Polisen ber honom sätta sig och därefter slår de två sig ner på varsin stol.

Kylan inuti Pierre har nu förvandlats till en stor, svart klump av ångest. Något är fel. Något är så in i helvete fel. Han tittar på polisen och därefter på prästen.

"Vad är det som har hänt?!".

Han ställer frågan han inte vill ha svaret på och drar handen över ansiktet. Inte järnvägen. Inte järnvägen.

"Jag är så ledsen att behöva komma till dig och säga det här", säger den lugna polisen. "Vi har hittat din dotter vid foten av vattentornet".

"Ja, jag såg i mobilen att hon var där".

Ett litet hopp tänds inom Pierre. De nämner inget om järnvägen.

"Hon är död" fortsätter polisen. "Det ser ut som att hon fallit ner från vattentornet, men vår utredning får utvisa exakt vad det är som inträffat".

Pierre känner hur färgen rinner bort från ansiktet. Den svarta klumpen i magen tränger upp genom bröstkorgen, vidare upp i halsen och illamåendet tar över. Han reser sig hastigt och springer fram till diskhon och kräks. Tårarna börja rinna ner för hans kinder. Han torkar av munnen med baksidan av handen och vänder sig mot polisen.

”Död?” viskar han nästan ohörbart.

Nu tar prästen till orda.

”Finns det någon vi kan ringa?” säger han med sin mörka röst.
”Någon som kan komma och hålla dig sällskap?”.

Pierre kan inte ta in vad de säger. Svea. Död. Vattentorn. Fall.
Han känner hur allting blir svart.

Kapitel 65

Mia

Mia är på väg hem från ett besök på nagelsalongen med musik i lurarna. Musiken bryts när det ringer. Hon tar upp mobilen ur fickan och ser att det är Charlie. Hon trycker bort samtalet och tänker att hon ska ringa honom senare. Hon svänger runt vid restaurangen på hörnet, går över den nästan tomma parkeringen och slår in portkoden för att komma in i trapphuset. I ögonvrån registrerar hon att det ligger en tom flaska av hennes favoritprosecco nedanför stentrappan som leder upp till dörren. Hon hinner inte reflektera så mycket mer över det eftersom hennes mobil ringer igen. Det är Charlie igen. Hon klickar på den gröna luren den här gången.

"Hej det är mamma".

Hon klämmer fast mobilen mellan örat och axeln samtidigt som hon tar ut posten ur postfacket innanför porten.

Det är tyst i andra änden.

"Charlie...?".

Hon hör hur någon gråter i bakgrunden och att även Charlie snyftar tyst.

"Mamma..." säger Charlie till slut med en röst som knappt håller. "Svea är död. Polisen har varit här och prästen. Pappa svimmade och jag visste inte vem jag skulle ringa. Vattentornet har fallit ner och... och... Svea är död".

Charlie pratar snabbt och osammanhängande med bruten röst.

Mia försöker ta in vad det är han säger. Något har fallit, någon har svimmat och någon är död.

"Får jag prata med pappa, Charlie" ber hon.

Hon hör hur Charlie förflyttar sig och Pierres ostadiga röst hörs snart i luren.

"Svea är död. Svea är död. Svea är död. Fattar du det?! Hon har hoppat från vattentornet. Hon är död".

Hans röst blir starkare och det sista fullkomligt skriker han ut.

Samtalet bryts och hon står där i trapphuset med mobilen i handen. Hon känner hur det börjar snurra i huvudet och sätter sig ner i trappan. Något bubblar inuti henne, som en skakad flaska champagne, precis innan man öppnar den. Hon lägger ena handen mot halsen och upprepar tyst för sig själv, för att förstå vad hon precis hört; "Svea är död".

Kapitel 66

Emma

Emma böjer sig och tar upp det vita kuvertet som ligger på stubben. Det känns fuktigt mot hennes kalla fingrar. Droppar av vatten har gjort ytan på papperet alldeles bubblig. Kuvertet har ingen text. Ingen adress. Hon vänder på det. Ingen avsändare. Emma förstår ändå att innehållet i kuvertet är kopplat till Svea. Men hur? Om någon lämnat ett brev till Svea här är det ju inte Emmas sak att öppna och läsa det. Det vore ett intrång hon inte vill göra. Men tänk om brevet i kuvertet är från Svea… Då måste hon läsa. Emma vågar inte tänka klart tanken.

Emma står kvar där på den fuktiga marken med kuvertet i handen och hennes blick vandrar runt bland träden. Hon kan inte släppa närvaron hon känner av. Upplevelsen av att vara iakttagen på avstånd där hon står. Jag måste öppna och se vad det här handlar om, tänker hon. Känslan inom henne är så stark. Hon kan inte förklara det men det är som att en inre röst, gång på gång, uppmanar henne att öppna kuvertet. En röst inuti huvudet, som säger att innehållet i kuvertet är tillägnat henne.

Emma river försiktigt upp hörnet på kuvertet, sticker in pekfingret och sprättar upp det längs långsidan. Inuti kuvertet ligger ett hopvikt papper. Ett utrivet blad ur ett randigt kollegieblock, fuktigt och noggrant vikt fyra gånger. Emma vecklar ut det fuktiga papperet och ser de prydliga bokstäverna, skrivna med blått bläck.

Min ork är slut. Min kamp är över. Jag har ingen ångest längre när du läser detta. Känslostormarna har lagt sig och min tillvaro är lugn. Precis som din tillvaro kommer att bli. Precis som allas tillvaro kommer att bli.

Mina känslostormar har alltid drabbat alla runt omkring mig lika mycket som dom drabbat mig. Mamma orkade inte vara kvar. Pappa blev lämnad ensam. Charlie har fått leva sitt liv i skuggan av mig. Allt kommer bli lugnare och bättre när jag inte finns längre.
Jag hoppas att jag vågar. Jag hoppas att jag hittar ett sätt. Ett sätt som inte gör ont och skapar så lite problem som möjligt.

Tack för att du alltid lyssnat och velat förstå mig.
Förlåt för allt.
Kram Svea.

Med tårfyllda ögon läser Emma brevet från Svea. Tårarna börjar rinna utmed hennes kinder när insikten slår henne. Nu förstår hon varför Svea inte svarat på hennes sms och varit omöjlig att få tag på. Den starka känslan om att något är fel stämmer. Hon läser brevet igen. Försöker att förstå och skapa klarhet men det svartnar framför ögonen på henne. Yrseln gör att hon sätter sig ner på stubben. Synen återvänder, men hon famlar fortfarande i mörkret som fyller henne. Tårar droppar från hakan ner på brevet i hennes händer. Frågor börjar poppa upp som popcorn i skallen. Vad har hon gjort? Vad har Svea gjort? Vad ska hon göra med brevet? Vet Pierre och Mia?

Emma viker försiktigt ihop brevet igen och lägger tillbaka det i kuvertet. Hon reser sig från stubben, stoppar ner kuvertet i innerfickan på sin jacka och drar den tätt omkring kroppen. Hon lägger återigen händerna mot trädet med inristningar. Minnen från Sveas alla stunder i skogen finns där i trädets stam. Emma blir ståendes kvar vid trädet, försjunken i mörka tankar.

Kapitel 67

Mia

Mia vet ju att Svea inte mått helt bra den senaste tiden. Pierre har inte ens lyckats få i väg henne till skolan och hon har regelbundet gått till en psykolog och pratat varje vecka. Det är relativt knapphändig information hon fått, via sms från Pierre, men lite insatt tycker hon sig ändå vara. Mia tänker tillbaka på den där dagen då Svea varit hemma hos henne och bakat äppelpaj. Hon var så ledsen. Tyngd av något, men Mia kunde inte sätta fingret på vad det var. Hon hade inte fått ur Svea något om det heller.

En granne går förbi henne där hon sitter i trappan men hon tittar inte ens upp på honom. Hennes Svea finns inte mer. Hon är borta. Eller? Det går inte att greppa det här. Går inte att förstå.

När hon till slut ska resa på sig för att gå vidare upp i lägenheten har hennes ena fot somnat. Hon blir därför ståendes, väntande på att stickningarna i foten ska gå över. När hon äntligen kan sätta ner foten igen börjar hon småspringa upp för trappan och när hon kommer upp till avsatsen där hon bor ser hon på en gång att dörren till lägenheten är olåst. En våg av oro sköljer över henne. Har någon tagit sin in? Har hon haft inbrott nu också till råga på allt?

Innanför dörren ligger den vita jackhängaren på golvet. Mia lyfter upp den och ställer den på sin plats. Hon ser att hennes svarta jacka saknas. Mia fortsätter att se sig om i hallen och upptäcker då Sveas ryggsäck slängd mitt på hallgolvet. Hon har varit här, tänker Mia. Svea har varit här.

Hon går ut i köket och öppnar kylen, precis som Svea brukar göra när hon kommer. Hon ser att flaskan med Prosecco hon öppnade i sin ensamhet häromkvällen är borta. Då var det den flaskan som låg där nere vid yttertrappan, tänker hon. Den tidigare oron över att det varit någon främling inne i lägenheten lägger sig. Det är bara Svea som varit här. Mia stänger och låser dörren, går ut i köket och sätter sig vid köksbordet.

Vattentornet ligger inte alls långt härifrån tänker Mia. Svea måste ha kommit hit, rivit halva hallen, druckit bubbel ur kylen och gått i väg. Mia hade inte varit borta någon lång stund hemifrån, två timmar kanske. Max. Hon hade bara gjort manikyr och pedikyr och gått direkt hem igen.

Hon tar upp mobilen och skriver ett sms till Pierre.

Svea har varit här. Druckit bubbel och tagit min svarta jacka.

Hon lägger ner mobilen och tittar med tom blick ut genom köksfönstret. Vad sjutton är det som har hänt?

Kapitel 68

Pierre

Med tom blick och blekt ansikte vandrar Pierre på trottoaren vid sidan av gatan fram mot Mias hus. Samtalet från Emma hade kastat honom ännu längre in i det totala mörker där han nu befann sig. Ett brev. Det finns ett brev från Svea. Emma vill möta honom och Mia för att överlämna brevet. Han behöver komma bort. Han står inte ut med att vara i radhuset och hade därför föreslagit att de skulle träffas hemma hos Mia.

I samtalet med Emma hade Pierre börjat med att berätta vad som hänt. Med trött röst hade han återberättat det polisen sagt till honom. Emma sade att hon haft en känsla av att något var fel, även innan hon läst brevet. Hon hade försökt få kontakt med Svea under dagen igår, men inte fått något svar. Men att Svea faktiskt var död och hur det hade skett, det visste inte Emma när hon ringde honom.

Utanför porten till Mias hus ser han att Emma står och väntar på honom. De ger varandra en kort kram som varken känns varm eller stel. Bara helt neutral, men ändå genuin på något sätt. Hur ska de annars hälsa på varandra i denna stund? Vad ska de säga?

Det korta omfamnandet ersätter alla de ord han ändå inte kan uttrycka. Han är helt tom. Han ser in i Emmas rödsprängda ögon. Hennes kinder har spår av torkade tårar. Pierre lyfter handen och smeker Emma försiktigt över ena kinden. För att torka bort tårarna som redan torkat in. Hon ser på honom med ett uttryck som bara kan tolkas som medlidande.

Pierre går efter Emma in genom porten och med långsamma steg tar de trappan upp och knackar på Mias lägenhetsdörr. Mia öppnar nästan direkt. Hon är klädd i träningskläder med håret rufsigt och otvättat. Strax bakom henne ligger Bjarne i en hundkorg och sneglar upp mot honom. Mia ser på Pierre och brister i gråt i samma sekund hon faller in i hans famn. Han står där i hallen med Mia i sina armar, skakandes av gråt. Ingen av dem säger någonting.

”Jag är så ledsen för er skull”.

Emma är den som bryter tystnaden och lägger armarna om dem båda. De står där tillsammans en lång stund. Uppfyllda av stunden och trygga med varandra i sorgen.

”Jag gick till skogen”. Emma bryter tystnaden och både Pierre och Mia vänder sig och tittar på henne.

”Jag gick till skogen och letade rätt på hennes träd” fortsätter Emma.

”Hennes träd?” frågar Mia.

”Hon har en plats dit hon brukar gå” förklarar Pierre. ”Ett träd där hon sitter och läser”.

Mia nickar mot honom.

”Vid trädet låg ett kuvert” säger Emma och tar upp ett vitt kuvert ur innerfickan på sin jacka.

Hon sträcker över kuvertet till Pierre som släpper taget om Mia. Med darrande händer tar han emot det bubbliga, vita kuvertet men står bara och stirrar på det.

”Vad står det?” frågar han Emma.

Han ser att Emmas ögon fylls med tårar.

”Du får öppna och läsa. Men sätt dig ner, snälla” säger hon till honom och lägger en hand på hans axel.

Pierre tänker att det är bäst att göra som hon säger och han går in i vardagsrummet för att sätta sig i soffan. Mia kommer efter och slår sig ned alldeles intill honom. Emma sätter sig i den grå fåtöljen mittemot.

Pierres händer har nu övergått från att darra till att skaka. Ända från fingertopparna upp till armbågarna skakar han. Efter ett djupt andetag i ett försök att samla sig och sluta skaka öppnar han kuvertet. Han tar fram det hopvikta papperet. Fingrarna fipplar när han viker upp brevet.

Han läser. Han läser igen, och stirrar med tom blick framför sig.

"Vad står det?" frågar Mia med darrande röst och lägger armen om hans axlar.

Pierre kan inte svara henne. Han känner sig varm och kall samtidigt, fryser och svettas på samma gång. Det känns som en sten rör runt i magen och illamåendet väller upp inom honom. Han sväljer gång på gång och försöker andas lugnt. Han känner hur Emma sätter sig bredvid honom i soffan, tar brevet ur hans händer och ser i ögonvrån att hon lämnar över det till Mia.

Kapitel 69

Mia

Mia står och väntar på att vattnet i vattenkokaren på köksbänken ska böja koka. I trans plockar hon fram tepåsar och honung ur skåpet och lägger tepåsarna i de två röda kopparna hon ställt fram på bänken. Emma har lämnat lägenheten nu. Pierre sitter fortfarande i soffan inne i vardagsrummet och stirrar tomt framför sig.

Mia tänker att det finns flera sätt en människa kan välja att reagera på i krissituationer. Pierre har bara frusit. Stelnat. Helt oförmögen att göra någonting överhuvudtaget. Emma stelnade inte. Hon grät i stället under hela tiden hon var där. Tyst och stilla rann tårar.

Själv känner Mia ett starkt behov av att ha någonting att göra för att tränga bort alla jobbiga känslor som rör sig inom henne. Om hon skulle välja att sitta still och känna efter för mycket är hon rädd att hon aldrig skulle ta sig tillbaka igen, utan bli sittande där ungefär som Pierre. Sorgen, och mörkret den för med sig, är alldeles för skrämmande för henne att möta.

Därför står hon nu och gör något så vardagligt som te. Hon känner sig helt avstängd och omgivningen upplevs väldigt långt borta. Där i sin bubbla häller hon upp kokande vatten i kopparna, tar fram teskedar ur lådan, tar honung och med en sked i varje hand rör hon runt i kopparna. Hon fokuserar på att få honungen att lösa upp sig i det varma teet. När tepåsarna legat och dragit tillräckligt länge lyfter hon ur dem och slänger dem i vasken. Hon hinner tänka för sig själv att hon borde slänga dem direkt i soporna i stället. Hon fullkomligt avskyr när det ligger skräp i vasken på det där sättet. Men hon låter tepåsarna ligga där och de skapar bruna fläckar i den rostfria hon.

Hon ställer kopparna på en bricka och återvänder till Pierre i vardagsrummet. Pierre tittar upp på henne när hon kommer in i rummet med tebrickan. Hans blick är lika innehållslös som tidigare. Bjarne har hoppat upp i soffan och har huvudet mot Pierres ena ben.

"Jag gjorde lite te åt oss" säger hon och ställer försiktigt ner brickan framför honom på bordet.

"Finns det någon sanning i det hon skrev?" frågar han med grumlig röst.

"Vad menar du med det?".

Mia känner sig med ens förorättad. Kränkt av hans insinuerande.

"Att du lämnade för att du inte orkade leva med henne, att Charlie hela tiden levt i skuggan av henne..." svarar han och vänder sig mot henne i soffan.

Mia känner hur irritationen växer inom henne. Menar han att det här är hennes fel? Menar han att det är hon som orsakat Sveas död genom sitt val att lämna familjen? Hon tittar på Pierre och ser hur tårarna rinner ner för hans kinder och droppar vidare ner på jeansen.

"Har vi gjort det här mot henne?" fortsätter Pierre innan hon hinner svara på hans första fråga.

Pierres gråt tilltar och Mia känner hur irritationen dämpas och byts ut mot behovet av att trösta Pierre.

"Självklart har vi inte det" säger hon och tar hans båda händer i sina. "Vi kunde säkert ha gjort saker annorlunda, absolut. Varit bättre på att lyssna. Bättre på att försöka förstå. Men Svea har uppenbarligen mått dåligt på ett sätt vi inte kunnat hantera".

"Du vet att hon har skadat sig själv?" säger Pierre och håller hårt om hennes händer.

Som ett rinnande vatten berättar Pierre om Sveas mående och om hur de haft det där hemma i radhuset efter att hon lämnat dem. När han pratar om att Svea skadat sig själv med tändaren bryts rösten och han tystnar en stund. Som för att samla sig. Han verkar inte vilja bryta ihop nu, där mitt framför henne.

Han torkar tårarna och fortsätter med en mer samlad röst. Pratar om ensamhet och längtan efter henne. Om det mörka hål han befunnit sig i efter hon lämnat honom. Han pratar om möten med skolan som han besparat henne i tron på att hon skulle må sämre om hon visste hur illa det var.

Mia berörs av hur mån han fortfarande är om henne och hennes mående, trots allt hon uppenbarligen utsatt honom för. Hon förstår också hur lite delaktig hon varit i sin dotters liv. Hur mycket fokus hon lagt på sig själv för att må bra igen. Så mycket fokus att andra hade blivit lidande. Hon har aldrig menat det så. Aldrig ens tänkt tanken. Hon har levt i tron om att Svea haft det bättre med Pierre, utan hennes inblandning. Att de ständiga konflikter hon och Svea haft genom åren varit det som gjort att Svea mått dåligt. Att allt därför blev bättre när hon lämnade.

Så otroligt fel hon haft om allt. Hon inser det nu.

Kapitel 70

Mia

Mia är på besök i det gula radhuset. Hon och Pierre har lyckats med konststycket att hålla sams i flera timmar, trots att de befinner sig under samma tak, dessutom i deras tidigare gemensamma hem. Det är som att hennes upplevelse av instängdhet och förlorad kärlek har lagts åt sidan och i stället är situationen uppslukad av en övermäktig gemensam sorg. En gemensam saknad. En gemensam tomhet.

Pierre är den enda människa på jorden som fullt ut kan förstå hur hon känner. I ett tidigare liv ville hon bort. Här och nu är Pierre, Svea och Charlie de enda människor hon vill vara nära. Hon känner tydligt att hon är närmare Svea när hon befinner sig här i radhuset. Tomheten efter Svea präglar hemmet.

Mia hör hur Pierre grejar ute i köket. Ett puttrande ljud från kaffebryggaren, skramlandet av kaffekoppar och prasslandet med en påse som tas fram ur ett skåp. Mia står ensam inne på Sveas rum. Hon står mitt på den runda, mjuka mattan som för en gångs skull är helt synlig. Ingen stökar till här inne längre. Tanken på att det inte finns någon Svea som slänger saker på golvet skapar en smärtsam ilning från huvudet och ända ner i tårna.

Tårar fyller ögonen. Mia drar en djup suck, blinkar några gånger för att få bort tårarna och sätter sig på sängen. Sveas kudde ser mjuk och inbjudande ut. Mia trycker ansiktet mot kudden och drar in doften av… sköljmedel. Varför har han tvättat sängkläderna? Varför har han tvättat bort all doft av deras Svea. Mia kramar hårt om kudden när hon känner någonting hårt som ligger på madrassen under kudden. Det är en bok. En anteckningsbok med svarta, blanka pärmar.

Mia tar fram den svarta anteckningsboken och sätter sig till rätta i sängen med kuddar bakom ryggen. Hon öppnar pärmarna och börjar, utan någon närmare eftertanke, att läsa. "Saker jag vill förändra, del 1 om klimatförändringar" läser hon på första sidan. Mia bläddrar vidare bland Sveas anteckningar och reflekterar över hur klokt hon tänker, denna unga kvinna. Mia hade ingen aning om att allt detta rörde sig inne i dotterns huvud. Anteckningarna berör viktiga och aktuella samhällsproblem blandas med Sveas personliga problem och en bekymrad tonårings dagboksanteckningar. Starka åsikter, ångest och filosoferande i en salig blandning, skrivet av en femtonårig tjej med livet framför sig.

Mia dras in i vad som är en berättelse om det senaste året i hennes dotters liv. Många tankar och situationer som inträffat fastän hon inte haft en aning. Ett psykiskt illamående hon som mamma inte förstått. Inte fullt ut i alla fall. En påtaglig känsla av skuld kommer över Mia och lägger sig som en tung, blöt filt på axlarna. Om hon ändå hade vetat. Om hon hade förstått hur det låg till. Om hon hade funnits där. Men hade hon kunnat göra något? Hade det gjort någon skillnad för det som sedan hände?

Tankarna snurrar som en karusell i huvudet och blir till slut övermäktiga för Mia att hantera. Hon slår ihop anteckningsboken och lägger varsamt tillbaka den på madrassen under kudden, precis som den låg när hon hittade den. Med tårar i ögonen lämnar hon rummet och går ut i köket.

Där står Pierre med bar överkropp i sina blå jeans. Han har kaffekannan i handen och i färd med att hälla upp rykande, svart kaffe i de vita kopparna hon själv en gång köpt till deras gemensamma hem. När han ser henne ställer han ner kaffekannan och kommer mot henne med öppen famn. Mia lägger huvudet mot hans bröst och känner hans varma armar om henne. Det finns ingen bättre än han, tänker hon. Det har aldrig funnits någon bättre.

Kapitel 71

Pierre

Pierre öppnar ögonen och för en sekund undrar han på vilken plats och i vilken tidsålder han befinner sig. Han känner en arm runt sin midja och minns. Mia. Han vänder sig försiktigt mot henne. Hennes ögon är slutna och hon andas lugnt. Håret ligger trassligt mot kudden och han kan inte motstå frestelsen att böja sig fram för att dra in doften av henne. Han kysser försiktigt hennes läppar och hon öppnar ögonen och ser på honom.

”Godmorgon”.

Han och smeker henne kärleksfullt över axeln.

”Godmorgon” säger Mia och kryper närmare intill honom under det stora täcket.

Hon kysser honom på bröstet och han känner hur kroppen spritter av den lätta beröringen. Mia vänder upp huvudet mot honom och ser honom djupt in i ögonen. Det känns så välbekant och som det mest naturliga i världen.

”Vart var vi…?” säger hon dröjande och fortsätter kyssa honom över bröstkorgen. Under tiden hennes händer letar sig ner längs hans kropp minns han att de somnat ifrån allting igår. Närheten och intimiteten Mia verkar ha längtat efter lika mycket som han själv, uteblev.

De satt länge i den blå soffan igår kväll och pratade om Svea. Saknaden. Tomheten. Ensamheten. Sorgen. Den känslomässiga stunden väckte en längtan inom honom. En längtan efter närhet, Mias hud mot hans, hans läppar mot hennes. Pierre lutade sig fram mot Mia, tog ett lätt tag om hennes haka med sin hand och kysste henne. Först frågande och lite avvaktande. Därefter mer självklart och intensivt. Hennes läppar smakade salt av alla tårar som runnit.

Han tog hennes hand, som så många gånger förr, och ledde henne in till sovrummet. Tog av henne alla kläder och därefter tog han av sina egna.

Väl nedkrupna under det stora täcket slog tröttheten fullkomligt ut dem båda. Känslorna var starka men orken var slut. Vilket resulterade i att de somnade tätt intill varandra.

Nu var han emellertid mer än lovligt vaken. Känslan inom honom av spänning, berusning och lust gjorde att han nu visste precis vart han var och vad som skulle hända. Mias välbekanta linjer. Hennes doft. Hennes händer som rör sig över hans kropp. Han lyfter upp henne och lägger ner henne på rygg bredvid sig. Långsamt drar han sitt pekfinger från den lilla gropen mellan hennes nyckelben, vidare ner mellan brösten och ner till naveln. Mia skrattar till. Pierre skrattar inte. I stället lägger han sig över henne. Tar kommandot över situationen. Gör det han så länge längtat efter att göra. Känner hennes värme omsluta honom. Se hur hon böjer huvudet bakåt när hon njuter. Njutning som han skänker henne.

Kapitel 72

Mia

Mia hör hur från sovrummet i radhuset hur kaffebryggaren puttrar och slänger benen över sängkanten. Hon kikar runt i rummet i jakt på något att ta på sig innan hon går ut i köket. En av Pierres alla t-shirtar hänger slängd över stolen vid fönstret och hon sträcker sig efter den. T-shirten doftar av honom. Den där välbekanta parfymen. Sköljmedlet hon alltid varit på honom om att han överdoserade. Hon andas in doften i hela sig med ett djupt andetag och drar t-shirten över huvudet. Sina trosor hittar hon överst i en stor hög på golvet där alla deras kläder från igår kväll ligger slarvigt slängda.

Pierre står vid spisen och rör runt i äggröran. Hon lägger armarna om hans midja bakifrån och kysser honom lätt på axeln.

"Det ser gott ut" säger hon och känner hur obekväm hon blir av situationen.

Så många gånger tidigare har hon kommit upp för att äta frukost i det här köket. Fasiken, det hade ju till och med en gång varit hennes kök. Hennes hem. Ändå känns det precis som att hon nu är på besök hemma hos en främling.

Mia sätter sig på en av stolarna vid köksbordet och tittar på Pierre där vid spisen. Så många gånger han hade lagat helgfrukost åt henne och barnen utan att hon på riktigt visat honom den uppskattning han förtjänar. Det känns som ett nålstick i bröstet på henne när hon tänker på det. Nu är det bara tre av dem kvar.

Pierre ställer fram stekpannan med äggröra på bordet där han redan innan dukat upp till sedvanlig söndagsfrukost. En buffé av juice, uppskuren frukt, nybakt bröd och diverse pålägg.

Pierre häller upp kaffe i två koppar och ger henne den ena samtidigt som han kysser henne på pannan.

"Mamma?!".

Charlie står i dörröppningen till köket och tittar på dem med en förvånad min.

Mia tittar på sig själv och inser att hon sitter där på stolen endast iklädd trosor och Pierres t-shirt. Hon känner sig generad men vänder blicken mot Charlie och rycker på axlarna.

"Godmorgon gubben".

Charlies blick går fram och tillbaka mellan henne och Pierre. Mia kan inte avgöra vad han tänker om det här. När situationen verkar ha sjunkit in hos honom kommer han fram och ger henne en kram.

"Godmorgon morsan".

Charlie har ett kärleksfullt, om än något sarkastiskt, tonfall.

Han vet så väl att hon hatar att bli kallad morsan.

"Sätt dig och ät lite frukost" säger Pierre glatt och gör en gest mot stolen bredvid Mia.

Charlie sätter sig med en suck och Mia ser ledsenheten i hans ansikte. Hon stryker honom över kinden.

"Vi saknar henne också, gubben".

Kapitel 73

Svea

Den vita kyrkan tornar upp sig som en kalkstensstaty i den kyliga junimorgonen. Syrenerna blommar och det doftar morgonfuktig försommar. Körsbärsträdet bakom kyrkan är på väg att blomma över och den svaga vinden för med sig de små ljusrosa blombladen uppåt. Från min plats vid kyrkans tak ser jag naturen lysa av grönt i olika nyanser. Jag ser grusgången av miljontals stenar i grått och den perfekt kantklippta gräskanten utmed grusgången från grinden vid parkeringen fram till kyrktrappan.

Gravstenar står i rader med de där små, små rabatterna framför. Vid vissa gravstenar står det utbrända gravljus. Vid andra finns planterade blommor eller vaser med vissnande buketter. En av stenarna har en vit duva i porslin på ovansidan.

Från kyrktaket kan jag förstås inte se att det är en duva. Det kan lika gärna vara en katt. Eller en hund. Eller något helt annat. En stor tredimensionell fågelskit kanske. Jag skulle kunna sväva ner och se efter vad det är. Men det behöver jag inte. Jag vet att det är en duva.

Utanför kyrkporten står människor. Massor av människor. Unga och gamla. Några håller om varandra. Några gråter tyst. Andra ser ut att prata med varandra. Nästan alla som står där nere har en blomma i handen. En rosa blomma. Varför har de rosa blommor? Har ingen talat om för dem att jag inte gillar rosa? Jag gillar grönt. Som träden, gräset, naturen. Som skogen. Inte rosa. Jävla mamma.

Jag ser att Shira står tillsammans med sin mamma. Hon är blek om kinderna, min Shira. Emma är också där. Hon står ensam. Med sina stora solglasögon och sitt röda läppstift ser hon ut som en

239

filmstjärna redo för röda mattan.

En taxi stannar på parkeringen utanför grinden. Chauffören kliver ut, går runt bilen och öppnar bakre passagerardörren. Jag ser pappa kliva ut, tätt följt av mamma. Det är fint att de verkar ha funnit varandra igen. Det är fint att jag kunde ordna det, bara genom att försvinna. Pappa har solglasögon på sig, men jag ser. Jag ser hur tårarna runnit över hans kinder. Hur de torkat in, för att strax efter igen blötas ner av nya.

De går långsamt genom grinden, vidare längs den grå grusgången. Han går med axlarna sänkta och huvudet lätt böjt. Hon går tätt intill med sin vänstra hand försiktigt mot nedre delen av hans rygg. Hon ser bekymrad ut. Ledsen och bekymrad. Jag skulle tro att hon egentligen är lättad. Ett problem är liksom ur världen för henne.

Charlie har också klivit ur bilen och jag ser honom stå vid soptunnan strax bortanför grinden. Han ser sorgsen ut. Jag tror att han på riktigt saknar mig.

Mamma har lämnat pappas sida nu och är på väg fram till Charlie. Hon tar honom under armen och de går tillsammans mot kyrkporten och försvinner in i kyrkan.

Efter dem går alla människor med rosa blommor. En efter en går de in genom porten och till slut är det bara pappa och prästen kvar utanför på gruset. Prästen tittar på pappa och ser ut att säga någonting. Något bibliskt och tröstande förmodligen. Prästen lägger armen om pappas axlar innan de går in i kyrkan. Bakom dem slår porten igen med ett gnisslande ljud följt av en duns.

Det blåser här uppe. Jag ser grönskan uppifrån och några få blomblad som med vindens hjälp tar sig ända hit. Nu är alla där inne. I den stora kyrksalen med vackra takmålningar från längesedan. Längst fram står en vit kista i trä. Ett fotografi av mig står ovanpå kistan. Runt ramen till fotografiet slingrar murgröna. Min favoritväxt. Grön. Växer och sprider sig likt ett ogräs i det vilda, men vissnar utan tillsyn och rätt förutsättningar om man planterar den inomhus. Påminner lite om mig själv.

Kapitel 74

Pierre

En kort sekund efter Pierre vaknat i sin säng känns det som att allt är som vanligt. Men så snart han slår upp ögonen kommer allt över honom igen. Han begravde sin dotter igår. Den vita kistan i kyrkan med alla blommorna. Ramen med fotografiet på Svea som stod där ovanpå kistlocket. Alla människor som kommit till kyrkan för att ta farväl. Prästen som talade. Berättade om Svea. Kistan som bars ut ur kyrkan, vidare längs grusgången till graven som förberetts på baksidan.

Sveas närvaro var påtaglig. Som om hon var där med dem i den svåra stunden och såg alla sorgsna ansikten, rödgråtna ögon och våta kinder. Mia fanns vid hans sida. Hon verkar på något konstigt sätt hantera förlusten så mycket bättre än han själv. Hon är samlad, saklig och handlingskraftig. Medan han själv bara känner sig tom och inte vet vart han ska göra av alla känslor. Han vet inte hur han ska fylla tomrummet eller hur han ska skingra mörkret.

Han känner en hand på sin axel och påminns om att Mia ligger bredvid honom i sängen. De hade varit tillsammans nästan dygnet runt de senaste veckorna. Sorgen har förenat dem. Gjort dem till en sammansvetsad familj igen. Tryggheten i att ha varandra att luta sig mot gör att allt gammalt groll känns meningslöst. Hur än framtiden mellan dem kommer att bli, är han glad för att hon finns här för honom och Charlie. Hon håller dem båda ovanför vattenytan.

Mia går upp ur sängen, tar på sig hans vita morgonrock och han hör hur hon går ut i köket. Strax efter hör han kaffebryggaren och känner hur doften av rostat bröd letar sig ända in till sängen. Utan Mia hade han förmodligen inte ätit alls. Han hade tynat bort till en våt fläck som skulle torka upp och försvinna. Dunsta. Kanske skulle det vara lika bra. Han vet inte hur han ska kunna överleva detta.

Kaffet har lämnat en brun avfärgning i botten på den vita koppen. Smulorna från det rostade brödet ligger på assietten framför honom. Mia vattnar blommorna i köksfönstret. Han behöver komma ut. Bort. Och samtidigt närmare.

Gröna träd, mossa och grenar på marken. Himlen ovanför honom täcks av små, vita moln mot den ljusblå bakgrunden. Pierre vandrar till synes planlöst på stigen genom skogen. Han försöker vara här och nu. Andas och ta in skogens lugn. Han känner Sveas närvaro i varje steg han tar. Detta är hennes skog. Hennes tillflyktsort. Han funderar över hur hon känt sig när hon varit här. Kunde hon känna lugnet från trädens grönska som han nu känner. Eller tog hennes ångest över allt annat?

Han stannar till vid ett träd med mossa växandes runt rötterna. I trädets stam finns små symboler inristade. Hjärtan. Ögon. Bokstäver som inte bildar några ord. Han sätter sig i mossan, blundar och lutar sig mot trädstammen. För sitt inre kan han se henne. Han kan se Svea ståendes framför honom, med ryggen vänd åt hans håll. Hennes bruna, långa hår hänger ner över ryggen. Hon bara står där. Barfota i mossan, iklädd vit klänning.

Han vill att hon ska vända sig om. Han vill så gärna att hon ska vända sig om. Längtan efter att se hennes ansikte en gång till värker i honom. Bara en gång till. De blå ögonen, som en gång varit glada och pigga men som mot slutet blev mörkare och mörkare. Den ljusa hyn, rosorna på hennes kinder från ivern av att hon hade något hon ville berätta. De små, rosa läpparna som log mot honom.

Men Svea står bara kvar, med ryggen mot honom. Helvete vad han saknar henne. Tomheten känns större än han själv. Som ett svart hål han går runt i om dagarna. Ingenting betyder någonting längre.

Han känner doften av skogen. En fuktig, jordig doft som sprider sig i näsan. Skogsdoften blandar sig med doften av Svea. Den söta, välbekanta doften av hans dotter. Doften han kände när han för första gången förde hennes lilla, skalliga huvud mot sin näsa. Doften som följt med henne, under hennes nästan sextonåriga liv. Den doften. han hoppas att han aldrig glömmer bort den.

Han öppnar ögonen och inser att Svea är borta. Värmen av tårar som fyller ögonen överrumplar honom. Han försöker stänga ögonen och åter frammana bilden av henne. Tårarna rinner ner för kinderna när han inte lyckas se henne. Han känner hur trädstammen skaver mot ryggen och att skinkorna somnat. Med stor möda reser han sig och börjar gå hemåt.

Kapitel 75

Emma

Genom fönstret i köket ser Emma hur grenarna i trädet utanför blåser i takt med musiken på Spotify. Det är en spellista med instrumentala pianostycken som vanligtvis får henne att fokusera bättre. Men idag hjälper inte ens musiken. Ständigt dras blicken från datorn som står på bordet framför henne och hon stirrar i stället tomt ut genom fönstret. Meningen är att hon ska jobba och förbereda för veckan som kommer. Det är alltid massor att göra så här i slutet av läsåret och hon brukar vanligtvis gilla det. Men nu är det inte vanligtvis. Ingenting är vanligtvis.

Emmas tankar förflyttar sig från jobbförberedelser, via de dansande grenarna utanför fönstret och vidare till Sveas begravning. Inte en unge till, tänker hon. Jag kommer inte att ställa upp på att begrava en enda unge till. Hon hade i och för sig tänkt likadant vid Philips begravning minns hon. Ändå satt hon nu här igen och hade varit med när ytterligare en unge, liggandes död i en kista av trä, sänkts ner två meter under marken. Kyrkan hade varit fylld till brädden med människor under gudstjänsten. Gamla och unga. Släktingar, bekanta, elever och lärare. Shira hade varit där i sällskap med sin mamma. Pierre, Mia och Charlie hade suttit på raden längst fram, närmast kistan. Närmast sörjande. Emma hade inte kunnat förmå sig själv att titta på dem under prästens predikan. Hon kunde inte förmå sig att lyssna på prästen heller för den delen. Hennes strategi för att hantera de överväldigande känslorna av sorg var att helt stänga av. Förflytta sig själv mentalt till en bättre plats.

Så hon tänkte i stället på sina ungar. På Philip och Svea. Hon föreställde sig dem sittande tillsammans någonstans där uppe och att de kikade ner på henne där hon satt i kyrkbänken. Hon kunde höra Svea kommentera hennes val av kläder, som hon så ofta gjorde. Och hon kunde se hur Philip skrattade åt Sveas sarkastiska sätt att uttrycka sig. Så där nonchalant som bara en tonåring gör. Som om hon själv är den enda kloka människan på jorden, eller i himlen, och alla andra är helt dumma i huvudet. Emma tänkte för sig själv att Philip nog tycker om Svea. De är, eller var, så lika på många sätt.

Emma minns hur kistan bars ut ur kyrkan och vidare till ett uppgrävt hål i marken på kyrkogården. Hon kunde inte för en sekund tänka sig att Sveas lilla kropp låg i den där kistan som långsamt, till tonerna av Laleh, sänktes ner i det mörka hålet. Nej, hon satt med all säkerhet någonstans där uppe och ironiserade över blommor, väder, ordval och klädslar.

Det ringer på ytterdörren. Emma lämnar köksbordet och går för att öppna.

”Hoppas jag inte stör”.

Mia står i dörröppningen.

”Absolut inte. Tack för senast, det var en fin stund” säger Emma och gör en gest åt Mia att komma in i hallen.

”Jag ska inte stanna, jag ville bara lämna den här till dig”.

Mia räcker fram en svart anteckningsbok till henne. Sveas anteckningsbok. Den hon fått av Emma, precis som alla elever i klassen. Emma tar emot boken.

”Har hon skrivit i den?”.

”Hon har skrivit” svarar Mia och Emma ser hur hennes ögon blir blanka.

När Mia lämnat lägenheten tar Emma med sig anteckningsboken till soffan. Hon läser allt Svea skrivit. I början håller hon sig till uppgiften, saker hon vill förändra. Reflektioner över problem och situationer. Sakta övergår sedan texterna till att likna dagboksanteckningar. Dagboksanteckningar som gestaltar ett mående som långsamt försämras. För att till sist bli en dokumentation av Sveas sista tid i livet.

Vad ska hon göra med det här? Kan hon skriva en uppsats kring det? Den uppsats som Svea egentligen skulle skriva? En novell kanske?

Emma tar med sig anteckningsboken och slår sig ner vid datorn i köket. Hon öppnar ett tomt dokument och börjar skriva. Hon döper novellen till "Svea".

Kapitel 76

Pierre

Gräsmattorna i radhusområdet har börjat växa och bli gröna. I några trädgårdar står pallkragar fyllda med blommor och grönsaker som gror. Solen skiner som den bara kan göra i maj. Den försmak av sommaren som så ofta inträffar just det här datumet. 27 maj. Sveas sextonårsdag. Pierre står på uppfarten till det gula radhuset. Han är rufsig i håret och t-shirten är smutsig. Men det gör ingenting. Ingenting alls.

Flyttbilen kommer körandes längs med gatan och Pierre ser att Mia sitter i passagerarsätet. Hon vinkar åt honom och lugnet som infinner sig är som känslan av en varm sommarvind.

"Charlie!" ropar han in genom den öppna dörren. "Mamma är här, kom och hjälp till!".

Ett sömndrucket, nästan vuxet, ansikte visar sig snart i dörren. Håret står på ända även på honom, fjunen på överläppen han envisas med att odla och de blå ögonen Pierre så väl känner igen från sin spegelbild.

Charlie har förändrats sedan Svea försvann. Han umgås mer med Pierre. De kan sitta i det dunkla vardagsrummet om kvällarna och äta middag. Prata. Minnas. Gråta. Skratta. Det är fint. Fint att kunna fokusera på honom.

Chauffören parkerar lastbilen vid uppfarten, hoppar ner från förarhytten och öppnar, med viss svårighet, upp dörrarna där bak. Lastbilen är full med saker. Lådor och möbler. Mias nya liv som nu ska in och ta en given plats i deras nygamla, gemensamma hem. Senaste veckan har han och Mia lagt timmar på att rensa i radhusets alla skrymslen och vrår. Sålt möbler, slängt skräp och magasinerat lådor med grejer han inte kan förmå sig att göra sig av med. Sveas rum har de lämnat intakt. Han har städat, en gång för några veckor sedan, men annars ser det ut som det ska. Som det gjorde när Svea fortfarande var här. Fast utan kaoset.

Lastbilen är tömd. Radhuset är fyllt. Armar, händer, ben, rygg och fötter värker. Pierre ser ut genom fönstret över diskbänken där han står och häller upp vin i tre glas på en silvrig bricka. Kylt vitt vin. Det blir imma på glasen. Han lägger en isbit i varje glas för att kylan ska hålla sig, sätter en skiva lime över kanten och ska precis lyfta upp brickan när han stannar upp. Han vänder sig om och går fram till skåpet bredvid kylen. Han öppnar skåpdörren och tar fram flaggan. Flaggan som alltid står på brickan när någon i familjen fyller år. Han ställer ner flaggan mellan vinglasen, lyfter upp brickan och går ut på altanen.

På altanen sitter Mia och Charlie i varsin stol. Båda sitter med ansiktet ned i sina mobiler. De är så lika, tänker han. Så fort det blir en lugn stund, ofta när han lämnar för att hämta någonting åt dem, åker mobilerna fram. I ett tidigare liv hade detta irriterat honom. Förmodligen hade han sagt något lagom passivt aggressivt som ingen hade uppfattat. Nu känner han bara lugn och lycka när han ställer ned brickan med vinglasen och flaggan på bordet framför Mia och Charlie.

"Nu ska vi skåla för Svea" säger han och lyfter upp sitt glas mot den blå himlen.

Mia och Charlie lägger sina mobiler åt sidan och tar upp var sitt glas. De ser varandra i ögonen och skålar med glasen. Pierre tar en mental bild. På de tre glasen som slås ihop, lite för hårt vilket gör att Charlie får kallt vitt vin över handen. Den blå himlen och de grönskande träden som bakgrund.

Tänk om Svea ser oss nu. Tänk om hon sitter där uppe på radhustaket och tittar på oss. Ser att resterna av deras lilla familj är samlad. Tänk om hon trots allt är med och firar sin sextonde födelsedag.

Epilog

Jag sitter och dagdrömmer, förirrad i mina egna tankar, när jag hör ett svagt knarrande långt där nerifrån. Jag flyttar mig närmare kanten på taket och kikar försiktigt ner mot marken. Kyrkporten öppnas och prästen kliver med lugna, bestämda steg ut på kyrktrappan och vidare ut över stenarna på grusgången. Efter honom kommer sex personer som bär en vit kista mellan sig. En av dem är Charlie. Tänk att de tror att jag ligger där. Jag undrar om den är tung. Undrar hur det känns att bära ett skal. Ett skal av en nästan sextonårig tjej. Skalet av mig.

Alla människor med rosa blommor i händerna kommer på rad. Nu bär några av dem också på ett papper. Med prästen som självklar ledare går de där bakom kistan längs grusgången med den perfekta, raka gräskanten. Förbi alla gravstenarna vidare runt hörnet på kyrkan.

Jag måste flytta mig för att se och tar mig över till andra sidan. Där, bland andra gravstenar, finns ett stort, djupt, rektangulärt hål i gräset. Det är det som ska bli min grav. Det är dit pappa ska gå. I början ofta, kanske varje dag. Ju mer tid som går, desto längre kommer det bli mellan besöken. Kanske blir det bara på min födelsedag han kommer till slut. Det spelar ingen roll, jag är ju inte där.

Mamma då, tänker ni. Haha, tänker jag. Hon ville ju knappt träffa mig när jag levde. Sannolikheten att hon kommer besöka en gravsten. Är. Lika. Med. Noll. I början kommer hon kanske följa med pappa. Eftersom det är vad som förväntas av henne.

Prästen visar att kistbärarna ska placera ner kistan över hålet och alla människor samlas på gräset runt det stora, djupa hålet som nu täcks av kistan. Pappa och mamma står längst fram, hon med sin hand i hans. Charlie står en bit längre bak, med mammas Louis Vuitton i ett hårt grepp.

Det blåser och jag kan inte höra vad prästen säger. Han viftar med handen mot mig och jag duckar för att ingen ska se mig. Jag hör svaga toner av ABBAs Slipping through my fingers, fast på svenska, från en liten högtalare på gräset bredvid hålet. Bra val av musik ändå.

"… jag önskar att jag kunde stanna tiden. Och leva alla stunder om igen. Alla fina stunder…".

Ingen gråter nu. I alla fall inte vad jag kan se. Människornas ansikten ser tomma ut. Frånvarande på något sätt. Det är fint att sitta här och se på dem.

Jag ser när kistans sänks ner i hålet. Jag ser hur alla människorna, en efter en, går fram och lägger ner sina rosa blommor i hålet. Blommorna faller ner på kistans lock och jag föreställer mig hur det skulle låta om jag låg där i kistan. Som små, små dunsar på locket.

Jag ser att pappa har vänt sig mot mamma nu och lutar sitt huvud mot hennes axel. Mamma har solglasögon på sig så jag kan inte se om hon gråter. Jag ser hur pappas kropp skakar. Stackars pappa. Jag är så ledsen för att jag var tvungen att lämna dig. Så ledsen för att du och jag inte fick mer tid tillsammans. Men jag orkade inte mer. Ni fick i stället tillbaka mamma, du och Charlie.

Det doftar av försommar. Jag hör fortfarande musiken.

"…Ryggsäck och keps, bak och fram när hon går till skolan. Vinka och ler, med en dagdrömmande blick…".

Tack

Vilgot och Lowe; det har liksom alltid varit vi tre. Jag är så otroligt stolt över de människor ni är.

Tack till Jessica, Johanna och Veronica som varit mina testläsare, mitt stöd och mina bollplank under processen.

Skolgången kan vara en daglig kamp, med allt för många som inte har förmågan att se barnet i eleven - individen med känslor bakom utåtagerande beteende och dumma ord. Tack till er som efter en lång tids kämpande hjälpte oss att vända en nedåtgående spiral, ni är hjältar.

Denna bok är skönlitterär. Händelser och namn i boken är helt påhittade och eventuella likheter med verkligheten är en slump.